イリュージョン　最終版

松岡圭祐

角川文庫
21170

1

警察学校をでると、男の場合は交番勤務だが、女はたいてい交通課の配属になる。わりと安全な仕事と見なされているからだろう。実際、制服勤務であっても拳銃《けんじゅう》の所持すらない。

二十三歳になる谷川奈緒《たにがわなお》は、四年間の交通課勤務を経て、署内の生活安全課に異動となった。新宿《しんじゅく》署の二階に相談窓口が新設され、若い女性警察官が何人か集められた、そのうちのひとりだった。DVやストーカーがらみの訴えに耳を傾け、適切な助言をおこなうのが職務になる。

とはいえ事件性を疑われる状況はほとんどない。そうであれば初動捜査係に話を振るが、たいてい弁護士の無料相談窓口や支援団体の紹介に留《とど》まる。ただちにDVシェルターへの入居を勧める緊急事態は稀《まれ》だった。

勤務は月曜から金曜、朝八時半から夕方五時十五分まで。土日祝日が休み。勤務時間は週三十八時間四十五分。残業はほとんどなかった。

半年が経ち、いったん夏の仕様に替わった制服も、また冬服に戻った。秋が深まりだしたころ、奈緒にとって窓口勤務は、ただ決まりきった日常と化していた。予想以上に淡白な仕事だと感じざるをえない。

フロアの片隅、一般来訪者とカウンター越しに接する。順番をまつ若い女性たちが、壁ぎわの長椅子に並んで座っていた。ひとりずつカウンター前にきて相談する。いまも長い髪の若い女性が、うつむきながら立っている。奈緒は思わず言葉を失った。二十代前半とおぼしきその女性の右の頬に、真っ赤な痣《あざ》がひろがっていた。

名は永野《ながの》郁美《いくみ》。ぼそぼそと状況を語りだした。つきあっている彼氏が繰りかえし暴力を振るい、耐えられなくなったので、逃げてきました。郁美はそういった。

頬の痣を眺めるうち、奈緒のなかに戸惑いが生じた。たしかに掌《てのひら》で強打されたのはまちがいない。しかし……。

「ええと」奈緒はためらいながら郁美にきいた。「相手の男性とは、おつきあいしてどれぐらいになりますか」

郁美が虚《うつ》ろな目で見かえした。「そんなこと、答えなきゃいけませんか」

「いいえ。どうしてもというわけじゃないですが、あのう、男性のほうの事情も知る必要があるので」

「DV被害を受けたんですよ。わたし、被害届をだせないんですか」

「もし被害届をだされるなら、暴行罪か、傷害罪ということになるので、刑事課の担当者も一緒に話をきくことになりますけど」

「たしかDVシェルターって場所があるんですよね？ そこに入居できませんか。家に帰ったらなにをされるかわからないので」

「ということは、男性はあなたの家に同居してるんですか」

「いえ。同居ってわけじゃないですけど、勝手にあがりこんできたり、しばらく居座ったりするので。いまはいないと思います」

「どこへ行ってるかわかりますか」

「わかりません」

いっそう困惑が募る。奈緒は郁美にいった。「そうですね。恋人の場合、同居人でないと保護命令がだせないことになっていまして」

「それよりDVシェルターに入りたいんですけど。お金はかからないとききましたが」

「警察の紹介で一時退避施設を利用する場合は、原則無料で食事もでます。でも窮屈ですよ。携帯電話も財布も預けて、どこにも連絡とれないし、外出も禁止になりますし」

「かまいません。わたし怖いんです。ここに相談にきたこと自体、彼が知ったらどうなるか」

すると背後で、椅子から立ちあがる音がした。二年先輩の高岡華凜《たかおかかりん》がカウンターに並んで立った。

華凜はにこやかに問いかけた。「郁美さん、身分証明書になる物、なにかお持ちですか」

「いいえ。財布ごと、家に置いてきてしまったので」

人当たりのいい華凜だったが、性格はきつい。一方で器用でもある。なにごともてきぱきとこなす。いまもチラシを一枚カウンターの上に置くと、早口で説明した。「郁美さん。これ、ソーシャルワーカーの連絡先です。社会福祉士の資格を持っていて、福祉関連の相談援助業務をおこなっている事務所です」

郁美は当惑のいろをしめした。「ソーシャルワーカーですか。あのう、DVシェルターは……」

華凜が応じた。「そちらで必要と見なされれば、一時退避施設を紹介してもらえます。しかも警察署とちがい、あなた自身に関するもっと根深い問題にも向きあってくれるんですよ」

「わたし、家に帰れないんです。彼がいたらどうなるかわからないし。寝ていてもぶたれるし」

「いまそちらのソーシャルワーカー事務所へ電話なされば、たいていすぐ面接が可能です。ここからまっすぐ向かわれたらどうですか」

郁美が意気消沈する反応をしめした。「たらいまわしですか」

「いえ」華凜は笑顔を崩さなかった。「イチから事情を話せる相手であれば、郁美さんがこちらで打ち明けられないようなことも、すべて相談できるからです」

ふいに郁美は黙りこんだ。まるで打ちのめされたかのように下を向く。チラシを手にとると、軽く頭をさげる仕草をみせ、背を向け立ち去った。歩き方がぎくしゃくしている。右足をひきずっていた。

見送る華凜の顔が、いつもどおり仏頂面になる。小さく鼻を鳴らしてから、華凜は奈緒に向き直った。「ああいうのは手早く済ませてよ。片付けなきゃいけない書類、山ほどあるでしょ」

「相談にきた以上は、まず話をきいてあげないと」

「話って？　作り話に延々耳を傾けるわけ？　あれが自傷でしかないって気づいたでしょ」

「それはわかってたけど……」

するとそのとき、待合椅子にいたひとりの来訪者が近づいてきた。十代半ばの少女、顔のつくりは小さく色白、痩身《そうしん》をカーディガンとデニムの軽装に包んでいる。背は高くない。つぶらな瞳《ひとみ》が子供っぽく見えるが、態度やしぐさは大人びていた。

少女が告げてきた。「あのう」

華凜は少女を一瞥《いちべつ》した。「順番を守って。椅子の左端の人からでしょ」

「相談じゃないんです。生活安全課の舛城《ますじょう》さん、おられますか」

係長の舛城徹《とおる》警部補か。奈緒はいった。「舛城はDVストーカー対策係とは異なる部署ですが」

「ええ。でもここへくるようにいわれたので。順番をまってたんですが、どうやらちがう相談窓口だったみたいで」

奈緒はフロアを見渡した。「いま席を外しているようですけど」

「そうですか。ところで」少女の声が低くなった。「いまの、ひどくありません？」

華凜がきいた。「なにが？」

「さっきの人ですよ。暴力に遭ってるのに、ろくに話もきかずに追いかえすなんて」

「追いかえしてません」華凜が語気を強めた。「ちゃんと適切な連絡先を教えました」

少女の表情が険しくなった。「作り話とか、自傷とかいってませんでした？　きめつけはよくない」

奈緒は華凜と顔を見合わせた。そんなに声が大きかっただろうか。あるいは少女が地獄耳か。

じれったそうな顔で華凜が応じた。「他人の事情は関係ないでしょう。詮索《せんさく》しちゃいけません」

少女が華凜を見つめた。「詮索したのは婦警さんじゃなくて？」

「婦警じゃなくて、女性警察官」

「自傷と判断したからには根拠があったんですか」

華凜はため息をついた。説明の義務はない、そう顔に書いてある。

なぜ華凜がそう判断したか、奈緒にもわかっていた。親指の痕《あと》が顎《あご》のほうにあった。右手で右頬をぶったことになる。マニュアルにある識別法だ。前にも似たような相談者と会ったことがある。自傷という華凜の見立てに、奈緒も同意見だった。

少女が不満顔になった。「もっと詳しく話をきいてあげるべきでしょ」

華凜はやれやれという表情になった。「身分証がないんじゃ、DVシェルターも紹介できません。無償で宿泊施設が提供されると期待する人も多くてね」

「冷たすぎない？」

「メンヘラ扱い？」少女が華凜を睨《にら》みつけた。「あなたの話じゃないでしょ」華凜は待合椅子を眺めた。「次の人」

しかし少女が食い下がってきた。「なんでそんなにきめつけるんですか。DVに遭ったことあるんですか」

この少女が憤慨するのもわからないではない。だが華凜の言いぶんももっともだったと奈緒は思った。夫が多少きつい言葉を発したからといって、精神的DVを受けたと泣きついてくる妻は、毎日のように現れる。警察に取りあってもらえないとわかると、わざと怪我をして現れたりもする。

華凜が苛立《いらだ》ちの声をあげた。「いいから。引き下がらないと、窓口業務の妨害になりますよ」

少女の尖《とが》った目が華凜を見かえした。「親指の痕が顎にあった。根拠はそれだけですか」

華凜が言葉に詰まる反応をしめした。奈緒も同様だった。話していないのに、少女は気づいていたのか。

すると少女がいった。「わからない？　あの人、右足をひきずってたじゃん。たぶん踵骨骨折《しょうこつこっせつ》。ふだんから横向きに寝てる。彼氏に背を向けて寝返りをうってたら、後ろからぶたれた」

フロアが静かになった。華凜の顔がこわばりだした。「なんでそんなこといえるの」

「ちゃんと話きいてた？　寝てるあいだにぶたれるって、あの人いってたでしょ」

「あのね。踵《かかと》の骨折だとか、横向きに寝るとか、どこからそんな憶測がでてくるの」

「歩き方でわかるの。わたしも同じ怪我をして、半年横になって暮らしてたから」

華凜がいいかえそうとしている。だが奈緒は華凜を押しとどめた。すると華凜は口ごもった。不安げな面持ちがひろがる。同じ気分だと奈緒は思った。

少女の発言にどれだけの論拠があるかわからない。それでも一理あるのはたしかだ。少なくとも右手で右頬を打たれた、その説明はついている。

苦い顔で華凜がきいた。「あなた誰？　名前は？」

「里見《さとみ》沙希《さき》」少女は身を翻しながらいった。「わたしよりあの人を心配するべきでしょ」

郁美を追うつもりらしい、沙希と名乗った少女はフロアから退出していった。

ほかの職員らの射るような視線を感じる。奈緒は華凜とともに、気まずさのなかにたたずんだ。

背後に靴音がした。振りかえると、いかつい顔の四十代が近づいてきた。制服でなく私服の捜査員、スーツにネクタイ姿だった。凄《すご》みのある深い皺《しわ》が眉間《みけん》と頬に刻まれている。被疑者でなくとも臆《おく》するにちがいない、射るような独特の視線が、油断なく辺りを見まわした。

舛城がきいた。「里見沙希は?」

フロアの誰かが舛城を呼びだしたらしい。奈緒は戸惑いがちに応じた。「いままできましたけど……。お知り合いですか」

「去年から署に勤務する者ならな」舛城は硬い顔で歩きだすと、カウンターの外にでた。

奈緒は華凜とまた目が合った。直後、ふたりであわただしく動きだした。郁美を自傷とみなすのは早計だった、そんな気配が濃厚になりつつある。ほうってはおけない。華凜とともに舛城を追った。

2

舛城は新宿署のエントランスを抜け、外階段を駆け下りた。曇り空の午後だった。でてすぐの歩道上に、沙希の姿が見えた。花壇の縁に、郁美なる相談者と並んで腰かけている。うなだれる郁美を沙希が慰めていた。

署の前で揉《も》めごとなど起こせない。舛城は郁美から話をきいた。沙希の推測どおりだろう、そう思えた。ふたりの女性警察官は青ざめた顔で立ち尽くしている。舛城は迅速な対応を命じた。たちまち奈緒と華凜は態度を変え、郁美を署内にいざなった。

舛城は沙希と向かいあった。ひさしぶりの再会だった。同じ年頃の娘との会話すら、あいかわらず苦手だ。どう切りだせばいいかわからない。

沈黙は長くつづいた。舛城は話しかけた。「沙希。よくきてくれた」

沙希の態度は、初めて会った一年前に似ていた。視線を合わせず、ただぶっきらぼうに応じた。「ショートメールが入ってたから。なんの用ですか」

「最近どうしてるかと思ってね」

「べつに。中卒だし、バイトに明け暮れる毎日」

「どこで働いてる？　やっぱりマジックショップか」

「いいえ。そんなの収入にならないし。ファストフードの接客」

「そうか。元気なようで嬉《うれ》しいよ」

「嬉しい？　落ちぶれたわたしに会うのが？」

落ちぶれたとは大げさな物言いだ。だが本人は真剣なのだろう。舛城はいった。「きみはまだ十六だろ。人一倍経験も積んでる。いまはバイトでお金を貯める時期だが、この先はまた……」

「なにがあるの?」沙希が遮った。「お金なんて貯めてない。将来についても、なにも考えてない」

「そりゃおかしいだろ。プロマジシャンになるつもりじゃなかったのか」

「FISMじゃ大失敗したもん」沙希は憤りのいろを浮かべた。「もう終わり。なにもかも、わたしが世間知らずだっただけ。世のなかはもっと複雑で、甘くないってことがよくわかった。だから人並みに過ごしていくってきめたの」

「怪我したんだってな。もうだいじょうぶなのか」

「お気遣いどうも」沙希はため息をついた。「演技途中でワイヤーが絡まって宙吊《ちゅうづ》り。救出されても痛くて立てなくなってた。踵骨骨折で入院。帰国後も長いこと療養。貯金も底をついちゃった」

「すまない。知っていれば見舞いに行ったよ」

「わかってる。FISMがあんなにニュースにならないとは思わなかった。翻訳されたネット記事なんて一件も見かけない。失格になった日本人の子供についてはなおさら」

「子供じゃないだろ。きみは充分に大人びてるよ」

「ドイツ人からは小学生にまちがわれた」沙希は鼻を鳴らした。「アジア人は若く見られるっていうけど、小学生とはね」

「日本なら活動の余地があるだろう。芸能界に入らないのか」

「芸能界だなんて。前にわたしがテレビでどんな目に遭ったか、観てたでしょ？　一時の際物って、ああいうことをいうのね。あんな惨めったらしい世界なんてうんざり」

「なあ沙希。ワイドショーに追いかけられるのが嫌だというのなら、今度こそ配慮する。だからまた力を貸してくれないか？」

「なんの話？　マジックの知識とか、そういうこと？」

「そう。いま椎橋彬《しいばしあきら》という十九歳の男を追ってる。知ってるか」

「いいえ」

「椎橋彬はマジックの……」

「やめてよ」沙希が顔をしかめた。「マジックの知識なんて、プロアマ全員が共有してるから、誰にきいたって同じ。よくわかってるはずでしょ？　わたしなんかに意見を求めないで」

「きみほどの才能はほかの誰にもない。去年も貢献してくれただろ」

「大きく傷ついた」沙希の瞳《ひとみ》は潤みだしていた。「わたしが覚えているのは、ただそれだけ」

舛城はなにもいえなかった。沙希が辛《つら》い経験をしたのはたしかだ。親を失った、二度も。世間は沙希をほうっておかなかった。事件を通じ、マスコミは沙希をさかんに取り沙汰《ざた》した。

プロマジシャンへの登竜門、FISM世界大会の結果がどうだろうが、日本での報道は変わらなかったように思う。かつて事件解決の功労者として、沙希を持ちあげてきたマスコミは、突如てのひらをかえし叩《たた》く側にまわった。詐欺師の娘だった、その事実だけがひとり歩きした。沙希の大人を敵にまわすような態度も裏目にでた。ネットにも悪評ばかりが連なった。

世間の興味は移ろいやすい。沙希が忘れ去られるまで、そう時間は要さなかった。いまやすべては過去だった。こうして路上にたたずんでいても、通行人は沙希に目をとめたりはしない。無関心に通りすぎていく。

やがて沙希はため息とともに立ち去ろうとした。

「まてよ」舛城は呼びとめた。「話ぐらいはきいてくれないか」

「お断りったらお断り」

「世間に関わるのがそんなに怖いのか？」

沙希が振りかえった。意外にも微笑を浮かべていた。「孤独だなんて決めつけないでよ。バイトで忙しいってだけ」

「休みの日もあるんだろ?」

「合コンで埋まってる」

「なに? 合コンだなんて、きみの趣味じゃないだろ?」

「あいにく、わたしはもうマジシャンじゃないの。これどういう意味かわかる? 職務上、嘘をつくのを許される立場じゃないってこと。だから嘘なんかいわない。午後からのシフトだから、もうバイトに行くね。それじゃ」

沙希は背を向け、足ばやに歩き去っていった。

合コンか。人は変わるものだ。いや、本当に変わったのか。嘘ではないにしても、孤独に見切りをつけているようには思えなかった。

だが協力は任意だ。無理強いはできない。舛城は署のエントランスへとひきかえした。

手詰まりを感じる。椎橋は沙希以上の天才マジシャンだ。打開策はあるだろうか。

まずは判明しているかぎりの、椎橋の生い立ちについて復習するべきだろう。手がかりは案外、そのなかに落ちているかもしれない。

3

三月十一日、船酔いを引き起こすような横揺れが長くつづき、いつもより大きな地震がきたとわかった。やがてテレビで、津波が空港を、田園地帯を、市街地を襲う映像が流れた。東北《とうほく》は甚大な被害を受けたようだ。横浜《よこはま》周辺では電車が停まった影響で、駅周辺に帰宅が難しくなった人々の長い列ができた。道という道が渋滞していた。緊急交通路、一般車両通行禁止と書かれたナマズの絵の案内板が掲げてあっても、誰もおかまいなしだった。近所には、その案内板のない道は見当たらない。クルマで避難を余儀なくされた家族は死ねというのか。行政は理不尽だ。

そんなことを考えていた少年の名は、椎橋彬といった。

震災からひと月。本音では、清川浩司《きよかわこうじ》という名のクラスメイトとつきあいたくはなかった。乱暴者だったし、恩を仇《あだ》でかえす典型的な輩《やから》だったからだ。それでも、清川が一年C組の男子のあいだでは、実質的な権力者であることは確かだった。彼に取り入ることは、残り二年余りの中学校生活を、なんとか切り抜けるために必要不可欠といえた。

下校時刻を過ぎた公園で、椎橋は清川と並んでベンチに座った。手品を見せる。道具はきのう買ったばかりの新品だった。五枚重ねた百円玉に、金属製の蓋《ふた》をかぶせて覆うと、それらが消えたり移動したりする。技術や技巧を要さない、ただ手順に従っておこなえば誰にでもできる。

「で」椎橋は説明書の手順を頭のなかで反復しながら、両手を動かしていた。「こっちにあった五百円が、こっちに移る」

ふうん。清川は気のないそぶりをしていたが、内心驚いているのはあきらかだった。だが馬鹿にされるのを嫌う清川は、手品を観ること自体、好きではないはずだ。いつもなら演じてすぐ、タネ明かしをする。それで清川の機嫌を取り結ぶ。しかしきょうは、この先どうすべきか迷っていた。

横浜中華街近くの丸山《まるやま》商店街、マジック用品店で手品のタネを買い、ひとりで練習する。やがて清川が手品を見せてみろと要求してくると、その命令に従う。清川の機嫌が悪くならないうちにさっさとタネ明かしをする。清川が道具を寄越せといったときには、躊躇《ちゅうちょ》なく無償で譲り渡す。それが習慣化していた。手品を唯一の趣味とする椎橋にとって、権力者清川に捧《ささ》げられる献上品は、マジック用品だけだった。

清川に取りあげられることを承知で、なぜマジックの道具を買うのか。理由を深く考えたことはなかった。

ただマジックショップに赴いては、斬新なトリックに驚かされ、その理由を知りたくなる。自分もそれを演じられたらと、欲求を募らせる。そして衝動的に買ってしまう。小遣いを使い果たし、手もとにあるのは手品用品だけ。しかも清川に奪われる。その繰りかえしだった。

いま手品は終盤に差しかかっていた。五枚の百円玉を容器に封じこめ、指先で魔法をかけるゼスチャーをして、容器を開ける。五百円は跡形もなく消えていた。事実はむろんちがう。少なくとも清川の目にはそう映ったはずだった。

清川はいつもどおり、賛辞も賛美の言葉も口にしなかった。ただ質問だけを投げかけてきた。「タネは？」

椎橋はためらった。

このタネは本当によくできている。マジックショップの店員の実演を見て、心の底からふしぎと感じた。家に帰ってパッケージを開けてみて、そのギミックの精巧さにまた驚いた。値段も高い。二千円以上もする。

「そのう」椎橋はおどおどしながらいった。「タネはまたこんど、ってことで」

「なんだよそれは」清川は凄《すご》んだ。「馬鹿にしてんのか」

「ちがうよ。あの、でも、ちょっと説明しにくいんで。あのね、このタネは……」

なんて馬鹿なんだ。へらへらと笑いながら、椎橋は心のなかで自分に毒づいた。こうなることはわかっていたはずなのに。

仕掛けを知ると、清川は嘲《あざけ》るような目を向けてきた。「ずるいトリックだな。卑怯《ひきょう》。嘘つきだ。おまえにぴったりだ」

手品の本質もわかっていない人間に、このように愚弄《ぐろう》される筋合いはない。心の奥底ではそんな思いが渦巻いたが、声にだすことはできなかった。

「いんちきだな」清川は執拗《しつよう》にくりかえした。トリックそのものを蔑《さげす》むことで、タネがわからなかった自分の愚かさを隠蔽《いんぺい》しようとしている。椎橋にはそう思えた。

「そう、だね」椎橋はへつらいながらいった。「こんなの、大いんちきだね。いらないよね？」

「いや。いちおう、もらっとく」

いままでで最高のギミックと椎橋が感じた手品用品。それは乱暴者の薄汚い制服のポケットにおさめられた。

落胆が襲った。ずるい。卑怯。嘘つき。いんちき。散々ないわれようのあとで、道具をさらわれてしまった。けれども失意を清川に悟られまいとした。最初からプレゼントするつもりだったのだ、そんな態度をとるよう努めた。

「ところで」清川の表情は和らいでいなかった。「例の、あれはどうなった」

清川はよく、例のという物言いをする。大人びていると感じるのだろう。中一ともなれば、子供向け商品のネーミングを口にするのは憚《はばか》られる。清川のような番長きどりともなればなおさらだった。

「例の、って?」

清川は怒りだした。「ふざけてんのか。頭が腐ってんじゃねえだろうな」

「あ……ああ、あれだね、ダンボール戦機」

「当然だろ。すぐ手に入るとかいっといて、いつまで待たせやがるんだ」

「あ。あのう。それは、ええと。いけだやのほうで、売り切れだから……」

「いけだやに特別な知り合いがいるから、手に入るとかいってたよな? あれは嘘か?」

「いや。そんなことは」消えいりそうな自分の声がきこえる。

そのとおり。あれは嘘だ。

いつもその場しのぎの嘘をつく。頼まれてもいないのに、調子のいい嘘をつく。今回もまた、なぜあんな嘘をついてしまったのか。窮地に立たされることはわかっていたはずなのに。

理由は自問するまでもない。クラスメイトはみな、ダンボール戦機というプラモデルの獲得に躍起になっていた。ブーム真っ盛りのいま、どこに行っても売り切れで、入荷時期も未定だった。

そんな状況だ、清川ならずともダンボール戦機が手に入るときけば、とりあえず夢中になる。椎橋が特別な獲得ルートを持っていると吹かせば、乱暴者の傍若無人な振る舞いはしばらくのあいだ収まる。にこにこ顔で接してもらえる。

その場かぎりの平穏を求めて、口から嘘と法螺《ほら》話が絶えず漏れだす。あとになって嘘がばれ、非難を浴びることになっても、まるで反省する気になれない。仕方ないことだ。とりあえず学級という、理不尽な共同生活の場で生き長らえるためには、必要な生き方だ。悔やむとしたら、運の悪さだけだった。その後なんとかして手に入れようとしていたダンボール戦機が、いまも見つけられないままだ。ネットオークションに出品されてはいるが高すぎる。転売屋は本当に頭にくる。

「いや、あの」椎橋は弁明をひねりだそうと躍起になった。「いけだやの、知り合いの人が……あの、うちのお父さんのいとこの沢城《さわしろ》さんって人なんだけど、その人が休んでて、なかなか会えなくて」

沢城などという名はでっちあげだった。声優の苗字からとった。運動部の部活に忙しい清川は知らないはずだ。

清川は詰問してきた。「なんで、休んでるんだ」

「風邪で……いや、旅行だったかな」

「いつから休んでる」

「先週の、火曜日か、水曜日かな」

「椎橋」清川はベンチから立ち上がり、椎橋の胸ぐらをつかんできた。「おまえダンボール戦機が手に入るっていったのは、もうずっと前じゃねえか。最近その誰かが休んでるっていっても、もっと前に買えなかったのか」

「買えるよ」椎橋は激しく動揺しながらいった。「もちろん、買ってる。もう家にある」

「家にある？　おまえん家《ち》にあるのか」

「そう。だけど、数が少ないから、ほかの人に見せないほうがいいって、沢城さんが」

「いけだやの店員がどういおうが、俺とおまえの約束だろ。買ってきて、俺にくれるんだろ。ちがうんか」

「そうだよ。そう。約束してるもんね」

「じゃ、寄越せよ。いまからおまえん家に取りに行く」

「それが、だめなんだよ。お父さんが会社に持っていってるから」

「ダンボール戦機をか？」

「そう、めずらしいから、友達に自慢するとかでさ」これは事実ではないにせよ、現実に即した話だと椎橋は思った。大人にはそういう子供じみたところがある。

その瞬間、頰に鋭い痛みが走った。耳鳴りがする。清川に頰をぶたれた、そう気づいた。

「馬鹿やろう」清川は怒鳴った。「約束はちゃんと守れ。明日《あした》までに持って来い」

「約束するよ」胸ぐらをつかまれたまま、椎橋は震える声で応じた。「きょうお父さんが帰ってきたら、かえしてもらって、明日、ちゃんと持っていく」

「絶対だな」清川は念を押してきた。

「絶対。神に誓う。天に誓う。命賭《か》ける」

清川はしばし椎橋を睨《にら》みつけると、ふいに突き放してきた。忘れんなよ。捨て台詞《ぜりふ》を吐いて、清川は自転車にまたがった。それっきり椎橋に一瞥《いちべつ》もくれず、自転車をこいで去っていった。

椎橋はため息をついた。危機は去った。とりあえず。

だが、どうしたものだろう。きょう、いまから。

だいいち金がない。小遣いは、さっきのマジック用品を買うために費やしてしまった。

ベンチから立ってうろつきはじめる。ふと顔をあげると、公園の門の外に、制服姿の女子たち数人がいることに気づいた。面識があるかそうでないか、よくわからない。人の顔を覚えるのは苦手だった。女子たちは清川と椎橋のやりとりをみていたらしく、嘲るような笑い声とともに立ち去った。

苛立《いらだ》ちと憤りがこみあげる。自分のせいではない。こんな理不尽な世のなかのせいだ。両親も頼りない。うんと金持ちの家庭に生まれていれば、クラスメイトばかりか、学校までも圧倒できていたかもしれないのに。

自分は被害者だ。こんなにつまらない社会、不公平な時代に生まれてしまった。可愛い女子にでも生まれていれば、周りは同情してくれたかもしれない。あいにく自分のような白く痩《や》せ細った男には、誰も愛情を持って接してくれない。

空虚さばかりが胸のうちにひろがる。きょうもただ帰るしかないのか。

4

椎橋彬の家は、横浜市瀬谷区《せや》の古い住宅街にあった。

二十坪ていどの老朽化した一戸建てにそぐわず、立派な桜の木が庭先にあることで、近所でも有名のようだった。

中学校から帰り、椎橋は門をくぐった。ひどく手狭な庭に、びっしりと植えられた木々のなかで、母が如雨露《じょうろ》を片手に水を撒《ま》いていた。外出するにはまだ早いにもかかわらず、派手なラメ入りのセーターを着た母は、濃い化粧に覆われた顔を椎橋に向けてきた。微笑とともにいった。おかえり。

その笑みは、息子の帰宅そのものを喜んでいるからではない。椎橋彬にはわかっていた。

母はさっそく自慢しだした。「どう？　この木。ハナカイドウって木なの。花もピンクでかわいいでしょ？」

「なんか、虫がいっぱいついてる」

「しょうがないでしょ。虫さんたちも生きてるから」

幼稚園児ではない、そんな表現はききたくなかった。椎橋はもっと大人っぽい話題に持っていこうとした。「育て方とか難しいんじゃないの。なんだか高そうな木だし。あとの支払いとかだいじょうぶ？」

「生意気いうんじゃないの。あとでちゃんと業者さんを通じて、お金は払っておくから」

ふうん、そう。椎橋はつぶやいた。

桜をさらに艶《つや》やかにした桃いろの花が、風に揺らいでいる。花にだけ注目できれば、美しさに酔うこともできるかもしれない。しかし椎橋にとっては、幹を這《は》いまわる無数の虫が気になって仕方なかった。おそらくは蜜《みつ》を吸いにきているのだろうが、虫除《むしよ》けなどの処置をしなくていいのか。花びらや葉がぼろぼろに食い荒らされることはないのか。

「お母さん」椎橋はきいた。「これ、どっから持ってきたの」

「ええと。山下《やました》公園の緑地かな。きのうのお店の帰りに」

「いつまでにお金、払うことになってるの」

「ちゃんと請求がくるからいいの」

「請求って？」

「いいから。彬ちゃんが心配することじゃないの」

そのとき、サッシから父親の呼ぶ声が漏れてきた。英美子《えみこ》。メシまだか。

「はいはい、いまいきます」母は如雨露を手に踵《きびす》をかえした。「彬ちゃんも手を洗って。食事にするから」

椎橋はうなずいた。玄関の戸口に消えていく母を眺めて、しばしその場にたたずんだ。

それにしても、ずいぶんたくさんの木を集めたものだ。今月に入ってレンギョウにハナモモ、ツバキ、シダレザクラにつづいて五本目だった。これで門の近くの地面もすっかり木に占領されてしまったことになる。先月はマンサクにミツマタ、梅にサンシュユが加わり、その前の月にはロウバイを植えたばかりだった。いまや庭は果樹園か植物園に見紛《みまが》うほどだった。

母は毎日、夕方になると軽ワンボックスカーに乗って仕事にでかける。帰り道によさそうな木が目にとまると、いつもスコップ片手に降りていって捕獲してくる。植栽している人に後で代金を払えば、持って行ってもいいことになっている、母はそういった。そうして集められた木々には、かなりの金がかかっているはずだが、父はひとことも苦言を呈さなかった。うちの収入は母が稼いできている。父のほうは、仕事とは名ばかりの趣味に没頭するだけだった。

椎橋彬は洗面所で手を洗い、ダイニングルームに向かった。この家にはリビングルームはない。小さな室内に、ぎりぎりおさまった四人掛けの食卓で、父親は十六インチのテレビに見いっていた。

「彬」父は神経質そうに肩をゆすりながら話しかけてきた。「きょうも遅かったな。学校はもっと早く終わったんだろ？」

「寄り道してたから」彬は答えた。

「なにしてきたんだ」

「べつに。ただぼうっとしてた」

母がキッチンから皿を運んできた。「おまたせ」

彬はきいた。「またシチュー？」

いっこうに食欲をそそらないレトルトのビーフシチュー。ゆで卵を一個転がしただけ、調理といえるのはそれだけだった。

父が吐き捨てた。「贅沢《ぜいたく》をいうな」

母がビール瓶の栓を抜く。父はふいに上機嫌になった。グラスを手に、母の注ぐビールを笑顔で眺めている。

椎橋彬は、父のビールを飲む姿が嫌いだった。酒を口にする大人の姿は、母の店で多く目にするが、父だけは受け容《い》れがたかった。異常なほど浮かれ、子供のように大喜びでグラスをあおる。その態度のすべてを好ましく思っていなかった。

大人ってのはな、この一杯のためだけに生きているようなもんだ。父はよくそうこぼした。もしそれが本当だとしたら、この世のすべては闇だと彬は思った。大人になる前に死ねたほうが幸せかもしれない。もっとも、みずから命を絶てるほどの勇気は自分にない。だらだらと生きつづけ、大人になってこんな醜態をさらし、子供に疎ましく思われる日がくるのだろうか。十三歳の椎橋彬は、そんなことを考えていた。

母はグラスにビールを注ぎ終えると、またキッチンに戻っていった。サラダを運んでくるつもりだろう。食事の序盤、母はいつも忙しく立ち働いている。

父のほうは、座ってビールを飲むばかりだ。外で働かない父は、家のなかでも働かない。

やがて母がようやく席についた。母がいった。「さあ、食べましょうか」

どことなくそわそわしていた父が、ここぞとばかりに腰を浮かせた。「食べながらでいいから、これを見てくれ。ほんのささやかな、ディナーショーって気分で」

父はそういうと、傍らに隠すように置いてあった手提げ袋を持ちあげた。そのなかから現れたのは毎度お馴染《なじ》みの、父のクレヨン画が描かれた画用紙の束だった。

「お父さん」彬はうんざりしていった。「あとにしようよ。いまはテレビ観てるからさ」

父は困惑顔で彬を見つめてきた。なぜか父は、母が同席しているときには彬に対しても強い態度をしめさない。途方に暮れた素振りに徹する。

母が笑顔になった。「彬、そんなこといわないで。お父さんがせっかく作ってくれてるんだから。今回はどんなお話かしら？」

すると父は胸を張った。画用紙の束をテーブルの上に立てて置き、両手で支えた。

「ペンギンくんとメダカさんの物語。作、谷岡隆二《たにおかりゅうじ》」

椎橋家はほかの家とちがい、母方の姓を名乗っている。椎橋というのは母の姓だ。養子という制度だときいたことがある。父もいまは椎橋隆二のはずだが、なぜか紙芝居のときには旧姓を名乗る。

ひとりでせっせと紙芝居を作っては、日曜日に山下公園に繰りだしていく。大道芸人らに交じって、新作をお披露目する。わずかばかりの投げ銭を得る。それが彬の父、隆二の仕事だった。少なくとも父自身は、仕事と信じているようだ。

いつからそんなことをつづけているのかは知らない。母とは職場結婚で、そのころは父も会社員だったはずだ。けれども彬が物心ついたときには、すでに父は紙芝居職人になっていた。ネットやゲームにばかりかじりついている現代っ子たちに、本当の夢を教える職業。父は酔うといつもそういって、自分の仕事を誇った。満面の笑いには、いささかも後ろめたさを感じる気配はなかった。その思いこみが妻子にいかに迷惑をかけているか、まるで自覚していなかった。

嬉々《きき》として台詞《せりふ》を読みあげる父の声、クレヨンで描かれた拙い絵。聴覚と視覚を故意に鈍らせ、彬はシチューをすすりつづけた。味覚にもまずいものが加わる。

あいかわらずひどい絵だった。幼稚園児でも相手にしてくれまい。プロの紙芝居屋を名乗る自信は、いったいどこからでてくるのだろう。

母は夜通し働きにでかけ、父はひたすら自己満足を追い求める。十三歳の彬は気づいていた。ほかの家庭とは著しくちがっている。

小三のころ、父についての作文で、彬はでっちあげを書いた。父は社長です。本社は東京にあります。通勤にはヘリコプターを使っています。いつも黒い大きなクルマで、都会の道路を移動しています……。作文にはそんなふうに綴《つづ》った。担任の教師はなにもいわなかった。いまにして思えばあの沈黙は、担任なりの同情だったかもしれない。

不毛な紙芝居は終盤にさしかかっていた。父は読みあげた。「こうして、メダカさんはペンギンくんの家でぐっすり眠ることができたのでした。めでたし、めでたし」

間髪をいれず母が感想を述べる。「うーん、今回のはなかなか面白いわね。なんていうか、高尚で……」

「だろ?」父は笑いながら、画用紙越しに声を張りあげた。「教訓をちょっと含んでる。いい話だろ」

教訓。彬にとって癪《しゃく》に障る物言いだった。こんな父親が世間になにを教えられるというのか。

「お父さん」彬はきいた。「それ作るのに、いくらかかってるの? 画用紙代とクレヨン代合わせていくら?」

責められる気配を感じとったからだろう、父は仏頂面に当惑の交ざった顔をして、紙芝居を伏せた。「いくらって、まあ、千円かそこいらだな」

「その紙芝居を山下公園で見せて、いくら集まるの? 千円以下じゃ赤字でしょ」

「千円は超えてる」父は母に同意を求めるような目を向けた。「なあ、いつも持ち帰る缶、何千円も入ってるよな」

彬は語気を強めてみせた。「あれはお父さんが入れてるんだろ。ちっとも儲《もう》かってないじゃないか。なんでそんなの続けてるの? お母さんが働きにいってるのに」

「あら」母は彬を見つめてきた。「わたしはいいの。お仕事ってのは、お金ばかりじゃないし」

父が尻馬《しりうま》に乗っかってきた。「そうだぞ。これは世間の子供たちに夢を与える仕事なんだ」

納得がいかない。彬は文句を口にした。「お父さん自身に、でしょ？　B型で目立ちたがり。そういう自分が満足したいってだけじゃん」

母は苦笑した。「うちは一家全員B型でしょ」

血液型で性格が分かれるというのは、日本に端を発する迷信だと担任教師がいっていた。レベルの低い家庭ほど、血液型性格分類を本気にしている、教師はそこまで断じた。うちのことか。彬は肩を落とさざるをえなかった。

父は嘲《あざけ》るようにいった。「お客さんに夢を与えるのがお父さんの仕事だ。彬の遊びでやってる手品とはちがう」

「僕は……。僕は子供だよ。お父さんは大人じゃん。ちゃんと働きにいくべきじゃん」

「子供か」父は鼻で笑ってグラスのビールをすすった。「都合のいい話だな」

飄々《ひょうひょう》とした態度。酒に依存して追及を逃れようとする態度。いつものことだったが、きょうはなぜか許す気になれなかった。

こみあげる怒りとともに彬はいった。「僕の手品はちゃんと、お母さんの店でお客さんに見せてるよ。ウケてるし」

「だが彬の手品を観るために、お客が集まってくれてるんじゃないだろ？」

「それはお父さんも同じじゃん。山下公園にお父さんの紙芝居観にきてる人なんかいないよ」

「いや。俺にはファンがついてる。数は少ないが、追っかけもいる」

「馬鹿いうなよ！」彬は声を張りあげた。「こんなつまらない紙芝居、誰も面白いって思うわけないだろ。お父さんはクルマもなけりゃ運転免許もないじゃん。いつもお母さんのワンボックスに乗せてもらうばっかりで。家に籠《こ》もってへたくそな絵を描いてる暇があったら、少しはちゃんとした仕事しろよな」

外ではこんなに大声をだしたことはない。家のなかだけだ。椎橋彬はそのことを自覚していた。

しばし沈黙があった。父は黙ってグラスをすすっていたが、やがてビール瓶をつかみあげると、グラスとともにぶらさげて席を立った。「自分の部屋で飲んでくる」

母は声をかけた。「まってよ、お父さん。隆一さん」

だが父は、そそくさと部屋を出ていってしまった。

気まずさが漂うなか、母は咎《とが》めるような目を向けてきた。「なんでお父さんにあんな口をきいたの。お父さんが可哀そうでしょ」

母の目が潤みはじめた。毎度同じことの繰りかえし。なかでも彬にとって、こういう時間が最も辛《つら》かった。

彬は弁明しようとした。「だって……」

「だってじゃないでしょ。お父さんは頑張ってるの。まだちゃんと働いてもいない彬が、あんなことをいうもんじゃないの」母は手で目もとを拭《ぬぐ》った。「本当にもう。いつも苦労して、明るい家庭をつくろうと思って努力してるのに……」

母のぶつぶつという愚痴がつづく。彬はいたたまれない気持ちになった。

低レベルな父と子の争い。それはよくわかっている。

この場で最も偉いのは母だ。働き、家庭に収入を運んでくれる。父と子のふたりとも、世間ではへつらった笑いを浮かべ、家のなかでだけ吼《ほ》える。唯一の苦労人である母を泣かす。

ろくでなし親子。似たものどうしの親子。目くそ鼻くその争い。そんなことはわかっている。父はわかっていないかもしれないが、自分はわかっている。

腹立たしかった。早く大人になりたい。大人になって父と同類でないことを証明したい。出世し大金持ちになって、母に恩がえしをしたい。そのころ父は、どうなっていようとかまわない。免許をとらせ、自分の運転手をさせるか。いや父の運転など信用はおけない。庭の手入れ仕事はどうだろう。母が集めた木々の世話。そのていどだったらできるかもしれない。いっそのこと、父などいなければいいのだ。どうせ夢想だ、いかようにも設定できる。

冷めたシチューを黙々とすすりながら、彬の頭のなかでは新しい妄想が、映画のようにゆったりとひとつの場面を描写していた。父の遺影。葬式。喪服を着ながらも笑顔の母と、大人になった自分。

5

下町の繁華街、まばらに灯《とも》ったネオンが、窓の外を流れていく。

母があちこち凹《へこ》んだままのワンボックスカーを運転する。その横顔を、中学二年の椎橋彬は助手席から眺めていた。

日没とともに、こうして母と一緒に店に出向く。ついに店の手伝いをするまでになった。

学校で自慢げにそのことを触れまわると、教師が注意してきた。十四歳では正式な労働者として賃金を受け取ることはできない。母親の手伝いというのなら度を越すな。教師はそういった。椎橋は聞く耳を持たなかった。自分はもう世にでている、その事実を友人に伝えたくて仕方なかった。自分は働いている。あの無職同然の父とはちがう。それが誇らしかった。

「ねえ彬」母はハンドルを操作しながら問いかけてきた。「そういえば、先週テストだったんじゃないの」

「誰にきいたの」彬はたずねかえした。

「慶《けい》クンのお母さんが、スーパーでばったり会ったときにそういってたから」

おしゃべりな母親がいたものだ。彬はげんなりしてシートを倒し、背もたれに身をあずけた。「ふうん」

「テストかえしてもらったんなら、お母さんたちに見せてよ」

「どうして。ろくな点数とれちゃいないよ」

母のため息が聞こえる。「自分でそんなことといってちゃ、しょうがないでしょ」

彬は黙りこくった。それ以上、語るべきことは持ち合わせていなかった。

ろくな点数ではない。その表現は控えめだった。今回のテストは、自己のワースト記録を更新した。百点満点中、英語は七点、数学は三点。授業中まったく勉強をせず、なにをやっているのかもまるでわからない日々がつづく。いつも夢想にふけり、プロマジシャンとして活躍し、喝采《かっさい》を浴びるさまを妄想する。それが彬にとって最高の娯楽だった。特に手品に思いいれがあるわけではない。気がつけば、ひとに自慢できる芸はこれぐらいしかなかった。

テレビのなかだけに存在する魅惑の世界にデビューできる、そんな日がくることが、彬としては最大の夢だった。アイドルや人気芸人たちに肩を並べられたなら、どんなに楽しいだろう。誰もが自分を知るようになれば、友人づくりに気を揉《も》む必要もなくなる。

とはいえ、本気で芸能界に入りたいとは思っていなかった。入る方法もわからない。アルバイト情報をネット検索しても、載っているのは夢とは程遠い庶民の仕事ばかりだ。

だから夢想する。夢想のなかでは、限界も不可能もなくなる。マジックショップで買ってきただけの、トリックの羅列にすぎない自分の芸。それが夢想のなかでは、世界で唯一自分だけがタネを知る、究極の奇跡に化けていた。自分があるていど本気になれるよう、彬は手のこんだ妄想の筋書きを描いていた。母の店で客に手品を演じる。するとその客は、実は芸能事務所かテレビ局の大物で、テレビにでるよう勧めてくる。自宅の前に黒のリムジンが滑りこんできて、椎橋を迎えにくる。そこであの惨めな父が、自分もあやかろうとして、へたくそな紙芝居を携えて息子に同行しようとする。

ところが黒サングラスに黒いスーツの男たちが、その父を彬から引き離す。リムジンで東京へ連れて行かれる彬を、呆然《ぼうぜん》と見送る父……。夢想の全過程のなかでも、椎橋のお気にいりの場面だった。

テレビにでた彬は茶の間の人気を博し、とんとん拍子に出世して、大邸宅に住み、そこに母を迎える。アイドルと結婚し、なに不自由ない幸せな日々を送る……。

夢想はそこまできて、いつも自然に頭から消えていく。なに不自由ない日々。ひとしきり思い描くと、ささやかな満足感とともに、すぐに飽きが生じてくる。都合のよすぎる夢想が霧のように失せていっても、我にかえって自己嫌悪に陥ることはほとんどない。彬は巧みに、夢想から得られる充足だけを現実世界に引き継いだ。そんな自我を醸成していった。夢想はいまや椎橋にとって気晴らし以上のもの、心のよりどころだった。

保健体育の教科書によれば、こうした心の適応機制は白昼夢と呼ばれているらしい。なら白昼夢は椎橋のかけがえのない友だった。この最愛の友にくらべれば、現実世界のクラスメイトや、テレビや映画、漫画に描かれる娯楽など、取るに足らないものに思えた。

ワンボックスカーが路地へと滑りこんでいった。雑居ビルの一階にある母のスナック、リリアンジェの前。いつもワゴンを停めるスペースに、見覚えのある白いセダンが駐車していた。
「あら」と母がいった。「筑波《つくば》のおじさん、来てるみたいね」

「おじさんが？」椎橋は身を起こした。心が躍ったが、口調は怠惰な物言いをつとめた。母に本心を見抜かれたくない。

母がワンボックスカーを近所のコインパーキングに停めに行く。彬はひとり先に店へと向かった。

妙なにおいが漂う路地。いつもそう思う。独特の酸っぱい悪臭はどこから湧いてくるのだろう。酔っ払いが吐いていく嘔吐《おうと》物が、路地の隅々まで浸透しているのだろうか。息を殺して店のドアに駆けこむ。店内の明かりは灯《とも》っていた。有線のＢＧＭは流れていない。

カウンターにいた、痩《や》せた中年男が振りかえる。愛想のいい笑顔がそこにあった。叔父《おじ》の筑波は週刊誌を置き、グラスを手にとった。「彬くん、おはよう。ご出勤か？」

皮肉っぽさはなかった。椎橋彬は、母の義理の弟にあたるこの叔父が好きだった。冗談めかした態度、楽しいものを好む明るい人柄は、ほかのどの大人よりも接しやすかった。説教じみたことをいっさい口にしないのも気楽でいい。職業は一介の会社員にすぎないようだが、父よりずっと素晴らしい人格者に思えた。叔父の子だったらよかったのに。彬は常々そう感じていた。

店の明かりは叔父が灯《つ》けたらしい。叔父が先に入店したときはいつもそうだ。彬はカウンターのなかに入り、有線のスイッチをいれた。

叔父の筑波はすでに酒を飲んでいて、赤ら顔だった。「そういえば、このあいだのロープの手品、すごかったな。家に帰って物干しのひもでやってみたが、ちっともうまくいかなかった」

「ああ、あの手品」彬はそういったが、内心は店に足を踏みいれたときから、叔父の誉め言葉を待ち望んでいた。

だが心ゆくまでの賛辞を受けることはできなかった。ドアが開き、別の客が入ってきたからだ。

厳格そうな中年男だった。筑波は振り向くと、こちらへどうぞ、そう声をかけた。友人らしい。職場の仲間だろうか。叔父が家族以外の誰かを連れてきたのは初めてだ。

男は椎橋を見て、怪訝《けげん》そうに眉《まゆ》をひそめた。「その子、誰だい？」警戒心を孕《はら》んだ視線。教師と同じ尖《とが》った目つき。彬のなかに敵愾心《てきがいしん》が生じた。

だがすぐに叔父が笑顔で紹介した。「彬くんだよ。英美子義姉《ねえ》さんの子供の」

「ああ」男は笑顔になった。氷が溶け去ったようだった。

彬はひそかにほっとした。自分の思いすごしだったかもしれない。

男が彬にきいてきた。「お母さんは？」

「向こうの駐車場にクルマを入れてくるって」彬はそういいながら、背を向けバックヤードへ駆けこんだ。「少々おまちを」

厨房《ちゅうぼう》に入る。こうしてはいられない、新しい客が加わった以上、最良のネタでおもてなししなければならない。

むろんそれは料理のことではなかった。マジックを演じる絶好の機会だった。あの叔父の連れが、いわゆる業界人だったらどうしよう。想像するだけでも胸が躍る。

食器棚の下にしのばせてあった袋をとりだす。なかには奇術用品が詰まっていた。シルクのハンカチやロープのほか、とっておきのタネを取りだした。大きさはタバコの箱よりひとまわり小さいていど、ずっしりと重くて、黒々とした金属の塊。彬にとっての最終兵器だった。マジックショップの店員がこのタネを実演したときの衝撃は、いまでもはっきりと覚えている。価格は四万円、子供の彬に手がだせるものではなかった。

この黒の塊はあくまでタネだ、相手の目に触れはしない。現象としては超能力パフォーマンスに近い。一本の紙マッチをてのひらの上で念力のように踊らせたり、相手の腕時計の秒針を止めたりできる。

日用品で奇跡を起こすことは、魔法以外のなにものでもない。だから是が非でもほしかった。あきらめられずに悶々《もんもん》とするうち、今回きりと自分にいいきかせながら、悪魔と契約を結んだ。母の店のレジから金を盗《と》った。

もともと五万円か六万円しか入っていなかったレジから、四万もの金が消えたのだ、母も気づかないわけがない。しかし母はなにもいわなかった。椎橋は〝PKギミック〟という商品名の、四万円のトリックを手にできた。

タネはむろん奇跡ではなかったが、限りなくそれに近いものだった。一万ガウスという超強力磁石こそがすべてのタネだ。これを机の下にしのばせておけば、針金を仕込んだ紙マッチをてのひらで踊らせられる。相手の腕時計を机の上になにげなく近づければ、秒針が止まる。

叔父がこの手品を見るのは二度目だが、きっとタネに気づくことはないだろう。もうひとりの客も仰天するはずだ。椎橋は磁石を、ズボンの尻《しり》ポケットに押しこんだ。カウンターに出向いてから、こっそりその下に磁石を仕込む段取りだった。

なぜ自分はこんなに頑張っているのだろう。疑問が頭をかすめないといえば嘘になる。だが椎橋は熟考を拒んだ。疑念を頭から閉めだした。自分にはこれしかない、そう思っていた。手品は、大人と対等に渡り合い、あわよくば優位に立ちうる唯一の手段だ。大人と自分の世界に介在する掛け橋でもある。同級生らに仲間意識など持てない。誰もが子供じみていて、自分には釣り合わない。

椎橋は意気揚々と扉を開け、厨房から店のなかへと戻った。

ところが店内の空気は変容していた。母がすでにやってきて、叔父と並んで座っている。いつもならカウンターに入って立ち働きだすはずだが、なぜ腰を落ち着けているのだろう。

叔父の目が彬をとらえた。いつものような笑顔はなかった。この子の手品はすごいよ、隣りの男にそう告げてくれそうな気配もない。

母は頬づえをつき、ぼんやりとした顔でタバコを吹かしていた。その視線が彬に向いた。表情には依然としてなんのいろも表れなかった。髪が乱れているせいか、どことなくやつれた印象もある。

やがて母がいった。「奥でまってなさい。ちょっと叔父さんたちと相談があるから」

母が無下に自分を追い払おうとしている。椎橋は衝撃を受けた。父はともかく、母がこういう態度をとるのは初めてだ。取り乱すのは恰好が悪い。彬のなかの理性がそうささやいた。黙って厨房に戻ろうとした。

そのとき叔父の筑波が声をかけてきた。「彬。それ、なんだ？　流行《はや》ってんのか」

妙に思って振りかえる。叔父と連れの目は椎橋の尻に向いていた。

「なにが？」椎橋はきいた。

「空き缶だよ」叔父は眉をひそめていた。「尻に空き缶がくっついてる」

椎橋は自分の尻に目を落とした。なんと、マグネットをおさめたポケットに、ビールの空き缶が密着しているではないか。厨房のどこかにあった物が貼りついてしまったのだろう。

大人たちは笑うべきか否か、一様に戸惑った顔を見せている。彬は、ああ、と声をあげ、空き缶を引き剝《は》がした。

それ以上なにもできなかった。大人たちの視線はすでに逸《そ》れている。椎橋はそそくさと退場した。

厨房に戻った瞬間、喩えようのない怒りがこみあげてきた。

なぜこんな間抜けな失敗をしでかしたのだろう。これでは奇術につなげられないではないか。それに、あの母親や叔父の態度はなんだ。いままで何度となく、この店のムードメーカーとして貢献してきた自分のマジックの腕に、興味が湧かないのか。新しい客を連れてきたなら、退屈な世間話など始めるのではなく、真っ先にマジックをリクエストするべきではないか。そこまで頭がまわらないとは、鈍い大人たちだ。

いらいらしながら空き缶をゴミ箱に投げ捨てた。磁石をポケットからとりだし、袋におさめると、元どおり食器棚の下に押しこんだ。きょうのショーは取りやめだ。あんな態度をとる大人たちに見せてやる芸などない。

一方でなにを話しているのかが気になる。椎橋は扉に近づき聞き耳を立てた。大人たちに恥をかかされたのだ、代償として情報を得るぐらいは許される。

叔父の声がする。「このままだと雪だるま式に借金がかさんでいくばかりだろ。うちからも百万だしてるんだし。そろそろ考えたほうがいい」

母の声が応じる。「家を売却すれば全額かえせる見こみがあるだろうし……」

「まてよ」叔父の声が制した。「家を売るって、旦那《だんな》さんがそれで同意すると思うか?」

「どうしてよ」母はいつになく感情的になっていた。「同意もなにも、あれはもともとわたしの家なのよ。家計もわたしが支えてきたんだし」

「奥さん」叔父の連れの声だった。「そういうわけにはいかないんです。結婚してから離婚するまでのあいだに夫婦で築きあげた財産は、財産分与の原則に基づき、夫婦で分配することになります。共働きならば半分ずつ分けることになりますし……」

「共働き？」また母の声だった。声がしだいにうわずっていく。「あんな紙芝居が労働と認められるっていうの？」

男の声は冷静だった。「当人が労働と考えているわけですし、たとえそれが労働と認められなくても、ご主人が家事にいっさい手をつけなかったわけではないでしょう？　いわゆる内助の功を評価して、七三とか六四とかに分けるのがふつうです」

母は腑《ふ》に落ちないようだった。「財産が分与されるのなら、借金も分与されるべきじゃない？　夫にもこの店でできた借金の返済義務があるでしょ？」

「いえ」と男の声が告げた。「奥さんの借金はあくまで奥さんの借金です。ご主人の借金ではないんです」

「そんな。夫の生活費も、子供の生活費も、この店でまかなうためにお金を借りたんですよ」

「民法七六一条、日常家事債務についての条文をご存じですか。たしかに家族の生活に直接関わる借金は、夫婦の連帯責任となります。しかしこの職種の選択と、お店にかかるあらゆる経費は、あなたの判断によるものです」

「じゃあどうしろっていうの」母の声は震えていた。「借金もなにもかも背負って、離婚してもなんの助けにもならないなんて」

叔父の声は冷やかだった。「そうでもない。扶養家族も同然だった旦那さんを食わせていたぶんが浮く」

母の声は、子供のような泣き声へと変わりつつあった。「家を失ったうえで？　そんなのってないわ」

頭を殴られたような衝撃が彬を襲った。思わず後ずさり、半開きになった扉を眺めて立ちつくした。小難しいことはわからなくても、十四歳の頭で理解できる単語は山ほどあった。借金。離婚。家の売却。

漏れ聞こえる母のすすり泣く声、それがなにより信じられなかった。あのいつも冷静沈着で、笑顔を絶やさなかった母が泣くなんて。しかもあきらかに夫と息子を重荷に感じている。解放されたいという思いばかりが先走ったか、彬を気遣うような言葉はいっさいなかった。

耳をふさぎたかったが、一瞬ののちにはなんの意味も持たないことを知った。なぜこんなところにいるのだろう。どうして母の世迷いごとに耳を傾けねばならないのだろう。もう結構だ。たくさんだ。なにもききたくない。なにも知りたくない。

6

中学の卒業が迫り、進路指導が始まっても、椎橋彬は志望校をきめなかった。高校進学か就職かさえもあきらかにしていない。

親を学校に招いての三者面談は、椎橋がその日程を家に伝えないため、いつも両親は欠席だった。教師は家に直接電話してきたが、通じるはずもない。料金未払いの状態がつづいている。

部屋に引き籠《こも》っているとき、彬はいつもカセットテープで音楽を聴いた。ダウンロードは金がかかる、そんな理由もあったが、彬の世代にとってはレトロで物珍しく、かっこよさを感じる新鮮なアイテムだった。再生機器はディスカウントショップで安く買ったラジカセ。スピーカーがひとつしかついていない、古びた小さな機械だった。

若年層にカセットテープが流行している、そんなニュースをネットで見かけた。それは嘘だと椎橋は思った。記事を鵜呑《うの》みにして手をだす同級生はいるが、面倒だし音も悪いし、使いこなせずほどなく飽きる。いぶし銀のような風味を理解できるのは、大人びた自分ぐらいだ、そう思った。

椎橋彬はすっかり不登校になっていた。それでも母に心配をかけたくない気持ちが働く。朝は家をでて、その後は私服に着替え、街のなかをぶらついた。秋が深まり、銀杏《いちょう》の葉が公園の歩道に舞い落ちるようになったある日、丸山商店街のマジックショップに足を運んだ。

饅頭《まんじゅう》屋とパチンコ店の狭間《はざま》に、ジーニーという名の店が、ひっそりと存在していた。細長いビルの半地階、ショーウィンドウの向こうには、いかにも時代遅れなタキシードやエンビ服をまとったマジシャンの写真が並んでいる。シルクハットやステッキ、シルクのハンカチやバネ花などの小道具が、いっそう古臭い雰囲気を醸しだす。あえて店内装飾をレトロにしているのではない。マジックは時代の変化に取り残された古典芸能のひとつにすぎなかった。色彩感覚もデザインの趣向も昔のまま。日進月歩という言葉が置き去りにされたジャンル、それがマジックだった。

ただしトリックはさておき、演じ方を今風にすれば人気を得られるかもしれない。挑戦するつもりがあれば、ユーチューブで実演の動画を配信し、反響を世に問うこともできる。椎橋はそうしなかった。結果が怖い。きっとコメント欄には悪意ある書きこみが連なるだろう。

プロになったところで、芸能界など大変なだけだ。地位がまるで確立されていない、マジシャンという職種では、よくて催事の巡業といったところだろう。自分のほかに誰か、マジックなど演じなくてもアイドル的人気を獲得しうるほどの美貌《びぼう》を持った連中が、マジシャンとしてデビューすればいい。できればこのマジックショップの常連客から、そんな人気者たちが輩出されてほしい。そうすれば自分も抱き合わせでテレビ局に招かれるかもしれない。椎橋の妄想癖はあいかわらずだった。志が高いのか低いのか、自分でもよくわからない将来への展望も、依然としてそのままだ。

ガラス戸を押し開けてなかに入る。店主はあきらかな迷惑顔で応じた。エンジのベストに蝶《ちょう》ネクタイといった風体、生え際の後退した黒髪、黒ぶちメガネの小柄な中年男。以前はプロマジシャンとして舞台に立っていたという。有名人でなかったことは明白だった。本当にプロだったかどうかも疑わしい。

店主はうんざりした顔を隠そうともしなかった。「おはよう。きょうは若い連中はいないよ」

アルバイトか正式な従業員かわからないが、この店には二十代前半ぐらいの男がふたり勤めている。彼らはまだ椎橋の相手をしてくれるが、店主は愛想がなかった。

いまも店主は椎橋への接客を放棄し、商品の整頓《せいとん》を始めた。

椎橋はきいた。「手伝いましょうか」

「いい」店主はぶっきらぼうに返事した。「アルバイトの採用予定も当面ない」

「そんなつもりじゃありません。ただ日ごろいろいろ教わってるし、手伝ってみようかなあって」

店主はじろりと椎橋を睨《にら》んだ。「きょう学校は？」

「あのう」椎橋は言葉に詰まった。「休みなんです。学校の開校記念日で」

「開校記念日？　公立の中学なのに休み？　その言いわけは前にも聞いたな」

「本当なんです」

「まあいい」店主は鼻を鳴らし、床に下ろした箱の前にしゃがみこんだ。

椎橋は手持ち無沙汰《ぶさた》に店内をうろつきまわった。変わりばえしない品揃えを眺め渡す。ゾンビボール、バニッシングケーンにアピアリングケーン、ダブパン、テレビジョンカード。どれも数十年前からあるマジックだ。タネも塗装も変わっていない。

店主は身を屈《かが》めたまま作業していたが、やがて苦痛そうな呻《うめ》きを漏らすようになった。腰痛らしい。椎橋は気づかないふりをした。店主のため息はしだいに大きくなった。

ほどなく店主がきいた。「サムチップの大きさのちがい、わかるかね」

「ええ、もちろんです」椎橋は答えた。

サムチップとは親指の先に嵌《は》めて用いる、リアルな肌いろに塗装された指サックのことだった。角度によっては、観客に素手と信じさせられるうえ、なかに畳んだハンカチを仕込める。親指の太さのちがいにより、大中小のサイズがある。

店主は立ちあがり、腰を伸ばしながら嘆いた。「大も中も小もごちゃ混ぜにして送ってきた。トリックデックのほうも区別されてない。トラベリングもインビジブルもオムニデックも一緒くたにされてる。おおかた、どこかで荷物をぶちまけてしまった輸送業者が、拾ったものを手当たりしだいに放りこんだんだろう」

「ふうん。そりゃたいへんですね」

「よければ」店主は渋々といったようすで告げてきた。「手伝ってもらえるとありがたいんだが」

やっとすなおになったか。椎橋は応じた。「喜んで」

床に座りこんでサムチップの仕分けをはじめる。ごく簡単な作業だった。店主もしばらくは椎橋の手もとを見ていたが、やがてカウンターのなかに立ち去った。

つづいてデック、すなわちトランプの識別にかかる。ひと組ずつ開封し、中身をわずかに引きだし、どんな細工が施されているか確認する。二十六枚の同一のカードと、別々のカードが交互になっていればスベンガリデック。そこにラフアンドスムース加工がされていればトラベリングデック。同じくラフアンドスムースでも、カードが背面どうし並んでいればインビジブルデック。

これらはあまり使えない、椎橋はそう感じていた。トランプに仕掛けがあったのでは、友達に渡せない。中学生の世界では、手品を演じていれば、かならず相手が道具を奪って調べようとする。そんな日常に対応できない。

マジックの専門用語で、隠し持つことをパームという。コインならパームできるが、デックとなると大きくて不可能だ。パームができなければ、普通のトランプとすり替えるのも無理だった。意地悪な級友にはやはり立ち向かえない。

いつしか時間が経過していた。店主がふいに呼びかけた。「こら。なにしてる。デックをパームして、そのまま万引きしようとしてるんじゃないだろうな」

持ち方が気になったのだろう。椎橋は苦笑してみせた。「とんでもない。パームを知ってるマジシャンの前で、そんなことが通用するわけないじゃないですか」

店主は鼻息荒くいった。「マジックの練習は家でやれ。それは大事な商品だ、汗がついたり手の熱で曲がったりしたら困る」

「はい、すみません」椎橋は小声でつぶやきながら、分別作業に戻ろうとした。

そのとき店主はたずねてきた。「デックのパーム、難しいだろ」

かすかな驚きが椎橋のなかに生じた。店主がテクニックについて問いかけてきた。

「ええ」椎橋は応じた。「とても難しいです。なにしろ手が小さくて」

「そうでもない」店主はカウンターから身を乗りだした。「こっちからは見えなかったぞ。ちゃんと客の目に触れないような角度で持てば、デックどころか皿さえもパームできるもんだ」

たしかに掌《てのひら》のなかで垂直に保持し、手の甲をまっすぐに観客に向ければ、とりあえず隠し持てる。だが手を動かしたり、身体の向きを変えたりするとなると至難の業だ。ましてただ隠し持つだけでは、デックのすり替えもおこなえない。

「まあな」店主は頭を掻《か》いた。「一朝一夕というわけにはいかんだろうな。うまくなりたきゃ練習することだ。石の上にも三年というだろ」

椎橋の嫌いな格言だった。修業などせめて三か月が限度といったところだ。なんなら三日、あるいは三時間でもいい。短いに越したことはない。「やり方がわからなくて。トリックデックを、ふつうデックにすり替える方法ってありますか？」

「デックをすり替えるだと？　そんな必要はないだろ。だいいち手品をやるときに、これは仕掛けのないトランプですと主張しなくてもいい。堂々としていれば、ふつうのトランプと信じさせられる」

「ちがうんです、僕らの、子供の世界では……」

「ああ。友達にタネがばれるとか、そういうことか。答えは簡単だ。そんな友達には手品を見せなきゃいい」

椎橋は失望した。この店主もやはり大人目線か。

だが店主はカウンターのなかからでてくると、店の隅に向かいだした。「といいたいところだが、気持ちはわかる。私も昔、プロマジシャンだったからな。ビヤホールとか宴会場の営業だと、がらの悪い酔っ払いが舞台にあがってきてケチをつける。ひどいのになると、手品の道具を奪いとってネタばらしをはじめるんだ。だから予防策も必要だろう。きてごらん」

椎橋は歩み寄った。そこにはエンビ服を着たマネキンがあった。

この店には何度となく足を運んでいるが、衣装の展示物に注目したことはなかった。椎橋には大きすぎるし、だいいち身につけたいと思うファッションではない。

店主はそのエンビ服の襟をつかみ、洋服屋のように上着の裏地をしめした。見慣れないものが目に入った。裏地の裾《すそ》近く、縦横三十センチほどもある、大きなポケットが縫いつけてあった。

「トピットってやつだ」店主はいった。「外からはスマートに見える上着でも、この隠しポケットを縫いつけておけば、パームした物を放りこんで処分できる。具体的には、まずデックかなにかをパームしてから、その手を襟もとに近づける。襟をちょっと整えるふりをする動作で、隠し持った物を上着のなかに投げ落とすんだ」

椎橋は隠しポケットを眺めた。裏に粗末な麻袋が縫いつけられた上着、ほとんどの人々にとってはただそれだけのしろものだろう。だが椎橋にとっては、とてつもない可能性を感じさせてくれる奇跡の上着に思えた。これがあれば、カウンターをはさんで客と向かい合っていなくても、パームした物体を処分できる。手のなかをからにできる。

とはいえ実際に、どういう手順でデックをすり替えればいいのか。

店主は棚からDVDを取りだした。「このソフトにやり方が入ってる。マイケル・アマーの弟子が解説してるんだよ。デックのすり替えにはハンカチを使う。あらかじめ上着の胸ポケットにハンカチを入れておくんだが、そこにトリックデックをくるんでおく。ふつうのデックを客に検《あらた》めさせたら、胸もとのハンカチを取りだす。その陰でデックをトピットに投げ落とし、ハンカチのなかにあったデックをしめす。客から見れば、デック片手にハンカチを取りだした、それだけの動作にしか見えない。見事すり替え完了だ」

胸のハンカチをとりだす。これまた中学生の椎橋にふさわしい動作とは思えなかった。けれどもなんらかの応用はきくかもしれない。

椎橋はきいた。「そのソフトはいくら？」

「六千八百円」店主が答えた。「買っても動画をネットにあげるなよ。メーカーからうったえられるぞ」

一万円ほどの持ち合わせはある。母の店の手伝いは辞めてしまったものの、マジック用品を買うため、ひきつづき母の財布から金をくすね盗《と》っていた。よからぬこととは知りながら、やめられなかった。両親は離婚した。自分も財産の一部分配にあずかってなにが悪い。

7

マジックショップをあとにしたとき、すでに辺りは夕陽に赤く染まっていた。アスファルトに長く伸びた自分の影を眺めながら、黙々と歩く。中学に在籍した三年間、ずっと同じ道を、同じように帰った。異なるのは季節によって変化する影の長さだけだった。

住宅街は夕方になると、妙に静かになる。表通りは帰宅のラッシュ時を迎えるが、ここの街並みに賑《にぎ》わいはない。都内まで通勤している住人がほとんどだ、いまだ家路に就く時間ではないのだろう。戻るのは楽しくない。地元にはなにもない。なぜかそう感じる。無味乾燥。だからみな帰る時間を遅らせる。そんなふうに思う。

マイケル・アマーのトピットなる新ネタを仕入れた、その帰り道でありながら、椎橋の心は躍っていなかった。半ば義務化したようなマジックの趣味は、なんのためにやっているのか、自分でもわからなくなっていた。

突き詰めていけば、すぐに真実があきらかになる。自分の夢想のため、この趣味を必要としている。まるで取り柄がなければ、白昼夢のきっかけすらつかめない。だから特技を持たねばならない。

といいながらも、徐々に気づき始めていた。現実の世界では、空想がなんの意味も持たないことを。

自宅が見えるところまできた。ふいに奇妙な感覚が椎橋のなかを駆け抜けた。

家の前にトラックが停まっている。荷台にはたくさんの木が積み上げられていた。植木屋だろうか。母がまた木を大量に買いこんだのだろうか。だがおかしい。母は手に入れた木を業者に運ばせたりしない。いつも自分で持ち帰る。

駆け寄っていくと、作業着姿のふたりの男が、大きな桜の木を門から運びだしてきた。男たちは椎橋を一瞥《いちべつ》したが、なにもいわずトラックの荷台に木を放りこんだ。まだ掘り起こされたばかりの根には土がこびりついていた。

椎橋は門のなかを覗《のぞ》いた。思わず息を呑《の》んで立ちすくんだ。

庭を埋め尽くしていた木々は、ほとんどが取り除かれ、一面は穴だらけの荒地と化していた。あちこちにスコップやビニール袋が散乱している。変わり果てた庭は、まるで土木作業現場の様相を呈していた。家のたたずまいさえもがらりと印象を変えている。

男の声がした。半開きになった玄関のドアからだった。椎橋はびくつきながら近づいていった。

ドアをそろそろと開けると、靴脱ぎ場で立ち話をしている三人が目に入った。ひとりは母だった。あとのふたりの男はこちらに背を向けていた。

母が虚《うつ》ろな目をこちらに向ける。いつものまなざしだった。このところ母は絶えず酒を飲んでいる。肝臓を悪くしたのか、肌のいろも浅黒い。

ふたりの男が椎橋を振りかえった。ひとりは見た顔だった。一年前、母の店にいた男だ。叔父《おじ》の筑波の連れで、難しい法律用語を口にしていた。もうひとりは記憶になかった。

「ああ」法律に詳しい男が笑いを浮かべた。「椎橋杉くんだったね、たしか」

もうひとりも表情を和らげた。「ほう。息子さんか。中学生？　いま何年生？」

気さくに話しかけてきたが、椎橋はそういう大人の口調を毛嫌いしていた。いかにも子供相手と見下したような喋《しゃべ》り方。椎橋はぼそりと告げた。「三年」

「そうか。じゃ受験でたいへんだね」

「ええ、まあ」

男たちは母に向き直った。法律に詳しいほうが母にいった。「明日《あした》またくる。勾留《こうりゅう》しないのはそれだけ、あなたの反省が認められたからだと思ったほうがいい。被害届をだしていた人たちも、あるていど情状を酌量してくれそうだし」

「はい」母は頭をさげた。「申しわけありませんでした」

「とにかく済んだことは仕方がありません。いまは飲みすぎないように。それだけ気をつけてください」

会話は終わったようだ。男たちは椎橋に目もくれなかった。さっきのは社交辞令にすぎない、そんな態度で足ばやに退出していった。

やがて母は顔をあげた。妙にさばさばした態度だった。母は無言のまま家のなかにあがり、奥へと立ち去った。

「お母さん」椎橋はあわてて靴を脱ぎ、そのあとを追った。「なにがあったの。いまの人、誰？」

ひさしぶりの対話だった。一年ものあいだ、母は黙って夕食を作り置きした。彬も母が寝てから、台所に降りてきて食事をした。母が現れると、食事中でも箸《はし》を置いて部屋に引き籠《こ》もった。ずっとその繰りかえしだった。

母の声はしわがれていた。和室に向かいながら母はつぶやいた。「弁護士さんと、警察の人」

「警察って？　どういうこと？　なんで庭の木が持っていかれたの？」

ふう。母は疲れたようにため息を漏らし、和室の座布団に座りこんだ。卓袱《ちゃぶ》台《だい》に頬《ほお》杖《づえ》をつく。辺りにはビールの空き缶が散乱していた。

母はいった。「被害届が、いっぱいだされてたって」

「なにそれ。被害届って、なんの被害？」

「だから」母は荒れたようすで投げやりにいった。「木を持っていかれたってことで、その……」

「持っていかれたって？　庭の木はぜんぶ買ってきたっていってたじゃん。あとでお金を払ったって……」

母は椎橋をじっと見つめてきた。酔っ払い特有の焦点の合わない目。やがて母はけたたましく笑いだした。「冗談いっちゃだめよ。彬、なんにも知らないのね。あとからお金を払うなんて。そんなこと許されるわけないじゃない」

「なんだって」椎橋は自分でも頓狂《とんきょう》と感じる声を発した。「お金を払ってなかったっていうの？」

「っていうか、お金を払ってどうこうとか、そういうんじゃないの。そんなこと自体、ありえないってこと」

「公園にある木を引き抜いてきちゃだめってこと？」

そう。母はまたビールを口に運んでからいった。「ようやくわかったの。中学三年にもなって。お利口さん」

「道に生えてたやつはいいんだろ？　誰の土地でもないから……」

「彬」母は酒くさい息を吐きながら、彬に顔を近づけてきた。「小学校のときから、社会科とかちゃんと勉強してないから悪いのよ。道にある木も、たいてい市役所が植えたやつ。税金でまかなわれてるの。勝手に持ってきちゃ犯罪。泥棒」

まるで他人《ひと》ごとのように言い放ち、母は笑い声をあげた。そんな母を椎橋はただ呆《ぼう》然《ぜん》と眺めていた。

やがて彬はきいた。「お母さんが泥棒だったってこと？」

母のビール缶を持つ手がとまった。なにかを話しかけて、また黙りこむ。どうだっていい、そういいたげな態度をしめし、また缶ビールをすすりはじめる。

「答えろよ」椎橋は母に詰め寄った。「泥棒だってわかってて、木を盗《と》ったの？」

すると母はあっけらかんと応じた。「本当の泥棒はね、お父さん」

「お父さんが泥棒？」

「そう」母がうなずいた。「この家、ね。お母さんの家。わかるでしょ？　お母さんの、両親の家だったの。お母さんのお母さんとお父さん、ふたりとも、老後の世話して。ちゃんと葬式の手配もして。で、わたしが相続した。なのに、ただ上がりこんだだけの奴が、この家を売ったら、半分の金をもらうことになってる。まるで泥棒。そうでしょ」

離婚後の財産分与がどんな比率か、彬は知らされていなかった。財産といっても、せいぜいこの家ぐらいしかない。父が家をでてからしばらくのあいだ、母とふたり暮らしがつづき、家の問題はとうに終わったと思っていた。だがちがったらしい。家を売る計画は進んでいた。それによって得る金を、夫婦で分配することもきまっていた。

あの店で耳にしたとおりだ。なにも知らないのは自分だけだった。

母は声を震わせ、子供のように泣きじゃくりながらいった。「何年もあんなろくでなしと一緒にいて、一所懸命働いたのに、紙芝居だとか何だとか、くだらない道楽ばかりで。あんなものが仕事かしらね。笑っちゃうわ」

彬は思いのままを口にした。「それだけで泥棒呼ばわりなんて」

「木をたくさん盗んだんだから、しょうがないわ」

「お母さんのことじゃない。お父さんのことだよ」椎橋彬は妙な感覚にとらわれていた。なぜ父の弁護をしなければならないのだろう。「結婚したのは、お父さんとお母さんの合意のうえだろ？　ちがう？　お父さんと結婚したのは、お母さんの責任じゃん」

母の顔はみるみるうちに赤くなった。母は缶ビールを箪笥《たんす》に投げつけた。「あんたになにがわかるの！」

彬はびくっとして身を退《ひ》いた。激怒する母を見るのは初めてだった。

「あいつは泥棒」母はわめき散らした。「お店から、わたしが苦労して経営してたお店から、お金盗んでた。レジから、お金盗んでた」

「それって」椎橋は胸が塞《ふさ》がるような思いとともにきいた。「いつごろ？」

「さあ、一年ぐらい前かしらね。レジから四万円もなくなってた。あのひとに合鍵《あいかぎ》を渡してたのが運のツキね。しらばっくれたから、離婚だっていってやった。あのひと青くなってたけど、どうせろくでもない紙芝居屋だもの、いなくてせいせいするわっていってやったの」

衝撃が波状に押し寄せた。椎橋彬は言葉を失っていた。

四万。あの四万が離婚の引き金になったというのか。磁石のトリックを買うために、椎橋がレジから盗みだした四万。不満が鬱積《うっせき》していたとはいえ、直接の原因はあの四万だったのか。

父のせいではない。それまでのことはともかく、母による離婚の決意は、父の行為に由来してはいなかった。ほかならぬ彬のせいだった。

動揺は冷静さをすっかり奪い去った。口が動いても声がでない。そんな状態が長くつづいた。

「まあ、でも」母が投げやりにいった。「いまさらいいわ。もう四万どころじゃないもの」

彬はやっと声を搾りだした。「どころじゃないって？　どういう意味？」

「もう借金だらけ。お店もうまくいかなかったし」

「でも、家を売ればどうにかなるんでしょ？」

母はビール缶の底を卓袱台に叩《たた》きつけ、うな垂れた。前髪をかきあげながら母はぶつぶつといった。「花札のチョンボがあるし」

「なにそれ」初耳だった。椎橋は母を見つめた。「花札って？　ギャンブルに手をだしてたの？」

「筑波の叔父《おじ》さんの誘いでやってみたの。はまっちゃってどうしようもなかったの。でね、勝てないから、チョンボして、で、もっと負債を背負いこんじゃった」

曖昧《あいまい》な表現だった。椎橋は突き詰めようとたずねた。「チョンボって意味は？」

「みんなやってること。お母さんだけじゃないの。みんなやってる」

すねた子供のような母の態度に、椎橋はおおよその事情を察した。「いかさまってこと？　花札でいんちきをして、罰点がついたってことかよ」

「だから、みんなやってんの。ね」母は半笑いで、指先をしきりに動かした。「彬の、ほら、あの手品みたいなもんよ。ふつうは誰でもやるの。真面目に勝負する人なんかいないって」

彬は脈拍が速まるのを感じていた。「借金、いくらぐらいあるの」

「四百とちょっと、ぐらいかな」

単位が円でなく万円であることは明らかだった。椎橋はきいた。「かえすあてはあるの」

「それなんだけどね」母は卓袱台に突っ伏した。「木を売ってお金つくろうとしたんだけど、それで足がついちゃって」

なんということだ。彬は意識が遠のきそうだった。

父があまりにもだらしのない生活を送っていたせいで、母の欠点については隠蔽《いんぺい》されていた。真面目な勤労者という母への好印象は完全に覆された。

「なんだよ」椎橋はこみあげてくる怒りを抑えきれなかった。「ひどいじゃないか。めちゃくちゃだよ。家もなくなっちゃうし、これからも借金地獄なんて。どうしてくれるのさ」

母は彬を睨《にら》みつけてきた。

血走った目。これまでのやさしい母の面影はどこにもない。母は怒鳴った。「生意気いうんじゃないわよ！　自分で稼ぎもしないくせに、身体ばっかり大きくなって、頭はからっぽで。勉強もなにもしないで、部屋にただ引き籠《こ》もってばかりで。いったい彬がなんの役に立ってるっての？　わざわざ彬を育ててきて、お母さんになんの恩恵があるの？　ねえ、答えてよ」

ひたすらひきつったようにまくしたてる。もはや椎橋の知っている母とは別人だった。いや、椎橋が母と感じていた人物は、そもそもいなかったのだろう。椎橋は立ちあがった。意識せずとも逃げ腰になっていた。転がるように和室を駆けだし、自分の部屋に急いだ。

そのあいだ母の罵声《ばせい》はつづいていた。「あんたを食べさせるのにいくらかかってると思ってるの。そのお金、ぜんぶかえしてよ。出世払いでもなんでもいいから、払ってちょうだいよ。あんたまで泥棒なの、彬？　人のものは俺のものっていうの？　そんな子に育てたつもりはないわ。ちゃんとお金、耳をそろえてかえしてよ！」

なにが泥棒だ。なにが金をかえせだ。そんなことをいわれる道理はない。母こそが泥棒であり、借金魔だった。憤怒《ふんぬ》に頭がくらくらした。けれどもこの場で鬱憤《うっぷん》を晴らせそうにはない。家に火をつけたところで、困るのは自分自身だ。

自室に戻るやドアを叩きつけた。その場に立ちつくしたが、迷いは数秒にすぎなかった。椎橋はただちにベッドの下からスポーツバッグをひっぱりだした。スマホは置いていかざるをえない。居場所が割れると困る。ほかになにが要るだろう。床に散乱した服や漫画本、こだわりのカセットテープ、それに奇術用品。手あたりしだいに放りこんだ。

でていってやる。こんな家、これ以上いてたまるものか。母は父と結婚した、それが不幸のはじまりかもしれない。だが結婚相手を選ぶ自由はあったはずだ。子をつくるか否かの自由もあった。彬にはそんなものはなかった。好むと好まざるとにかかわらず、この世に産み落とされた。社会に適応できない性格が助長される環境に育ち、結果として最悪の立場に陥った。

あんなに無責任な親がいるだろうか。父も父だが、母も母だ。ふたり揃って酷《ひど》すぎる。夫婦はだましあっていた。狸と狐の化かし合いだ。その化かし合いのなかに彬は生まれた。

電灯の光がぼやけるのをどうすることもできない。滲《にじ》んでくる涙を何度も拭《ぬぐ》いながら、彬は荷物をまとめた。悲しみに浸るなか、すべてが両親のせいでないことを告げる理性のかけらは、たしかに存在した。しかし彬は、そんな心の奥底からの警告を無視しつづけた。

四万。引き金になった四万。その事実を椎橋は頭から閉めだした。自認しがたい過去として、記憶の奥底にしまいこんだ。

8

電気街の店頭に並んだテレビに、NHK夜九時のニュースが映った。冒頭から小難しいだけの政局が伝えられる。椎橋彬にとっては、見るべきものはなにもなかった。国がどうなろうと知ったことではない。自分はいま人生の岐路に立っているのだから。

スポーツバッグを肩から提げ、秋葉原《あきはばら》をぶらついた。アイドルソングや洋楽、アニソン、演歌、あらゆる音楽が混ざりあい、辺りかまわず撒《ま》き散らされる。派手なネオンの発光を浴び、赤や青に顔のいろを変えた人々が、足ばやに行き交う。それらが街を構成するすべてに思えた。

数時間前に家を飛びだしたとき、財布のなかに残っていた金は、二千円と小銭がいくらかだけだった。それだけあれば東京に行けるという、漠然とした考えを頼りに、駅の改札を入った。憂鬱《ゆううつ》な気分で電車に揺られた。都内に詳しくない椎橋は、多少なりとも地理を知る唯一の駅、秋葉原に降り立った。

以前ゲームソフトを買うためにきたことがある。洒落《しゃれ》た服を着ていなくても、浮きあがらない街なのも知っていた。ほかにも特筆すべき事実がある。部品問屋近くの広場で、夕方から夜にかけ、どこかのマジックショップが屋台をだす。実演販売が勤め帰りの人々の足をとめさせる。

あいかわらず夢想の力が発揮された。マジック屋台の親父が、家出してきた椎橋をかくまい、弟子に採用してくれる。そんなご都合主義的な展開を思い描いた。木枯らしの吹く閑散とした広場、ひとり寂しくマジック商品の実演販売に興じる中年男。そこに拍手する少年が現れる。それがふたりの出会いだった。

ところが実際に広場に着くと、たちまち身勝手な夢想は潰《つい》えた。マジックの実演に数十人の野次馬が群がっている。販売員もわりと若い男だった。メーカーの社員かもしれない。椎橋が想像したもの悲しさはそこにはなく、四本のリングをつないだり外したりするマジックに、観衆はおおいに沸いていた。

空虚な気分で街をぶらつく。制服警官の姿を見かけるたび、手近な店のなかに逃れた。夜が深まれば深まるほど、補導の危険が増していく。

生徒手帳はとっくに捨てていた。地味ないろのトレーナーとスラックスは、少しでも年長者に見せかけるためだったが、街のあちこちにある鏡のなかには、中学生にしか見えない自分の姿があった。

疲労が蓄積しだした。どこかに腰を落ちつけたい。横になりたい。財布のなかの金は千円を切っていた。カプセルホテルでも三千円以上する。単独の未成年者を迎えてくれるとも思えない。

道路の向かいで発光するネオンが目をひいた。ラスベガスと記された看板が激しく点滅する。パチンコ店だった。

そうだ、パチンコで懐を膨らましてはどうだろう。イチかバチかの賭《か》けだ。

椎橋は吸いこまれるように自動ドアを入っていった。けたたましいハードロックとアナウンスが響き渡る。この時間になっても、店内はパチンコに興じる客で賑《にぎ》わっていた。客層は中年かそれ以上がほとんどだった。椎橋は顔を隠すようにして、台の前に座った。なけなしの金でプリペイドカードを購入する。

ものの数秒で、すべての玉を打ち終えた。一個だけがヘソに入賞した。画面に三桁《けた》の数字が躍った。

リーチ。台からそんな声が飛びだして、ランプが激しく明滅を繰りかえす。椎橋は固唾《かたず》を呑《の》んで見守った。6と6で揃いかけた数字の真ん中で、5と6が激しく葛藤《かっとう》を繰りかえし、やがて妙なアニメーションのキャラクターが現れ、その数字を平手打ちした。数字は5で止まり、キャラクターは「ごめん」と言い残し、画面から消え去った。

椎橋は凍りついた。店の温度が何度か下がったように感じられた。

自分は遊ばれている。椎橋はそう思った。こんなふうに焦《じ》らされて楽しむ大人もいるのかもしれないが、全財産を擲《なげう》っている椎橋には拷問に等しかった。

悪魔的な考えがひらめいた。スポーツバッグのなかにはあの超強力磁石がある。薄いガラスを通じ、銀玉を誘導することは可能に思える。警報が鳴るとの噂もきくが、すべての台がセンサー内蔵ともかぎらない。

またしても都合のいい解釈であることは承知していたが、背に腹はかえられなかった。椎橋は辺りを見まわした。シマにただひとりだけいた客も、すでに台に愛想をつかして離れている。従業員の姿もいまはない。磁石をとりだすには絶好の機会といえる。

椎橋はスポーツバッグを開き、なかに手を突っこんだ。乱雑に詰めこまれた洋服類の下に、硬い物の感触があった。それをパームしてとりだす。てのひらにぴったりと包みこむようにして、なにげなく空の手を装う。

スポーツバッグを床に下ろし、磁石をパームしたまま台に向き直る。手をそろそろと台の表面に近づける。

玉はすぐに反応した。さすが一万ガウスだった。しかし思うように操れなかった。

玉はピンの合間に滞るように溜《た》まっていくだけで、目的の方向へ導くのは至難の業だった。ピンの数が多すぎる。磁石を近づければ玉が滞り、遠ざければ玉が流れおちる。ただそれだけだった。とても移動させられない。

視界の隅になんらかの動きをとらえた。三、四人の従業員がシマの端でひとかたまりになり、こちらに視線を向けている。椎橋のなかに緊張が走った。

ばれたのか。おかしなことではない。突飛でもない。ガラスの向こうで玉が静止してしまうほどの磁力だ、鈍いセンサーでも反応するだろう。やはり対策はなされていた。当然といえば当然だ。どうしてそこまで頭がまわらなかったのか。貪欲《どんよく》でがめつい大人たちの業界が、こんな安易なゴトを許すはずがないではないか。

従業員たちが近づいてきた。椎橋はすばやく反応した。磁石を尻《しり》のポケットに押しこむと、スポーツバッグを取りあげ、席から飛びだした。

通路を駆けだしたとき、背後から声がした。まて。そんな叫びが追いかけてくる。捕まるわけにはいかない。すいているシマの通路を選び、エントランスへと駆けていった。途中、歩いてきた若い男性客とぶつかりそうになった。その男は青白い顔をした、痩《や》せ細った身体つきで、大学生らしい風体だった。男は顔をしかめながら椎橋を一瞥《いちべつ》し、わきをすり抜けていった。

椎橋はまた走りだした。すると通路の席のひとつに、カバンが置いてあるのが目に入った。ひとけのないシマに、カバンが放置されている。

いまの男のものだ。ためらいは一瞬よぎった。けれども椎橋は足を緩めず、カバンをひったくるなり通路を駆け抜けた。

自動ドアが開かなくなるのではと不安を覚えたが、そのような仕掛けはなかった。椎橋は外に躍りでると、すぐに路地に逃げこんだ。悪臭が鼻をつく。それでも母の店の周辺よりはましだった。空き缶の詰まったゴミ箱を押しのけて走る。また別の大通りにでた。

混乱が頭のなかを掻《か》き乱した。路上を徐行しながらすり寄ってくるクルマがある。タクシーだった。空車のランプが点灯している。椎橋がタクシーを探しているように見えたらしい。

思いきって手をあげた。タクシーは停まり、後部ドアが開いた。椎橋は荷物を胸に抱え、車内に乗りこもうとした。

ふいに腰のあたりをぽんと叩《たた》く感触があった。男の声がした。「ちょっと」

寒気が全身を駆けめぐった。振りかえると制服警官が立っていた。その向こうに、妙な顔で眺めてくる人々の顔がある。

どうしたんだ。なぜ呼びとめる。もうパチンコ店からの通報を受け、駆けつけたのか。東京の警察はそんなに優秀なのか。椎橋はわけがわからず、ただ凍りついていた。

警官の眉間《みけん》に皺《しわ》が寄っていた。表情に似合わず穏やかな声で、警官はきいてきた。

「尻に缶がついてるよ、どうしたの」

椎橋は自分の尻に手を伸ばした。またしてもポケットのなかの磁石のせいで、空き缶が密着している。それを尻から引き離した。

「ああ、すみません」椎橋は空き缶を、まるで飲みかけのように掲げた。「うっかり、忘れてました」

なにをどう忘れていたというのだろう。自分でも情けなくなるほど頼りない弁明だった。挙動不審と思われても仕方がない、そう覚悟した。

ところが警官はあっさりと退いた。変わった若者もいるものだ、そういいたげな目つきをくれると、別の制服警官と合流し、悠然と歩き去っていった。もの珍しそうに眺めていた人々も、それぞれの行き先に向け歩きだした。

多様さに寛容で、しかも移り気。他人のことにあまり構わない。構ったとしてもすぐ忘れてしまう。椎橋は大都会の一面を垣間《かいま》見たような気がした。

悪くはない。椎橋は思った。これならなんとか生きていけるかもしれない。

タクシーの運転手がきいてきた。「どちらへ？」

「ええと、あの、新宿」椎橋はいった。

ドアが閉まり、タクシーは走りだした。

直後に不安が襲った。秋葉原のほかに知っている地名はいくつかしかない、だからそのうちのひとつを告げた。だがここから新宿までどれくらい距離があるかわからない。いくらかかるのかも予想がつかない。

ひったくったバッグを眺めた。ついにやってしまった。震える手でファスナーを開け、中身をたしかめた。

デニム地の財布を開く。指をいれてみると、一万円札が数枚滑りでた。安堵《あんど》のため息を漏らす、そんな自分を一瞬、嫌悪してみせる。だがほっとしたことは否めない。

財布はかなりの厚みを帯びていたが、数枚の札のほかはレシートばかりだった。なぜレシートをこんなに多く保存しているのだろう。十五歳の椎橋にはわからなかった。

「お客さん」運転手がハンドルを切りながら声をかけてきた。「きょうはもう、お仕事は終わりで？」

ええ。曖昧《あいまい》に返事をしながら、椎橋は内心その問いかけに驚いていた。

大人に見えるのだろうか。たしかに若くして働きにでている人の数は、都会ほど多いときいたことがある。もう中三だった。来年には就職していてもおかしくない。社会人と言い張れば通用するかもしれない。

勇気が湧いてきた。椎橋はバッグのなかを漁《あさ》った。パチンコの景品とおぼしき金地金の詰め合わせがいくつか入っている。さっきの店のものだろうか。もしそうだとしても、戻って換金しようなどと思うべきではない。ほかにはサングラスと百円ライター、小銭。

財布をもういちど調べると、免許証を見つけた。椎橋には読めない漢字の名前。馴《な》染《じ》みのない都内の住所。写真の顔は見覚えがある。パチンコ店の通路ですれちがった男が、そのまま写っていた。怪訝《けげん》そうなまなざしもそのままに。

罪悪感が押し寄せてきた。越えてはならない一線を越えた。罪を犯した。泥棒だ。父を泥棒呼ばわりした母、その母も同じく物を盗んでいた。いまや自分も同罪だった。十八歳未満の立ち入りが禁じられている遊技施設で、ゴトを働き、窃盗に及んだ。札付きのワルと呼ばれてもおかしくない。椎橋はそう思った。

札付きのワル。その表現が思い浮かぶに至り、椎橋はかえって落ちつきを取り戻していった。アウトロー的な立場となった自身に、奇妙なカタルシスを覚えはじめていた。

胸のうちに使命感がひろがりだした。とにかくやらねばならない。どんな方法を使ってでも生き延び、自立し、大人たちを見かえさねばならない。

窓の外に目を向ける。ネオンの渦を眺めながら、椎橋はいま大慌てにちがいない人物の免許証を、そっと握りつぶした。生きていくために必要なことだ、そう自分にいいきかせた。

9

歌舞伎町《かぶき》でタクシーを降りてすぐ、椎橋の足はふらついた。

腹が減っている。そういえば夕食にもありつけず家を飛びだした。宿探しも重要だが、どこかで腹ごしらえしなければ卒倒してしまう。

夜の繁華街は特殊な異世界ではなかった。椎橋に年齢の近そうな男女を、そこかしこに見かける。風俗店の看板はあったが、隣りはコンビニエンスストアだった。なにもかもが渾然《こんぜん》一体となった街。それゆえに溶けこめている、そんな実感があった。

ときおり立ちどまっては後方を振りかえる。追ってくる人影はなかった。パチンコ店には警察が急行しただろうか。そういえば防犯カメラはあったのか。犯行現場が録画されているかもしれない。

いまさらどうでもいい。椎橋は捨てばちになった。いきなり街頭に写真が貼りだされるとか、そんな事態にはならないだろう。あのていどの盗みでそれだけ騒がれるのなら、母はとっくにニュース番組の顔になっていたはずだ。

鼻につんとくる醬油《しょうゆ》の匂いをかいだ。ラーメン屋の幟《のぼり》が立っている。吸いこまれるように入っていった。

カウンター席しかない小さな店だった。老若男女問わず客が入っている。椎橋が席につくや、お冷が差しだされた。中年の従業員が目で注文をたずねてくる。父と同じぐらいの年齢だった。この人に家族はいるだろうか。子供はどうだろう。これから深夜ずっと働きどおしだろうか。

従業員は眉《まゆ》をひそめた。「なんにしましょう」

「あ、ええ、はい」椎橋は当惑しながらメニューを眺めた。「チャーシューメンをひとつ」

はいよ。従業員は背を向けた。チャーシュー一杯。威勢のいい声が飛ぶ。

いまは好きなものが食える。だが確実に財布の中身は減っていく。なんとか食い扶《ぶ》持《ち》をつなぐ方法を考えねばならない。他人の財布を盗むのは、できることならこれっきりにしたかった。反省から生じる気持ちではない。あまりにも危険が大きすぎる。

ボイスチェンジャーで変換された、特有の甲高い声をきいた。椎橋はテレビに目を向けた。

事務所内で老婦らしき人物が、萎縮《いしゅく》したようすで椅子に座っている。顔はモザイクで隠してあった。

店の従業員らしき男がフレームインしてきた。男は老婦を見下ろしながら、低い声でいった。「持ってるもん、ぜんぶだしや」

「すみません」老婦は涙声でつぶやいた。「ほんとに申しわけありません」

「ええから、謝るぐらいなら盗《と》らないこっちゃ」男は腕組みした。「はよだしや」

すみません、すみません。老婦は何度も詫《わ》びの言葉を口にしながら、カバンを開け、缶詰をとりだした。一個だけではなかった。二個、三個。それに柿ピーの袋、惣菜《そうざい》のパック、牛乳の紙パック。

男のため息がきこえる。「おばあちゃん、レジでお金払わずに持ってでたら犯罪やで」

「すみません。ほんとに申しわけありません」老婦は繰りかえすばかりだった。

キャスターのナレーションがかぶる。「この婦人は七十六歳。夫に先立たれ、娘も嫁いで以降、ずっと孤独な生活をつづけてきたという。万引き犯はこのように、高齢者層が大半を占め……」

従業員がカウンターのなかをうろつきながらいった。「リモコンどこへいった。そろそろスポーツニュースの時間だろ」

「まってよ」椎橋はあわてて声をあげた。「観てるんだから」

よほどめずらしい抗議だったのだろう、従業員や客がいっせいに見つめてきた。

「お袋かい？」従業員がからかいぎみにそういうと、客たちに小さな笑いの渦が沸き起こった。

それ以上、誰も椎橋に関心をしめさなかった。従業員は立ち働き、客は麺《めん》をすすっている。

画面が切り替わった。メガネをかけた細面の男が現れた。年齢は四十前後だろうか。広い額に鷲《わし》のように尖《とが》った鼻、ごつごつとした顎《あご》が特徴的で、いちど見たら忘れられない顔をしている。男の顔はストップモーションになり、肩書と名前のテロップがでた。

ナレーションもテロップのとおりに読みあげた。「ネオス警備保障株式会社、店舗警備課の出山忠司《いでやまただし》さん、四十一歳。この道二十二年のベテラン万引きGメン。狙った獲物は逃がさない。鋭い観察眼を持つ正義漢として、スーパーやデパートから引く手あまたとか。そんな出山さんはいいます」

出山という万引きGメンのインタビューが始まった。声は見た目の印象とちがい、やや甲高かった。「この職業において最も重要なのは、むやみやたらと怪しい人物に目を光らせることではありません。ただ挙動不審に見えただけの、ふつうのお客さんに声をかけてしまったら、私個人だけでなく店の信用にかかわります。なかには怪しそうな素振りをして声をかけさせ、店側に難癖をつけたり賠償を要求したりする者もいます。そうしたトラブルに陥らないよう、適正な観察眼を養うことがたいせつなのです」

また画面が切り替わった。今度は四分割になっている。いずれもあまり鮮明な画像ではないが、スーパーの店内のようだった。

ナレーションが告げる。「ではプロの万引きGメンの観察眼とはどのようなものでしょう。ここで視聴者のみなさまにも、その素質がおありかどうかご自身でお確かめいただきます。これらはいずれも、あるスーパーの食料品売り場の防犯カメラがとらえた映像です。A、B、C、Dに映っているそれぞれの人物のうち、万引き犯はどれでしょう」

四人とも目もとにモザイクはかかっているが、服装ははっきりとわかる。Aの枠にはオフィスレディ風の女性が映っていた。Bはやや太めの体形で、マタニティドレスをまとった主婦らしき女性、Cは大きな手提げ袋にワイシャツ姿の初老の男性、Dはショッピングカートに寄りかかるようにしてよぼよぼと歩く老婦だった。

Bの主婦とDの老婦がまず足をとめ、いずれも近くの商品を手にとって見ている。Bは野菜売り場でレタスを物色し、Dは食肉のパックを持ちあげたようだった。料理の素材探しにしては、妙に手にしている時間が長く思える。やがてBの主婦がきょろきょろと辺りを見まわした。そうしているうちに、Cの男性が商品棚の前にかがみこみ、Aの女性もレジ近くのタバコの箱に手を伸ばしている。

こうして四人同時に見ていると、なるほど誰もが挙動不審に思えてくる。ラーメン店の従業員が、多少の興味を抱いたらしく、カウンターから身を乗りだした。「Bじゃねえかな」

椎橋の隣りでスープをすすっていた中年客が、渋い顔をしてつぶやいた。「Dだろ。年寄りがあやしいってさっきもいってたじゃないか」

従業員は短く笑った。「そうっすね。でも、そうだな。BかDですね。あ、なんか背を向けて隠した。やっぱBですよ」

たしかにBの主婦はやたらと周囲を気にしている。手にとった商品をまた棚に戻したり、怪しむべき動きがみられる。しかしそれはただの癖だろうと椎橋は思った。

「Aだよ」椎橋はいった。「ラークマイルドをふたつ手にとって、ひとつしか戻してない。観てたでしょ?」

「Aが?」従業員は苦笑ぎみににやついた。「あのお嬢っぽい女が?」

「見た目は関係ないよ」

「でもカメラに背を向けたり、いきなりハンドバッグに手をつっこんだりしてねえぜ」

椎橋は首を横に振った。「タバコの箱を盗って、すぐ隠そうとしたわけじゃないから。パーム……っていってもわかんないか。とにかく手のなかに隠し持ってたんだよ。それからなにげなくバッグに手をいれて、ハンカチをつまみだした。隠し持ってた箱は、そのときバッグのなかに置いてきたんだ」

店内の人々はまた訝《いぶか》しそうな顔をした。従業員がきいてきた。「なに興奮してんだ?」

「いえ」椎橋は口ごもった。

そのとおりだ、なにを興奮しているのだろう。マジシャンとしての知識を試される場ではない、頭を冷やせ。

「正解は」ナレーションが告げる。「なんと意外なことに、Aです」

ラーメン店のなかにどよめきが起こった。さっき沈黙を守っていた客たちまで、驚きの声をあげていた。

椎橋は別の意味で驚いていた。どうした。いまのがわからなかったとでもいうのか。

テレビはスローモーションで犯行の瞬間を検証していた。ナレーションが説明する。

「右手をタバコに伸ばしています。この瞬間、女性の手は二個のタバコの箱をつかんでいますね。その二個を手もとに引き寄せ、左手を軽く沿わせるようにして、お腹の前にあてています。女性はそこで商品棚に目を移し、別のタバコに興味をひかれたようなふりをします。それから、視線は固定したままで、手もとのタバコを棚に戻します。このとき、左手にはもうひとつのタバコの箱が残っていますが、手の甲を外側に向けているため、一見そうとはわかりません。余裕を持って、ハンカチを取りだすふりをして……」

店内に笑いが起きた。従業員はにやにやしながら、コンロの火をとめスープをかきまぜた。「たいしたもんだ。お兄さん、本業は万引きGメンかね」

椎橋もつきあいの笑いを浮かべた。しかし心はテレビに強く惹《ひ》かれていた。

出山という万引きGメンが喋《しゃべ》っている。「ご覧のように、瞬《まばた》きする間も惜しんで観察していますから、ある意味たいへんな仕事です。私もそのせいでドライアイになりがちで、充血するもんですから、よく眼科に通ってます。給料も安く、なかなか希望者もいないのが、この職業ですよ」

そういって笑う四十男の顔を、椎橋は黙って眺めた。

目が充血するほど、瞬きを我慢して観察する。本当にそんな必要があるだろうか。

少なくともいまの四択問題に関しては、まるで当てはまらないと断言できる。人々がAの犯行に気づけなかったのは瞬きのせいではない、Aがとりたてて器用だったわけでもなかった。唯一だましの技術があったとすれば、それはA自身の視線だ。ひとつのタバコを隠し持ちながら、もう一個を棚に戻すとき、彼女の視線は棚に向けられていた。モザイク越しでも明白だった。けっしてタバコを隠し持つ自分の手を見なかった。

観客はマジシャンの視線を追う。マジシャンが右手を見れば、客も右手を見る。いわば視線のフェイントだった。マジシャンの専門用語ではミスディレクションという。

手品のタネとはごく簡単なものだ。手練を必要とする技は、世間が思うよりはるかに少ない。それでもマジシャンは、最小限の手の動きで、コインや小物を手から消してみせる。

消してみせる。椎橋の頭のなかでその言葉が反響した。

万引きGメンがあのていどなら、マジックの心得がある人間が万引きした場合、どうなるだろう。

咳《せき》ばらいがきこえた。従業員がたずねてきた。「食わないのか。麵がのびかけてるよ」

いつの間にかチャーシューメンが置いてあった。椎橋は箸《はし》を割り、麵をすった。すでに冷めかけている。だが腹の底は妙に温かかった。ふしぎな熱源が発生したかのようだった。

10

朝方まで営業していた喫茶店をでると、夜は白々と明け始めていた。早朝の区役所通りを、椎橋はひとり歩いた。辺りは無人ではない。徹夜した大人たちがあふれている。泥酔したまま歩道に横たわる男、うずくまる女。ここでは誰もが、大人という鎧《よろい》を脱ぎ捨てているようだった。そしてその下にあるものは、十五歳の自分と変わらなく感じられた。

アスファルトのうえに散らばった無数のごみ。カラスの群れが飛来し、わずかでも餌を見つけだそうと這《は》いまわる。異様な光景も、たちまち目が慣れてきて日常化する。すでに自分はこの街に同化しつつあるようだった。

母はいまごろどうしているだろう。失踪《しっそう》に気づいただろうか。立ちどまり、頭をかきむしった。ちらついた母の顔が視野から消え失《う》せ、朝の歌舞伎町が戻ってくる。なにを考えている。椎橋は自分を叱咤《しった》した。親も家も捨てた。もう帰る場所などない。

駅前の書店はこんな時間にも開いていた。始発待ちの人向けだろうか。バイト情報誌があるかもしれない。椎橋は立ち寄った。

店内は狭く、賃貸マンションの紹介本ぐらいしか見つからなかった。椎橋は途方に暮れた。

ふと目にとまったハードカバーがあった。題名はずばり『万引きGメン』、著者は出山忠司となっている。

帯には「TV・雑誌で話題のあの万引きGメンが、万引き犯のテクニックのすべてを明かす!」とあった。きのうテレビで見た出山という人物の顔写真も載っていた。

本文を立ち読みし始めたが、ページを繰るとともに興味は失われていった。万引きのテクニック解説書でもなければ、事件簿でもない。出山の生い立ちや日々感じたことを綴《つづ》ったエッセイにすぎなかった。

出山の実家は小さな商店を営んでいて、日々万引きに悩まされていた。家計簿を見るたびため息をつく母の苦悩を察し、出山は上京後、警備会社にガードマンとして就職した。万引きGメンになってからは、必死に観察眼を養ったのだという。

嘘くさい話だと椎橋は思った。自身に万引きの経験もないのに、完璧《かんぺき》に見破ったりできるものか。それでいて出山は、全国の万引きGメンのなかでも抜きんでた犯行看破率を誇っているという。

いつしか出山に対し、嫉妬《しっと》に似た感情を覚えだした。きのうの四択問題。あんなずさんな犯行を見破ったというだけで、いちやく時の人だなんて。しかもこの本はなんだ。子供時代の思い出から、好きな食べ物まで、書きたい放題の駄本を商品と言い張っている。極端なまでに美化された潔癖なキャラクターを売りにし、読者からの賞賛を集める。不幸な万引き犯たちを人柱に自分を売る。帯にうたってある万引きのテクニックはどこにも載っていない。詐欺同然ではないか。

たちまち最後のページに至った。警備会社の電話番号が載っている。ネオス警備保障株式会社、〇一二〇で始まるフリーダイヤル。

この本は警備会社の宣伝か。大人の偽善はこれだから嫌だ。

ふと思い立った。ネオス警備保障では、新規にガードマンを募集しているだろうか。アルバイトはどうだろう。万引きGメンになるための窓口は開かれているのか。

椎橋彬の胸は高鳴った。少なくとも自分は、四択問題の犯人をあっさりと見破った。連絡先の載ったページだけが欲しかったが、とりあえず裏表紙に載っている価格を見た。千八百円。高い。ページを破りとろうかとも思ったが、それよりも妙案が頭に浮かんだ。

周囲を眺める。近くの棚に男がひとり、入口付近の雑誌コーナーに女がひとり。いずれもこちらに背を向けている。防犯カメラは斜め上方に一台のみ。だが外にでるためには、レジの前を通らねばならない。椎橋は本に挟んであった売上伝票を引き抜き、床に投げ捨てた。これで料金未払いの商品という証拠はなくなった。椎橋は本を手にして歩きだした。

店員が目を向けてきたものの、椎橋はその前を素通りしていった。本は腕の陰に隠した。マジックに慣れていれば、どの角度で持てば本が見えないか、即時に判断できる。マジックショップの親父がいっていたように、皿ですら隠し持てる。

外にでた。店員は無関心のままだった。通行人も誰ひとり椎橋に目もくれない。すんなりと角を折れた。さしたる労もなく一冊の本が手に入った。千八百円浮いた、それだけではない。警備会社の連絡先を書き写したら、本はブックオフに売り飛ばせばいい。小銭ぐらいは稼げるだろう。

椎橋に後悔の念はなかった。むしろ希望に溢《あふ》れていた。自分は悪いことなどしていない。すべては偽善の代償、心のなかでそうつぶやいた。

11

翌週の月曜、椎橋彬は殺風景な面接室に立った。会議用の長テーブルの向こうに、三人のスーツが座っている。

ネオス警備保障株式会社東京本社。渋谷《しぶや》駅南口のビルのワンフロアを専有する企業。椎橋は濃紺のスーツに身を包んでいた。ディスカウントの紳士服店でサイズを選んで買った。特に寸法直しなどはしていない。西荻窪《にしおぎくぼ》にようやく見つけた身分証不要のシェアハウスに、前払い金として支払った一週間の宿代を差し引くと、もはや残金はほとんどなかった。そのせっかく確保した住まいも、あと二日で退去を余儀なくされる。なんとしても、ここで仕事を決めてしまいたい。

三人の面接官は、椎橋の提出した履歴書を黙々とまわし読みした。どのような質問が飛んできても即答できるよう、椎橋は身構えていた。年齢を四歳上乗せし、十九歳としている。誕生年が四年ずれていることで、生まれの干支《えと》も変わってくる。予習済みだった。愛媛県立間島《まじま》工業高校卒。書店にあった高校受験の情報誌から拾った学校名だ。東京から離れた出身校なら、ぼろもでにくいだろう。愛媛には行ったことがないが、特産品や名所についてネットで調べておいた。海の幸は宇和島《うわじま》のじゃこ天に戸島《とじま》産ハマチ、ウルメいわしの丸干し、伊予《いよ》ちりめん、瀬戸内海《せとないかい》の天然真鯛《まだい》のかす漬、宮窪《みやくぼ》産タコや大島《おおしま》産アワビにサザエ、伯方《はかた》島産車エビ。山の幸は愛媛中島《なかじま》産の温州《うんしゅう》みかん、麦みそ、雉鍋《きじなべ》雉料理、ラッキョウ漬。名所はしまなみ海道のほか、松山《まつやま》城や道後《どうご》温泉など。

ただし椎橋は、自分の名前まで偽りはしなかった。それで足がつくリスクが増すことになっても、偽名を使いこなす難しさに比べれば、いくらかましに思えた。ぼんやりしているときに、偽名で呼ばれて実名のように反応するのは難しい。

「椎橋」面接員のひとりがようやく口をきいた。「ええと、彬くん。変わった苗字だね」

「はい」椎橋は応じた。全身にくすぐったいような、奇妙な感覚が走る。実名で呼ばれると、中学三年のままの自分を否応《いやおう》なしに意識せざるをえなくなる。

しかし面接員は、それ以上椎橋についてたずねなかった。なぜこのアルバイト募集に応募しようと思ったのか、会社についてどんなことを知っているのか、民間の警備会社の存在意義はなにか、危険を顧みずクライアントを守る勇気があるかどうか。警備員を志願した人間の適性を吟味しだしたようだ。

　椎橋は戸惑った。ふつうのガードマンになりたいのではない。万引きGメンになりたいのだ。

　面接員のひとりがきいた。「世のなかは犯罪が増加する傾向にあるが、それについてどう思いますか」

「許せないと思います」椎橋は答えた。「外国人犯罪や、押しこみ強盗は見過ごせません。窃盗とか、ひったくりとか……。なにより万引きとか」

　三人の面接員は顔を見合わせ、小声で話しあった。やがて中央の男が告げた。「ごくろうさまでした」

　落胆が襲った。万引きという発言に、少しでも食いついてくれれば話もできたのに。そう思いながら面接室をあとにした。

　シェアハウスに戻った椎橋は、虚無的に二日を過ごした。なけなしの金を握り、コンビニでカップ麺《めん》と飲み物を買ってくる以外、出歩きもしなかった。

　退去日になっても、どうするべきかきめていなかった。絶望的な気分でベッドから起きだし、最後の数百円を食事代に費やそうとした。そのとき自分の郵便受けに、一通の封筒が差しこんであるのに気づいた。

差出人はネオス警備保障だった。その場で封筒を破った。書面のなかで最も重要な一文が目に飛びこんできた。アルバイト警備員として採用となりました。椎橋は思わず声をあげた。椎橋は踵《きびす》をかえし自室に駆けこんだ。

手紙のつづきを読む。つきましては、以下の書類をお持ちください。運転免許証。住民票。

冷水を浴びせられたかのように体温が低下していった。運転免許証。そうだ、募集要項には条件として、普通免許を所持していることとあった。履歴書には取得済みのように書いた。どうせ万引きGメンになるのだから、クルマの運転など不要とたかをくくっていた。どうする。

直後、自分でも予想しえなかった生理的反応が湧き起こった。椎橋は笑った。ひとり部屋のなかで笑い転げた。

知らないふりを決めこめばいい。どうせすべては嘘だ。なるようになればいい。大人の世界における監視の目というのは、それほど厳しくはない。面接を通ったのがなによりの証拠だ。そう、マジックの観客の目ほど厳しくない。忘れてきたといって、提示するのをごまかしていればいい。ずるずると引き延ばせばいい。危うくなったら逃げてしまえばいい。

大人とは自由人だ。鳥のように、どこにでも羽ばたいていけばいい。

12

拾ったSuica《スイカ》で電車に乗る。午前九時きっかりに、椎橋彬はネオス警備保障杉《すぎ》並《なみ》営業所の自動ドアの前に立った。

本社ビルとはうってかわって、営業所はごくありきたりのオフィスビルの一階にあった。貸事務所スペースを改装しただけのシンプルなものだ。自動ドアを抜けると、来訪者のための受付カウンターがある。その向こうには四つほど事務机が並んでいて、ワイシャツにネクタイ姿の職員らが、黙々とデスクワークにふけっている。営業所と警備員の待機所を兼ねているらしいが、十五歳の椎橋には職員らがなにをしているのか、まるで見当がつかなかった。

受付に女性職員が現れた。「いらっしゃいませ」

「いえ、あの」椎橋は当惑しながらいった。「客じゃないんです。アルバイト採用になった、椎橋といいます」

「ああ、そう」女性職員は事務机を振りかえった。「生田《いくた》さんは？」

男性職員がぼんやりと応じた。「待機室じゃないの」

ちょっとまって、女性職員はそんなふうに告げると、奥へひっこんだ。

愛想のない職場だと椎橋は思った。いや、いまに始まったことではない。学校もこういう他人行儀な空気に支配されていた。

しばらくすると、ひとりの男が現れた。警官のような制服を着ている。年齢は三十代前半、長身で面長。髪を短く刈りあげ、肌のいろは浅黒い。スポーツマンのようだ。椎橋はまたも怖《お》じ気《け》づいた。苦手なタイプだった。

男は意外にも笑いを浮かべ、愛想よくいった。「ここの警備長を務めさせてもらっている生田といいます。きみが、椎橋彬君？」

「そうです」椎橋は面食らいながら応じた。

生田の手もとには履歴書があった。「椎橋君は……愛媛の出身か。私は香川なんだよ」

「ああ」椎橋は笑顔を取り繕った。

「この住所、愛媛のどのあたり？」

「南のほうです、宇和島のあたり」椎橋は予習したとおり答えた。「愛南《あいなん》町の近くで」

「愛南か、いいところだな」生田は目を輝かせた。「大学時代、友達とジェットスキーをやりに行ったことがあるよ。椎橋君は、なにかマリンスポーツを？」

しまった、椎橋は思わず唇を噛《か》んだ。警備会社なのだから、体育会系の人間とでくわすことは必然だったはずだ。架空の出身地に、彼らの好みそうな場所を選ぶべきではなかった。

「ええと」椎橋は言葉をひねりだした。「サーフィンを少々、やってました」

「サーフィン？」だしぬけに生田は眉《まゆ》をひそめた。「あんな穏やかな海で？」

まずい。椎橋は背中に汗が滴り落ちるのを感じた。マリンスポーツどころか、ビート板がなければ浮くこともできない椎橋にとって、生田との会話は泥沼に等しかった。

「あのう、サーフィンといっても……」

そのつづきがでてこない。椎橋は困惑して口ごもった。

ところが生田はふいに笑った。「ああ、ウィンドサーフィンのことか。宇和島あたりじゃしょっちゅう大会が催されてるしな。出場したのかい？」

どんよりと曇った空に、ふいの晴れ間がのぞいた気がした。椎橋は急《せ》きこみながらいった。「ええ、でもいつも予選落ちで」

「わかるよ」生田がうなずいた。「あの大会は四国じゅうの猛者《もさ》が集まるからな。ま、チャレンジ精神が旺盛《おうせい》ってのはいいことだ」

生田の目がふたたび書類に落ちる。椎橋はほっと胸をなでおろしたい衝動に駆られた。

「よし」生田がいった。「四国男児のわりにはほっそりしてるけど、ウィンドサーフィンをやってたなら歓迎するよ。なにしろ最近は、根性のないやつが多くてね。仕事がきつくなってくると、すぐに頭が痛い、腹が痛いといって休みはじめるんだ」

「そうですか」

「いうまでもなく仮病だよ。うちは時給がそこそこいいけど、そのぶんしっかり働いてもらわないと困るんでね。もし病欠なら医師の診断書がないかぎり認められない。そのほかは仮病とみなされる。いいね」

「はい」椎橋は複雑な心境になった。仮病を使いたくなるほど過酷な勤務内容なのだろうか。自分はただ、万引きGメンになりたいだけなのに。

生田はカウンターの下にある扉を開けた。「なかに入ってくれ。早速きょうから研修がてら、待機についてもらうから」

待機につく。詳細はわからないが、とにかく勤務が始まるらしい。意外だった。一週間ぐらいはのんびりさせてもらえるかと思っていたが、これは仕事だ。学校の新学期とは事情がちがう。

「そうだ」生田が振り向いた。「免許証と住民票、持ってきてるよな」

一難去ってまた一難だった。椎橋は凍りついた。

だが生田は、椎橋にそれらの提示を求めなかった。ファイルから一枚の書類を抜くと、手渡しながらいった。「職員登録の書類だ。住民票どおりの住所と氏名を書いてくれ。免許証番号を記入する欄もある。待機中のあいている時間にやっときなよ」

疑いを向けてくる気配はない。生田は先に立って歩き、椎橋を事務所へといざなった。

椎橋の心は躍った。大人の世界ではチェックが甘い。面接官は現場任せにし、ここの連中は面接を通ったから信用できると信じている。恐らく本当は、身分証の確認を義務づけられているはずだ。ところがこの職場はそれを怠っている。

母の店の手伝いをしていたとき、釣り銭をたしかめない客が多いことに、よく驚いたものだった。椎橋は客に渡す釣り銭の一部をパームし、くすねとってきた。見破られたことはいちどもない。疑いすら生じなかった。いまも同じ状況だった。大人の世界は穴だらけだ。

ロッカールームに案内された。生田は衣類の入ったビニール袋を押しつけてきた。

「この制服に着替えてくれ。勤務時間内は待機室にいること。いつ呼び出しがかかってもいいように備えておけ。勝手に外出するなよ」

椎橋は戸惑いを覚えた。まだ勤務内容が見えてこない。「すみません。待機室にいるって、どういう意味ですか」

「もちろん緊急呼び出しに備えての待機だよ。ここは杉並西区域の待機所だ、わかるだろ」

「ええと、そのう、緊急呼び出しってのは……?」

しばし沈黙があった。生田は呆《あき》れたように腕組みをした。「うちの会社のバイト募集に応募したんだろ? そして面接受かったんだろ? どんな仕事なのか確かめなかったのか?」

「ええ、細かいことはまだ……」椎橋はまたも口ごもった。万引きGメンの職務は知っているが、警備員の職務は考えたこともなかった。

「見ろ」生田は壁を指さした。校内放送用に似た四角いスピーカーがあった。「うちの会社と契約している銀行や企業、あるいは一般家屋に不審者が侵入すると、扉や窓のセンサーが反応して警報が鳴る。杉並区の中央情報集約センターに位置情報が伝えられ、該当する場所がここから近ければ、この待機所に呼び出しがかかる。俺たちはそこに急行して、異状がないかどうか確認する」

「ってことは」椎橋は緊張とともにきいた。「泥棒がいたら、取り押さえなきゃいけないってことですか」

「むろんだよ。手に負えそうな賊の場合は面倒をみてやる。そうでない場合は、警察を呼ぶってことだ。ま、安心しなよ。警報が鳴ってもほとんどは、住人がセキュリティをオンにしたままサッシを開けちまったとか、ペットが走りまわって廊下のパッシブセンサーが反応しちまったとか、そんなミスばかりだからな。それでもいちおう、呼び出しがかかったらどこへでも迅速に飛んでかなきゃいけない。さもないと契約違反になっちまうんでな」

「そうですか」椎橋は焦りを隠すために、心にもないことを口走った。「毎日捕り物に参加できるかと思って、うずうずしてたのに」

生田はふしぎそうな顔をして椎橋を眺めたが、やがてにやりと笑った。「そういきがるな。ヒーローになれる機会なんてそうないもんだ。とはいっても、闘争心を燃やすのはいいことだ。むかしの俺もそうだったよ。いちどだけ、本物の空き巣にでくわしたことがある。たしか方南町《ほうなん》の住宅だったな」

「やっつけたんですか、その空き巣」

「前歯と肋骨《ろっこつ》を折ってやった」生田は凄味《すごみ》のある笑いを浮かべた。「早く着替えなよ」

生田が扉の外に消えていくと、椎橋はふうっとため息をついた。前歯と肋骨。折られるのは空き巣ではなく自分かもしれない。寒気が身を震わせる。

制服を着て鏡の前に立つと、あるていどは警備員らしく見えた。顔こそ中学生の面影をひきずっているが、制服はやはり権威性を放つ。

満足な気分に浸っていると、いきなりブザーが鳴り響いた。

「緊急連絡」スピーカーから音声が流れだす。「杉並区阿佐谷《あさがや》西一の二十四の三、イズミ薬局に警報発令。待機要員、現場急行願います」

アナウンスは二度繰りかえされた。扉をノックする音がした。応じる間もなく扉が開いた。

生田が顔をのぞかせる。「椎橋、緊急呼び出しだ。いくぞ」

心拍数が急激に増加するのを感じながら、椎橋は廊下にでた。たちまち臆病風《おくびょうかぜ》に吹かれた。その場にへたりこんでしまいそうだった。

いや。ほとんどが誤報だと生田はいっていた。いまにかぎって本物の犯罪者、それも凶悪犯にでくわす可能性など、皆無に等しい。取り乱すべきではない。むしろ忠実に職務をこなし、点数をあげておくことが望ましい。

椎橋は生田を追って階段を駆け下りた。その先で生田が棚から道具を取りだした。椎橋に渡してくる。伸縮式の警棒と、透明プラスチック製の盾だった。

扉が開け放たれる。その向こうは地下駐車場だった。クルマがずらりと並んでいる。いずれも屋根の上に青色灯を備えていた。側面にはネオス警備保障のロゴがある。生田は最も手近な一台に駆けていき、助手席側のドアを開けた。

「運転しろ」生田は怒鳴った。「カーナビの入力は俺がやる」

椎橋は足がすくんだ。前につんのめりそうになった。

運転。まさか、そんなことができるわけがない。クルマどころか原付バイクにすらまたがったことがない。実年齢は十五だ、クルマを走らせたら、たんなる無免許運転では済まされない。

生田はすでに助手席に乗りこんでいた。車内から椎橋を見上げ、怪訝《けげん》な顔をする。

「どうかしたのか」

「いえ、あの」椎橋はしどろもどろにいった。「いまはですね、ちょっと……」

「早くしろ」生田は険しい顔で一喝した。さっきまでの親しげな態度はどこへやら、生田の態度は体育会系そのものだった。「さっさとエンジンかけろ。ぐずぐずするな」

椎橋はびくつきながら運転席のドアを開けた。シートに乗りこむ。目の前にハンドルがあった。足もとにはペダル。どちらがアクセルでどちらがブレーキか、まるでわからない。いくつか突きだしているレバーのたぐい、これらはどう用いるのだろう。

PにNにDにR。いったいどういう意味だろうか。

生田はシートベルトを引きだしながら低い声でいった。「青梅《おうめ》街道を下って中杉通《なかすぎ》りを右折だ」

道を告げられてもわからない。クルマを一メートル前にだすことすら不可能だ。電車でいくよう提言してみるか。そんなことが許されるはずもない。ここは正直に、免許証を忘れてきたと自白してみるか。だがそれでは不適任の烙印《らくいん》を押され、職場を追われてしまうにちがいない。もうシェアハウスには戻れないのだ、それに手元に金もない。わずか八十二円。それが椎橋の全財産だった。

「痛っ」椎橋は反射的に口走り、腹を押さえた。「いたたたた……」

「おい。どうかしたのか、椎橋」

椎橋はうずくまりながら、苦しげにむせてみせた。「急に腹が痛みだして」

車内が最悪な空気に染まりつつあることを知りながら、椎橋は身体を丸め、必死で腹痛を装った。

苦悩が本物のストレスになり、自分の胃に突発性の潰瘍《かいよう》でも生じさせてくれないかと本気で願った。そう、それさえ叶《かな》えば、とりあえずいまはなにもいらない。

13

杉並営業所を束ねる立場にあるらしい、紺のスーツの中年男が、事務室のデスクでいった。「申し開きがあるなら、まずきいておこう。椎橋君、なにかいいたいことは？」

椎橋は黙っていた。こういう場合、それしか手はなかった。なにを発言しても反撃の材料にされる。学校と同じだ。説教は教師のストレスが発散されるまで終わらない。

だが営業所長は中学校の担任ほど、瞬間湯沸かし器的な激情の持ち主ではなさそうだった。冷静な口ぶりでいった。「黙っていちゃわからん。ただ出勤初日から、免許証不携帯に住民票未提出では、仕事にやる気を欠いていると思われてもふしぎではない。きみは給料をもらう身だ、職務というものに対する理解があってしかるべしと思うが」

すると生田が口をはさんだ。「あのう、宮村《みやむら》さん。彼はまだ現場にでたこともない新米で、それもこの営業所に赴任したとたん、緊急呼び出しがかかったんです。本来はまだ、私の出動に同行し見学する立場ですし、運転も私がおこなえばよかったことで……」

「いや」営業所長の宮村は片手をあげ、生田を制した。「助手席に座っていればよかったという問題ではない。もし現場で生田君の身になにか起きたらどうする。椎橋君が代わってマニュアルどおりの対応をとらねばならない。そのあたりのことも、赴任した時点ですべて頭に入っていなければ困る。ネオス警備保障の制服を着ているんだ。契約者が椎橋君を頼りにしてきた場合、彼が職務上の義務を履行できなければ、会社が責任を追及されることになる。きみや私じゃない、会社そのものの存続に関わる問題なんだぞ」

そんなに無理やり問題を大きくしなくてもいいものを。椎橋はじれったい気分で宮村の演説を聞き流していた。

壁の時計に目をやる。午後十時をまわっている。本来なら当直の警備員ふたりを残し、全員が帰宅の途についているはずだ。ところがきょう職員はみな居残りを余儀なくされ、椎橋の問題につきあわされている。沈黙は彼らの恨み節に思えた。

宮村は苛立《いらだ》ちをあらわにした。「弁解のひとつもできないのか、それとも深く反省して言葉も見つからないのか。黙ってちゃわからん。椎橋君。きみは高校をでて、うちの会社のアルバイトに採用されるまでに、ほかの仕事を経験したか？　たぶんないだろう。きみの態度は甘えを感じさせる。それも高校をでているわりには、ずいぶんと子供じみたものの考え方をしてるようだ。世間というものをなめている。きみは、そうだな、まるで中学校に通っている私の甥《おい》っ子を思い起こさせる」

さすが大手警備会社の営業所長ともなると鋭い。大人の目もあながち節穴というわけでもないらしい。

やがて宮村はきっぱりとした口調でいった。「申し開きもないようなので、こちらとしては処分を下したいと思う」

処分。重い言葉だった。椎橋は心の準備すらできていなかった。

職員のひとりが声をかけた。「宮村さん。処分は本人だけでなく、ご両親にも通知しなきゃならないと思いますけど。なにしろ椎橋君はまだ十九で、未成年なんだし」

「そうだな」宮村はうなずき、ふたたび履歴書に手を伸ばした。「二十歳になっていない以上、保護者の耳にもいれておく必要がある」

なんだって。椎橋は愕然とした。

いま大人に成りきっていないと叱咤《しった》しておきながら、法律上はまだ子供だからと実家に電話を入れるつもりか。矛盾している。さっさと処遇を決めればいいのに。

椎橋は内心うろたえていた。この件を発端に、履歴書の記載事項がでたらめだと露見する。どのような罪状が適用されるのだろう。行く先は刑務所か、少年院か。

「まあ」宮村がつぶやいた。「それはこっちでやっておく。処分の件だが、椎橋君。職場というのは初日だから許されるとか、そういうところではないんだ。初日だからこそ、これから周囲に迷惑をかける前に、身を退《ひ》いてもらうことが適切だったりする」

クビを切る気だ。椎橋のなかに絶望がひろがっていった。

宮村は咳《せき》ばらいした。「厳しい言い方になるが、本当ならきみに賠償を請求するとか、それだけのことがあってもおかしくない状況だ。椎橋君。いちおう、きょうかぎりで辞めてもらうというかたちが、最も望ましいと思うんだが」

椎橋は思いつくままにいった。「宮村さん。失態については謝ります。本当に申しわけありません。でも僕は、どうしてもここで働きたいんです。その一心で、愛媛から上京してきました」

宮村が困惑のいろをのぞかせた。「決心がちょっと遅かったな。もう結論はでた」

「いえ、まだです」椎橋はいいきった。「僕の決意には、そのう、ちゃんと理由があるんです。うちの実家は、母が商店を営んでいて……」

怪訝な顔になった宮村が、履歴書に目を落とす。「ここには専業主婦とあるが……」

「書かなかったんです。あの……もう潰《つぶ》れてしまいましたから」

とっさの切りかえしは、室内にいる大人たちに違和感なく受けいれられたらしい。

宮村が見つめてきた。「きこう」

「あの、それでですね、うちの母はとにかく、万引きに苦しんでました。ええ、やたらと品物が、万引きされるんです。悪い中学生がいまして。でも防犯カメラを買うお金もないし、警察に相談しても、店のことは自己防衛してくれっていわれるだけで……。で、どうしてもそういうのが、あの、万引きとかが許せなくて、警備会社に入ろうと思いました」

たどたどしさを承知でまくしたてながら、椎橋は自分の失敗を悟った。もう少しましな作り話はなかったのか。これではまるっきり出山忠司の本の請け売りではないか。

ところが大人たちは、真剣な顔で黙りこくった。

「万引きか」宮村はつぶやいた。「たしかに万引きは問題だ。うちの会社にも相談が山ほどくる」

「宮村さん」生田が穏やかにいった。「椎橋君は口べたのようですが、要するに緊急出動の待機要員ではなく、万引きGメンになりたいということじゃないでしょうか」

椎橋のなかで花開くものがあった。そのとおりだ、生田さん。よくいってくれた。自分は万引きGメンになりたいのだ。あんな頼りない棒と盾を手に、喧嘩《けんか》にでかけるのはまっぴらだ。

しかし職員のひとりが横槍《よこやり》を入れてきた。「そうはいっても、どんな職務に就くにしても、うちでは最初の二年は現場仕事と決まってるじゃないですか」

生田が戸惑いがちに口をつぐんだ。

余計なことを。椎橋は苛立っていた。デスクにふんぞりかえって、こちらの会話に聞き耳を立てては、願いが叶《かな》いそうになると妨害にでる。ここは意地悪な大人の見本市か。

「まて」宮村は熟考する素振りをした。「万引きGメンも現場仕事だ。ただ待機要員を志す人間のほうが多いというだけだ。緊急呼び出しがかからないかぎり、部屋で休んでいられるからな。しかし万引きGメンは、実質的に店舗警備の仕事だ、休息など与えられない。ノルマを果たそうと思ったら、かなり苛酷《かこく》な業務の部類に入る。椎橋君、それでもいいのか?」

「はい」椎橋は即答した。百人中、九十九人が待機要員を望もうとも、自分は万引きGメン以外の仕事など眼中にない。

「ふうん」宮村の目は穏やかなものになりつつあった。「立派な考えだ。ミスは許されることではないが、その志は評価に値すると思う。万引きGメンになることが前提と考えてここに来たのなら、いきなり待機要員になることを強制されたんだ、きみが動揺したのも無理はない。まあ、好意的にそう解釈することもできる」

そうとも、好意的に解釈してくれ。椎橋の胸は躍っていた。事態は好転している。つい数分前まで嵐の様相を呈していたのに、ふいに青空がひろがり視界が開けたようだ。

「しかし」宮村は深刻な表情になった。「難しいな」

「どうしてですか」椎橋はきいた。

生田が椎橋に告げてきた。「万引きGメンはいまのところ、世田谷《せたがや》営業所でしか実施されてないんだ。その、なんといったかな、そこに勤める警備員にひとり、積極的に万引き撲滅を推進している人がいて……」

「出山忠司」椎橋はいった。あわてて敬称を付け加える。「さん、ですよね」

生田は面食らった顔になったが、うなずきながら応じた。「そう、たしかに出山さんって人だ。よく知ってるな。とにかくその出山さんが、営業所内で自発的に店舗警備の一環として、万引きGメンをはじめた。だからネオス警備保障の各営業所に、万引きGメンという専門部署があるわけじゃないんだ」

椎橋は落胆を感じた。配属される場所がちがっていたのか。世田谷営業所への転属は可能だろうか。

「ただし」宮村はいった。「この杉並区でも万引きGメンに対する問い合わせは数多くある。最近、テレビにでているらしいからな、出山さんは」

「へえ」椎橋はとぼけていった。「そうなんですか」

宮村は生真面目な口調でいった。「うちでもそのうち、万引きGメンを発足させようとしていたところだ。これを機に考えてみるのも悪くない」

生田が当惑ぎみに宮村を見つめた。「でもうちにはノウハウもありませんよ」

そうだな、と宮村はつぶやいた。「そこはひと晩、じっくり考えさせてもらう。いちおう本社の了解をとる必要があるしな。椎橋君、とりあえずきょうは家に帰るといい。明日《あした》は出勤してくれなくて構わない。待機の仕事か謹慎かは、折りをみて連絡する。じゃ、そういうことで」

宮村の告げたひとことが、号令のように職員たちを突き動かした。みないっせいに立ちあがり、カバンを手にぞろぞろと出口に向かう。椎橋に目を向ける職員はいなかった。

生田は穏やかな顔をしていたが、笑いにまでは至っていなかった。「椎橋君、よかったな。俺はほかのバイトと深夜待機するよ。気をつけて帰ってな」

裁判は終わった。とりあえず酌量の余地は認められ、判決は延期された。そんなふうにみるのが筋だろうか。しかし一方で、ひどく落ち着かないことがある。

十九歳でも未成年者だ、処分を下すなら保護者に電話すべきだ。彼らはそういっていた。四歳も年齢を偽っているのに、まだ親の支配から脱していない。自立した個人と見なされてはいない。履歴書に書いた実家の電話番号はでたらめだ、しかし椎橋彬という名は本名だった。元をたどることも可能だろう。

彼らの関心が両親に向く。そうなったら終わりだ。十九歳、高卒、愛媛県出身の椎橋彬。そんな自分に誰も疑いを持たない世界を、一日も早く築きあげねばならない。

14

東京はありがたいことに、文無しにもあるていどの居場所を与えてくれる。新宿の中央公園のベンチに横たわりながら、白々とあけていく空を見上げ、椎橋彬はそう思った。

少しでも金があれば二十四時間営業のネットカフェで個室住まいが理想だが、いまのところは無理というものだった。それに漫画喫茶は最近、警察が唐突に訪ねてきて客に職務質問をかけるという。警備会社のガードマン相手にもしどろもどろなのに、警官が相手ではどうにもならない。

安堵《あんど》できるのはこの公園のような場所だ。なにより空気がすがすがしい。パソコンの電磁波ばかり浴びている人間は早死にする。自然に生きる民こそ永遠に近い生命を得られる。

ただし、まるで場所を選ばずというわけにはいかなかった。このベンチに行き着くまで、一夜を明かせる場所を求め方々の公園をはしごした。やっとこの中央公園に至っても、そこは俺のベッドだぞ、そんな罵声《ばせい》を食らって寝場所を転々と替える羽目になった。俺の住居に立ち入るな、ジャングルジムでは怒鳴り声が飛んだ。

やっとのことで、見るに見かねたらしく、年配のホームレスがベンチのひとつを分け与えてくれた。彼の体臭が気になったのもほんの数分のことだった。椎橋はベンチに仰向《あおむ》けになり、ほどなく眠りにおちた。早朝、カラスの鳴き声に目が覚めたとき、その年配のホームレスは姿を消していた。彼らには彼らの事情があるのだろう。お互いに干渉も詮索《せんさく》もしない。それがここのルールのようだった。郷に入っては郷に従え。自分もここの一員に加わった以上、規律を乱すことはできなかった。

とはいえ永久に公園の世話になるつもりはなかった。Ｓｕｉｃａ《スイカ》にはまだチャージされた残金がある。電車に乗り、午前九時をまって杉並営業所に顔をだした。自宅謹慎をほのめかされていても、こちらから顔をださないことには、向こうから連絡をとる手段がない。履歴書に書いてある電話番号はでたらめだからだ。

生田も宮村も不在だった。職員はそっけなく告げてきた。高円寺《こうえんじ》のマルミというスーパーマーケットへ行ってくれ、生田がそこでまってるから。

スーパーマーケット。ひょっとして、万引きGメンとしてデビューがきまったのだろうか。はやる心を抑えながら、椎橋は電車で高円寺に向かった。

マルミスーパーは高円寺駅から南へ延びる商店街の一角にあった。店舗の規模としては中程度、建物は古びていて、表だけでも改装したほうがよさそうに思えた。食料品売り場に出入りする客のほとんどは女性で、それも中年以上の年齢層だった。平日の午前だ、客層は限られてくるのだろう。

入口はいまどきめずらしく自動ドアではなかった。ガラス戸を押し開けなかに入ると、レジのわきにネオス警備保障の制服が立っていた。生田だった。頭の禿《は》げあがったスーパー店員と話しこんでいる。

椎橋は生田の背に、恐縮しながら声をかけた。「おはようございます」

なにか深刻な話をしていたらしい。振り向いた生田の顔は険しかった。その目が椎橋の身体を眺めまわす。眉間《みけん》にはさらに深い縦皺《たてじわ》が刻まれた。生田がきいた。「制服はどうした？」

「ええと、制服……ですか？」椎橋は戸惑いを覚えた。「あのう、正式な出動だとはきいてないですし、それに、万引きGメンってのは私服でないと……」

生田は苛立《いらだ》ったように顔をしかめた。「誰が万引きGメンだっていった？　この仕事は店の警備なんだ、制服を着てなくてどうする」

禿げた中年の店員がきいた。「生田さん。この人は？」

「うちの新入りのアルバイトで、椎橋といいます。椎橋、こちらは店長の河合《かわい》さんだ」生田は椎橋に顔を近づけ、小声でささやいた。「私服にしても、きのうと同じ服装じゃないか。たるんでるぞ。いますぐ着替えに戻れ」

「あの、でも」椎橋は弁明した。「どんな仕事なのか、きいていないので」

生田は呆《あき》れきった表情を浮かべた。「営業所から連絡を受けたのに、業務内容は伝わってないのか？」

「そのう、電話を受けたんじゃなくて、僕のほうから営業所に行ったんです。なにかお役に立てることはないかなって。そしたらここに行けといわれて……」

「ああ、もういい、わかった」生田はしかめっ面のまま頭を掻《か》きむしった。「調子の狂う若造だよ、おまえは。ただ職務熱心なのはおおいに結構だ。さっさと着替えてこい。話はそれからだ」

椎橋はひっかかるものを感じた。制服でスーパーを警備。多額の現金の搬出や、大物有名人の来店が予定されているわけではあるまい。考えられる警備の目的はただひとつ、万引き対策だけのはずだ。それなのになぜ、万引きGメンではなく警備員なのだろう。

「あのう」と椎橋はいった。

「なんだ」生田は憤りをあらわにした。「言いわけはあとにしろ。いまは仕事が先だ」

「いえ。その仕事についてなんですけど。制服じゃなくて私服のほうが、万引きGメンとしては好都合かと」

店長の河合が目を光らせた。「万引きGメン？」

「なんでもありません」生田は河合に愛想笑いを向けてから、椎橋にいった。「ゆうべも説明したろ。うちの営業所では万引きGメンはやってない。万引きの取り締まりについては、制服による巡回を主な業務としていて……」

そのとき河合店長が口をはさんだ。「このお兄さん、万引きGメンなんですか」

生田が河合に応じた。「いえいえ、そういうわけじゃないんです。まだ入ったばかりで、事情がわかってないだけで」

しかし河合は、万引きGメンにただならぬ関心をしめしているようだった。「もしおられるのなら、万引きGメンのほうがいいかな。じつは当初、ネオス警備保障さんにはそのようにお願いしたんですよ。でも警備員の巡回のほうが効果があるといわれて」

「そのとおりです」生田は慌てぎみにいった。「そのほうが抑止力として効果的です。最近はテレビで万引きGメンがやたらと持て囃《はや》されてますが、いついかなるときも犯行に目を光らせるのは不可能ですしね。それよりも万引きを行えない環境にしたほうが得策ですよ」

生田のへりくだった姿勢が癪《しゃく》に障った。出動時の豹《ひょう》のような鋭い目つきはどこへやら、顧客にへつらい媚《こ》びを売っている。大きな顔をするのは身内にだけか。凡百のサラリーマンとなんら変わるところがない。

反抗心がこみあげてきた。椎橋は自分を抑えきれず発言した。「本当にそうでしょうか？　私服の万引きGメンが巡回中としたほうが、万引き犯もびびるはずですよ。覆面パトカーと同じ効果が期待できるってもんです」

覆面パトカーに喩《たと》えたのは、出山の本の請け売りだった。クルマを運転したこともない椎橋にとって、そんな発想は頭に浮かぶはずもなかった。

河合店長は目を輝かせた。「おっしゃるとおりです。わざわざお金を払って警備をお願いしているのだから、警備会社さんならではの技量を発揮していただかないと」「椎橋」生田が睨《にら》みつけてきた。「おまえが万引き犯罪を許せないといったから、宮村さんの取り計らいで、ここの警備見習いに任命されたんだぞ。それなのに、おまえの態度は勇み足がすぎる。営業所の方針にあれこれと文句をつけられる立場じゃないだろう」

「論より証拠ですよ」椎橋は反論した。「やってみればわかります」

生田はすっかり腹を立てたらしく、ぞんざいにいった。「勝手にしろ。営業所には、おまえがまるっきり職務を放棄したと報告しとく。それでいいのならな」

脅しだ。だが椎橋は狼狽《ろうばい》しなかった。変則的であれ、自分はとうとう万引きGメンの座を射止めた。そのことに対する嬉《うれ》しさのほうが勝っていた。

椎橋は足ばやに生田から遠ざかった。制服姿の警備員の近くでは、万引きがおこなわれる確率は低い。

レジの脇を抜けて食料品売り場に入った。買い物かごをさげた老婦たちが通路を行き来している。椎橋は肉の売り場に直行した。高級松阪牛《まつさかうし》の看板が見えたからだ。高級品ならばこそ、万引き犯の食指も動くと予想された。

牛肉売り場には大勢の主婦が集まっていた。誰もが棚のパックに手を伸ばし、しばし眺めてから買い物かごにおさめる。あるいは棚に戻す。見たところ両者の比率は三対一ぐらいで、購入者のほうが多いようだった。

万引きの実行をその場で確認し、追跡し、店の外にでたところで捕まえる。その劇的な展開を思い描きながら椎橋はたたずんだ。

だがしだいに意気消沈せざるをえなかった。怪しげな素振りをする客はいなかった。むしろ椎橋のほうが訝《いぶか》しく思われているらしい、主婦たちは妙な顔つきで椎橋を一瞥《いちべつ》しながら、牛肉売り場を立ち去っていく。

焦燥が募りだした。大見得を切った以上、是が非でも万引き犯を押さえねば。

そのとき、視界の隅に注意を喚起するものが映った。椎橋はすかさず焦点を合わせた。不審な動き。警戒心がそう告げていた。

茶髪にパーマ、三十すぎぐらいの女だった。妊婦らしい、マタニティドレスを着ている。ショッピングカートを押しているが、なかにはハンドバッグ以外になにも入っていない。ほとんどの客は魚売り場から肉売り場へと移動しているのに、その女は松阪牛の看板の前を行ったり来たりしている。視線も上がりぎみで、ときおり辺りを警戒するように見まわす。

椎橋は目を合わせないようにしながら、しばし観察した。女は売り場に近づき、牛肉のパックを手にとる。さらにもうひとつを取って左右の手にひとつずつ持ち、両者を見比べる。やがてひとつを棚に戻し、もうひとつをカートのかごにおさめる。ところがまた思い直したようにそのパックをとりだし、ふたたび棚に戻す。

奇妙な動きだ。ほかの買い物客と比較しても、あきらかに浮いている。だが……。

ふいに耳もとで、河合の声がささやいた。「あのひと、変でしょう」

びくっとして振り向くと、河合の顔がすぐ近くにあった。

河合は声をひそめていった。「あの妊婦さん、毎日うちにくるんですけどね。ああやってカートを押して、商品を買い物かごに入れてはまた棚に戻して、結局なにも買わずに去っていくんです。万引きしてるんじゃないかと、うちの従業員のあいだじゃささやかれててね」

「店長さん」椎橋はきいた。「このお店では、万引きの発生率はどれくらい?」

「多いですよ」河合はため息まじりにつぶやいた。「たぶん一日十件以上だと思います。防犯カメラで録画してても、なんにもならない。このままじゃ倒産ですよ。犯行が頻発するのはちょうどいまごろ、午前中が多いようで、しかもあの妊婦が現れる時間帯らしいんです」

「少し離れててください」椎橋は河合にいった。「従業員のかたがいると、万引き犯も警戒しますので」

「ああ、そうですね。気づきませんでした」河合の目は期待感に輝いていた。「じゃ、のちほど」

河合が立ち去ったのち、妊婦が移動を始めた。椎橋は距離をおき、その後を尾《つ》けた。カートを押す老婦らが数人、妊婦と同じ方向に歩いていく。それら客たちをあいだに挟んで、妊婦を見守った。流れに逆らって野菜売り場まで戻り、それから調味料の棚、菓子売り場、洗剤売り場をまわり、それぞれの売り場でなにか一点を手にとっては、いったん買い物かごに入れ、また棚に戻す。その繰りかえしだった。洗剤売り場を抜けると、妊婦はふたたび野菜売り場に向かった。

堂々めぐりだ。しかも妊婦はあきらかに不審な行動をとっておきながら、万引きを実行する気配すら見せない。よほど熟達した手練の持ち主なのだろうか。あのふくらんだ腹も、赤ん坊ではなく商品をおさめるためのカモフラージュか。だとするのなら、女は万引き用の特殊なギミックを有していることになる。マイケル・アマーのトピットどころではない。

ふと椎橋は気づいた。妊婦が野菜売り場を訪れるのは二度目。その光景は奇妙な既視感に満ちている。さっきもいた場所、それだけの理由ではないように思える。

注意は周囲に向いた。老婦たち。ひとりは背の低い猫背、その向こうに白髪のパーマ、さらに離れてカーキいろのジャケットを着たメガネ。三人の老婦。さっきもここにいた。いや、ずっと一緒にいた。妊婦があちこちの売り場を物色するあいだ、彼女たちは行動を共にしていた。

椎橋の集中力は即座に機能した。一見緩慢なようで、じつはめまぐるしい三人の動きを一秒ごとに交代で注視する。白髪のパーマがねぎを手にとった。メガネに視線を移すと、彼女はじゃがいもを買い物かごにおさめている。猫背がレタスを持ち、品質をたしかめるようにしげしげと眺めている。

彼女たちの視線はときおり周囲に向くが、辺りに目を配るというより、妊婦を見つめるほうが多いように思えた。なぜ妊婦を尾けまわすのか。ひょっとして同業者か。彼女たちも万引きGメンだろうか。

そうではない。彼女たちが妊婦と行動を共にするのには理由がある。

売り場をもう一巡してから、妊婦はカートを押してレジに向かっていく。かごのなかには結局、なにも入っていない。妊婦はカートを指定の置き場に戻し、ふらふらとレジの脇を抜け、出口に向かっていった。

ガラス戸の近くに生田が立っている。生田は仏頂面で椎橋を見つめてきた。その隣りでは、河合がはらはらした顔で、妊婦と椎橋をかわるがわる眺める。

椎橋は歩を速めた。自分は見た。たしかに見た。その一部始終もたしかに把握した。

妊婦はすでに外にでていた。椎橋は戸を押し開け、自転車置き場に向かった。

そのとき背後に人の気配がした。振りかえると河合が歩調をあわせてついてくる。

河合がうわずった声できいた。「万引き、見つけましたか」

「ええ」と椎橋は答えた。

「すばらしい」河合はそういって歩を速めると、椎橋を追い抜いた。妊婦に追いつき、その腕をつかんだ。「ちょっとすみません。事務所にきてもらえませんか」

妊婦はぽかんとした顔でたたずみ、河合を見かえした。辺りの買い物客たちも、なにごとかと見守る。

椎橋はあわてていった。「ちがいます、その人じゃないです」

河合は目を丸くして椎橋を見かえした。「は？」

この妊婦の精神状態がどういうものかは判然としない。たんなる変わり者かもしれない。だが万引き犯ではない。椎橋が追っていたのは別の人間だった。

椎橋は妊婦の近くにいた三人をそれぞれ指さした。白髪のパーマとメガネはそれぞれ、自前の自転車を引っ張りだしていた。猫背の老婦は少し離れたところに買い物袋をさげて立っていた。

河合はきょろきょろと周りを見まわした。「あのう、こちらのお客さんたちがなにか?」

鈍い男だ。椎橋がじれったく感じたとき、三人はいずれもそそくさと立ち去りだした。

「まってください」椎橋は怒鳴った。「そこのパーマのご婦人に、メガネをかけたおばあさん、あと猫背のおばあさん」

三人はいずれも、それぞれの場所で動きをとめた。パーマと猫背は、一見して気まずそうな表情を浮かべている。だがメガネの老婦は毅然《きぜん》とした態度で椎橋を見かえした。

「なんなの」とメガネがきいてきた。

「そのう」椎橋は腰が引けそうになった。自分はまだ若い。高飛車な態度をとろうとしても限度がある。遠慮がちにいった。「なぜ声をかけられたか、わかってると思いますが」

メガネの老婦は、その老眼鏡ごしにじっと椎橋を見つめてきた。レンズに拡大された目はまるで魚のように丸かった。「なんのことよ、失礼ね」

どうしよう。椎橋は困惑した。テレビで観た出山の捕り物では、この場で万引き犯の腕をつかんで事務所まで引きずっていった。だが常に犯人はひとりときまっていた。いまは三人。しかも肝の据わったふてぶてしい態度の老婦ばかりだった。

警察を呼ぶか。いや、そんな暇はない。事態が把握できず、呆気《あっけ》にとられたままの河合も頼りにはならない。

打つ手なしか。そう思ったとき、ふいにメガネが顔をひきつらせた。ほかのふたりも同様に立ちすくんだ。

三人の視線は椎橋の肩ごしに後方に向けられていた。椎橋は振りかえった。

制服姿の生田が近づいてくるところだった。「椎橋。どうかしたのか」

警官と見紛《みまが》うばかりのネオス警備保障の制服、生田のいかめしい表情、屈強そうな身体つき。椎橋の目には、すべてが輝いて映った。

15

マルミ高円寺店の店長室で、事務机を前に並んで座った三人の老婦は、一様に無言のままうな垂れていた。

机の上には万引き商品が山積みされている。すべて手提げカバンや上着のなかからでてきた。松阪牛のパックに納豆のパック、刺身、缶詰、チョコレート菓子にドッグフードまである。総額二万六千円弱。最も多く商品を隠し持っていたのはメガネの老婦で、ひとりで一万円以上の商品を持ち去ろうとしていた。

河合は老婦たちの向かいに座り、咳《せき》ばらいをした。「三人はお仲間ですか」

老婦たちは視線を逸《そ》らしあった。面識がなかったことはほぼあきらかだった。

椎橋は生田と並んで壁ぎわに立ち、そのようすを見守っていた。万引き犯というのはいったん捕まるとひどく落ちこむか、あるいは居直るか、そのどちらかだと出山の本に書いてあった。老婦たちは落胆のいろを漂わせていたが、それでもどこか余裕を残しているように見受けられる。ひとりではなく三人であることが、犯罪者としての孤立感を和らげているのだろうか。

「で」河合はボールペンを握った。「住所と名前は」

三人の老婦は沈黙を守っていた。またメガネがふてぶてしい態度をとりだした。手で髪をなでつけながら、脚を組んで座っている。

「あのね」河合の声はしだいに興奮しつつあった。「これは犯罪。わかる？　あんたたちは泥棒を働いたことになるんだよ。そこんとこ、どう思ってる」

老婦たちはしらけきっていた。謝罪の言葉もなければ弁解もない。素性も明かさず沈黙を守りつづける。捕まったのはこれが初めてではないのだろう、椎橋はそう思った。

河合はしばらく黙って老婦たちの返事をまっていたが、根気にも限度があったらしい、ボールペンを机の上に投げだすと、勢いよく立ちあがった。「これは窃盗なんでね。警察に連絡して、きてもらいますよ」

そのとたん三人は動揺をあらわにした。すみません、ごめんなさい。申しわけありませんでした。警察だけは勘弁してください。家族もいなくて独りきりで、生活にも困ってるんです。夫は死んでしまって自分だけが残されてるんです。とにかく、もうしませんから帰してください。

警察が呼ばれるほどではないと、甘い見通しを抱いていたのだろう。河合は不愉快に感じたらしく、憤然と退室していった。次いで生田が廊下にでた。泣きごとを連ねる老婦たちをあとに残し、椎橋は生田につづいた。

河合は一転して晴れ晴れとした顔になった。「いやあ、すばらしいです！　三人もの犯行を同時に見抜くなんて。これは快挙ですよ」

生田が疑問のいろを浮かべて椎橋を見つめてきた。「あの三人は共犯じゃなかったのか？　よく一ヵ所に固まってたな」

椎橋はいった。「共犯ではありませんけど、やり方が同じだったってことです。挙動不審な妊婦さんが毎日現れるうちに、その陰でなら万引きがしやすいと思った者が、複数いたってことです。従業員の注意も妊婦さんに向きますし」

「そうか？」生田はいっそう疑念を募らせたようだった。「それならあの不審な妊婦の近くじゃなく、むしろ遠いところで万引きを働いたほうがいいんじゃないのか。従業員は妊婦を警戒してるんだしな」

「いいえ」椎橋は首を横に振った。ここがマジックの発想を持つ人間と、そうでない人間の差だと思った。「従業員全員が妊婦を追いまわすわけじゃないんです。ある売り場の従業員の視界に、妊婦が入っていない状況では、当然妊婦に対する警戒心がなくなります。ほかに怪しい素振りの客がいたら目に入ってしまうんです。だからあの万引き犯のおばあさんたちは、妊婦についてまわった。妊婦が近くにいれば従業員の目はそちらに向きます。物理的には視野のなかにあっても、認識していなければ見えていないのと同じです。万引き犯はその原則を知っていて、いわば視線のフェイントとして妊婦を利用したんでしょう」

ミスディレクションというマジック用語が喉元《のどもと》まで出かかっていたが、かろうじてそれを飲みこんだ。自分にマジックの知識があると悟られてはいけない、椎橋は直感的にそう思った。

「でも」河合は目を瞠《みは》っていた。「まさかあんなに多くの物を万引きしてるなんて」

椎橋はうなずいた。「三人のなかで最も器用だったのは猫背のおばあさんですね。緩慢な動作を装っていますが、いざとなると素早いですよ。身体の向きを変える瞬間、手にした商品をカバンに投げ落とすんです。メガネのおばあさんは、どちらかというと頭脳派ですね。じゃがいもを二個手に取って、それを棚に戻すとき、一個だけ戻す。あとの一個は手のなかに隠し持つんです。しばらくそのまま歩いて、老眼鏡をはずしてカバンにしまうふりをして、隠し持っていたじゃがいもを一緒にカバンにいれてました。いずれも視線を落とさずおこなってましたから、たとえ見ている人がいても、そこに注意が向かないんです」

「いや、本当にすごい」河合はすっかり燥《はしや》いで、いまにも小踊りを始めそうな勢いだった。「お若いのに万引きGメンとして本当にすばらしい仕事をなさってる。大変なことですよね、それほどの観察眼を発揮されるなんて。やっぱり、そのう、お給料のほうもかなりいいんでしょう?」

椎橋は自然にほころびつつある顔を無理にひきしめて、生田に向き直った。

生田は険しい表情で河合にいった。「まだ研修中ですし、アルバイトですから、それほどでも」

「そうですか、それはお気の毒に」河合は満面の笑いを椎橋に向けた。「うちに欲しいくらいですよ」

椎橋は姿勢を正した。いまこそ偽善なるものを発動すべきときだ。椎橋は爽《さわ》やかさを心がけた。「お心遣い感謝します。でも僕としてはバイト料だけで充分です。たとえば同じ百二十円の缶ジュースでも、ただで手に入れた物と、仕事で得たお金で買った物とでは、まるっきり味がちがうと常々思ってるんです。栄養分さえ変わってくるんじゃないかと、本気で思ってます。万引きを抑止するために働けるのなら本望ですし、不幸にして犯罪に手を染めてしまった人たちにも、働いて得たお金で物を買うことの喜びを知ってほしいと思います」

「すばらしい！」河合は感極まったようすで声を張りあげた。「あの万引き犯たちにもきかせてやりたいよ。ああ、そうだ、きかせてやろう。警察に電話する前に、いまお兄さんがおっしゃったことをあの連中に伝えてやりますよ。ちょっと失礼」

河合がまた店長室のなかに消えていくと、廊下はふいに静かになった。

しばしの沈黙があった。生田は眉間《みけん》を指先で掻《か》いてからつぶやいた。「ま、よく見つけたとは思う。そこについては、たいしたもんだ。それから、余分に報酬を要求しない謙虚さも評価できる」

ずいぶんいいにくそうに人を誉《ほ》める上司だった。だが椎橋は、なにも気にならなかった。自分でも信じられないほどの成功をおさめた喜びで一杯だった。

「ありがとうございます」と椎橋はぺこりと頭をさげた。

余分に報酬を要求しない謙虚さ。たしかに美談だ。すべてが事実であれば。そう思った。

しかし実際にはそうではなかった。この特殊な仕事の報酬は、すでにきっちりと受けとっていた。

日没前、椎橋はふたたび新宿の中央公園に赴いた。ベンチを貸してくれた年配のホームレスに、昨晩のお礼を振る舞うことにした。

上着のなかに縫いつけたトピットの隠しポケット。椎橋はマルミ高円寺店から頂戴《ちようだい》したカップ麵《めん》、弁当三個、缶コーヒー二本、コロッケのパックをベンチの上に並べた。

ホームレスは、どうやって得た品々なのか問いかけもしなかった。遠慮なくいただくよ、そういって弁当を手に、自分の家である段ボールハウスへと引きあげていった。

弁当の匂いに誘われて、ほかのホームレスたちも近づいてきた。椎橋は、弁当一個と缶コーヒー一本だけを残し、残りは定価の三分の一で売り払った。ホームレスたちは雑誌拾いから空き缶拾いまで、自前の仕事を持っている。金を払うことに難色をしめした者はいなかった。

それに有意義な情報も得た。近くのホームレス用のデイリーアパートなら、一泊千円で泊まれるらしい。シングルベッドサイズの小部屋のみで、テレビなどはないという。それでも吹きさらしのなかベンチに横たわるよりは魅力的に思えた。

マルミからの戦利品は、こうして食事と宿に有効に消費された。

老婦たちを尾《つ》けまわしながら、椎橋自身も万引きしていた。その事実に店長が気づいたようすはなかった。探偵が犯人だとは、まさか夢にも思わないだろう。それにあの店長は、一日十件もの万引きがあるといっていた。常習者はあの三人の老婦だけではあるまい。したがって、きょう老婦たちのほかに万引きを働いた者がいたとしても、ふしぎではない。むしろまだ万引き犯がいるようだと察し、万引きGメンに椎橋を指名してくるかもしれない。いいサイクルだと椎橋は思った。需要と供給のバランスがとれた状態とは、いまのことだろう。

自分も老婦たちと同様、あの罪もないスーパーマーケットから品物を盗んだ。だが椎橋は、心を痛めなかった。反省する気もなかった。自分のおかげで、あの店長は三人の万引き犯を捕まえられた。なにより店長は、椎橋にお礼をしたがっていた。その報酬を受けとっただけのことだ。なにも悪いことはしていない。

16

三人の万引き犯を同時に見つけた椎橋の観察眼は、その夜営業所で話題となり、翌日には宮村営業所長を通じ本社に報告された。

報告内容は、現在アルバイトである椎橋を万引きGメンとして雇用することの是非を問う、質問文を含んでいた。弱冠十九歳、正社員でもない椎橋が私服姿で一般客を見張る、そんな職務に就くことは許されるのだろうか。

本社はしかし、条件つきで就労を認めた。見張りは椎橋がおこなうが、実際に警備責任者となるのは生田ら正社員で、客を呼びとめ事務所に連行するのも彼らになる。椎橋の仕事は怪しい人物を見つけたら警備員に報告するだけだ。すなわち椎橋はその観察眼にかぎって、万引きGメンになることを認可された。

椎橋はそれで満足していた。いや満足以上のものがあった。万引き犯を捕まえるのは、営業所にあまた在籍している体力自慢どもにやらせておけばいい。自分は責任者でもない。万が一誤認があったとしても、客を万引き犯呼ばわりしたことになるのは警備責任者だ。未成年アルバイトの自分に火の粉は飛ばない。

もっとも椎橋はミスなどしでかさなかった。椎橋の目に映る万引き犯たちは、スーパーマーケットという舞台で防犯カメラを前に、稚拙なトリックを演じる不器用な新米手品師にほかならなかった。手にした小物の〝消失〟はマジシャンの演目でも基本中の基本といえる。長い歴史のなかで大勢のマジシャンが知恵を絞り、錯覚を生むためのあらゆる技法を考案していた。万引き犯たちがマジックを学んでいることはないだろうが、彼らの完全犯罪への探求は結局のところ、マジシャンと似たやり方に行き着いていた。

阿佐谷のパール商店街にあるスーパーマーケットでは、右手に持った高価な品物に警備員の注意を集め、左手で別の商品をポケットにおさめていた中年男の犯行を見破った。男のミスディレクションはなかなかのものだったが、パームという技法までは考えつかなかったらしい。肝心の左手はあまりにも大胆に商品をつかみあげていた。いったん商品を手のなかに隠し持ってから、隙をみてポケットにしまえば、より効果的だった。百点満点中、六十点だと椎橋は評価した。

一方もっと器用さにものをいわせる輩《やから》もいた。大久保《おおくぼ》のディスカウントショップで、バーゲン品としてワゴン売りされたブランド品のアクセサリーを、次々に奪い去ろうとしていた老婦を捕まえた。老婦はいちおうパーム的な技法を身につけていて、ひとつの腕時計を親指と人差し指でつまみあげるときに、残る三本の指で指輪を握りこんでいた。しばらく指先の腕時計を眺めてから、他方の手でそれをワゴンに戻す。ハンカチで手を拭《ぬぐ》うふりをして、隠し持っていた指輪を包みこみ、ハンドバッグに滑りこませる。その動作を何度となく繰りかえしていた。パームの技術とハンカチという小道具の利用、発想としてはマジシャンのそれに近いものがある。ただマジシャンは同じタネを反復してはいけないという基本原則を知らないらしい。それに指輪のように小さなものは握りこむよりも、フィンガーパームのように軽く曲げた手で自然に隠し持つべきである。椎橋のこの老婦に対する評価は七十五点。

むろんそのような腕自慢は、一軒の店舗につきひとりかふたりしか存在せず、大半の万引き犯はステージに立つ前から失敗の要因を背負っていた。極度に緊張しすぎていて、犯行前から挙動が不審。あらかじめ手順を組み立てていないせいで、行き当たりばったりの演技に終始。たいていは目当ての商品を手にして店内のあちこちをうろつきまわり、人目につかないと思われるところで素早くカバンにしまいこむ。だがその一瞬がいかに早業だったとしても、さっきまで堂々と商品を手にしていて、それが突然消えたとなれば、前後関係から万引きと推察するのは容易だ。

この手合いは頭を使っていないせいか、己れの犯行のどこが欠点かわからず、店を替えて同じ犯行を繰りかえす。荻窪のスーパーで捕まえた老齢の男性を、方南町でまた見かけたりする。椎橋は容赦なく犯行を指摘し、警備員に捕まえさせた。トリックのどこに致命的な欠点があるか、自分で気づいてもらわねば困る。

椎橋自身の模範演技は常に百点満点だった。万引き犯を探す合間に、椎橋は暮らしを支えるに充分な戦利品を、みずからの腕で勝ちとっていた。警備会社から支払われるバイト料以外に、店から直接報酬をもらっている、椎橋はそう解釈していた。

ディスカウントショップでメモリーカードのコーナー前に立つ。メモリーカードは葉書よりひとまわり小さいサイズの台紙に入っているが、二枚を一枚のように重ねてとり、手から手へ渡す瞬間にトピットで隠しポケットに放りこむ。カードマジックの技術、ダブルリフトの応用だった。

問題はハードカバーの本やDVDソフトのように大きな商品だ。これらの場合、手の代わりに雑誌などを用いて、商品を周りの視界から隠す。写真週刊誌のように薄く柔軟性があるほうが使いやすい。目当ての商品を棚から引き抜き、雑誌の下に重ねて持つふりをしながら、大胆に隠しポケットに落としこむ。雑誌を持った手を棚に押し付け、商品を棚に戻したふりをする。椎橋は鏡の前で何度も練習をした。本やビデオ、DVD、CDなどのソフトの場合は、かえって素早い動作のほうが怪しまれないこともわかった。

ソフトを身分証不要の中古店に売り飛ばし、現金に換える一方で、食料品はそのまま生活の糧となった。ときとして椎橋は、食品売り場で隠しポケットに食べ物をいっぱいに詰めこんでから、いったんトイレに隠れてそれらをすべて食べてしまい、また店内にでたこともあった。時は金なりだった。食事のために休んでいる暇はない。

わずか四日で、椎橋はホームレス用のデイリーアパートを引き払い、ウィークリーマンションへと移り住んだ。人並みにバスやトイレが部屋にある。それだけで喜ばしかった。さらに一か月が経ち、椎橋に最初の給料が支払われるころには、所持金は十万円を超えていた。バイト料と合わせて二十四万円。椎橋は吉祥寺《きちじょうじ》駅徒歩十分の2DKを借りた。家賃は八万三千円。本当は職場の通行証にすぎないカードを社員証と偽り、正規の身分証はあとで提出するといって、強引に審査を押し通した。連帯保証人も印鑑を買ってきてでっちあげた。上京後一か月にして、ついに椎橋は本格的なひとり暮らしを始めた。

一日に複数の万引き犯を捕まえても、椎橋自身が犯行を重ねている以上、どの店舗も結局は万引きの被害に遭っている。しかしその事実はかえって、万引きGメンの需要を高める結果につながっていた。高円寺のビデオショップの店長はいっていた。ネオス警備保障の椎橋さんがあれだけ捕まえてくれたのに、まだ万引き犯が残っているようです。あきらかになった犯行はまだ氷山の一角かもしれません、ぜひまた来店して、万引きGメンとして目を光らせてください。

当初、椎橋の立場はアルバイトにすぎなかったため、万引きGメンの仕事を専業にはできなかった。営業所の雑務の手伝いに追われた日もあったし、制服を着てコンサート会場の警備に立った日もあった。そんなときにも、万引きGメンを求める店長たちの声はやまなかった。椎橋がほかの仕事に出払っていたあるとき、営業所は生田と何人かの私服警備員を派遣したが、方南町のディスカウントショップの店長は苦い顔をした。あの椎橋君という若者はどうしたね。私は彼に最も信頼を置いているんだが。

椎橋以外の職員が私服で万引きGメンを務めようとも、しょせん椎橋が店長らにあたえたインパクトを上まわることはなかった。マジックの知識のない警備員では、熟達した万引き犯の犯行を看破できなかった。豆乳ひとつを持ったままレジを素通りしようとした老人ひとりと、スナック菓子をポケットにいれた小学生ひとり、一日にたったそれだけしか捕まえられなかった私服警備員に、マルミ荻窪店の店長は腹を立てた。じつは椎橋がいなかったからこそ、損害を与えずに済んでいたというのに、店長はまるで気づいていなかった。

椎橋が来なければ契約を解除するといいだす店主までが現れ、営業所は椎橋の万引きGメンとしての派遣率を増やした。系列店に口コミで評判が広がり、椎橋は杉並区だけでなく、中野《なかの》区や新宿区、あるいは三鷹《みたか》市など別の営業所の管轄内に、出向というかたちで差し向けられた。その都度、経営者の絶賛を浴びた。それらの経営者もまた、椎橋に賞賛以上の高い代償を支払わされているとは、露ほどにも思っていなかった。

椎橋は生田ら正社員と談笑するようになった。だが椎橋は、あまり職場の交友関係を広げたいとは思わなかった。真実の世界においては、彼らは自分の敵だった。彼らをだましている。そのことは肝に銘じておかねばならない。みな真実を知らなくても、自分を見失うわけにはいかない。すべてのトリックにはタネがある。

出先の店舗で一日じゅう精力的に動きまわったのち、自室に帰ると、椎橋はノートに店の見取り図を描き注意点を記入した。ブロックス三鷹店の棚は斜めになっていて、クラシックパームで掌《てのひら》に商品を隠し持とうとするとき、滑り落ちやすい。ミドリヤ西荻窪店の防犯カメラは、レジ付近を除きすべてダミーカメラなので、警戒の必要なし。ただし通路奥の鏡に注意。

ノートは三か月で二十冊以上もたまった。いまや椎橋の部屋のなかには冷蔵庫もあればテレビもあった。稼いだ金で買った物も、もらった物もある。シングルベッドは組み立て式の格安品だが、ディスカウントショップの店長がお礼にとくれたものだった。助かりますと椎橋は店長にいった。それは本心だった。ベッドはさすがにパームできないからだった。

スマホも調達した。中古品に身元確認不要のデータ専用格安SIMをセットし、プリペイド式IP電話サービスを利用した。完全匿名のスマホが手に入った。これでようやく職場から直接の連絡を受けられる。

表と裏、ふたつの仕事、ふたつの顔。頭のどこかでは認識していても、意識の表層では忘れていた。そんな二面性は椎橋にとって当たり前のことでしかなかった。ときおり失念しそうになるが、いまでも自分の年齢は十九ではなく十五だった。すべては偽りから始まった。だからいまも偽りつづける。そういう生き方、ただそれだけのことでしかない。

初めて訪れた新井《あらい》薬師《やくし》前のスーパーマーケットの見取り図を描き終えたころ、スマホが鳴った。午後十時をまわっているのに、営業所から電話の着信だった。

三か月が過ぎても、後ろめたい日々の生活に慣れきっているわけではない。気を落ち着かせ、椎橋は応答した。「はい、椎橋です」

「ああ、椎橋君」宮村の声だった。「お疲れのところ悪いね。きょうの報告も生田からきいてる。クライアントの店長さんからもお礼の電話があったよ」

いつもと変わらない温かい声。とりあえず大丈夫そうだ。椎橋はようやく警戒心を緩めた。「それはどうも。こんな時刻に、なにかご用ですか」

「じつは本社のほうから通達があってね。椎橋君の働きもあって、ネオス警備保障として正式に、万引きGメンの事業部署を発足させる方針が固まりつつある。そこで頼みなんだが明日、本社での会議にきみも同行してくれないか」

「僕がですか」椎橋は驚きの声をあげた。「でも、そこは、そのう……偉い人が集まる会議でしょう？　なんでアルバイトの僕が？」

「きみほどオブザーバーに適任な者はほかにいないよ。ああ、そうだ。世田谷営業所の出山忠司さんも、明日の会議に顔をだすらしい。きみとも会いたがっているそうだぞ」

出山忠司。その名に、椎橋の心は躍った。

「ええと、出山さん……ってたしか、ああ、万引きGメンをやっていた人ですね」椎橋はまたもしらばっくれた。

「そう。きみの先輩にあたる立場かもな。とにかくこれは、本社の新しい計画に関わる重要な会議でもある。明日、営業所で落ち合おう」

通話を終えてから、しばらく経った。椎橋はだしぬけに歓喜の声をあげた。

このうえなく気分がいい。胸につっかえていたものがとれて、心が果てしなく自由に広がっていくようだった。

出山忠司か。思えばあの男を意識したのがすべての始まりだった。椎橋にとって、出山は単なる万引きGメン以上の存在だった。ある意味ではスターであり、アイドルだった。そんな彼と同じ土俵に立った。十九歳、いや十五歳の若さで、彼に追いついた。

三か月。わずかな期間に、不可能と思えることを成し遂げた。それもたった独りの力で。

達成感が罪悪感を一掃したかのように思えた。そう、石の上にも三か月さ。椎橋はひとり部屋のなかで、高らかに笑った。

17

三か月前、面接のため訪ねたネオス警備保障本社。きょう宮村が押したエレベーターのボタンは、かつて椎橋が降りたフロアよりも上だった。

テレビで観る高級ホテルのように豪華な部屋だ、そう感じた。すでにふたりの男がまっていた。ひとりはここにそぐわないカジュアルな服装で、ネクタイもせず、シャツの襟を立てている。椅子をまわして前方に投げだした足には、ぼろぼろのスニーカーがあった。黒ぶちのメガネに顎鬚《あごひげ》。とても大企業の重役にはみえない。いったい誰だろうか。

その隣りに座っている人間は、見慣れた警備員の制服を着ていた。椎橋ははっとして立ちすくんだ。忘れようにも忘れるはずのない顔、出山忠司にほかならなかった。万引きGメンとしてラーメン屋のテレビのなかに現れ、家出直後の椎橋に道をしめした人物。椎橋にとっては伝説に等しい男が目の前にいる。ついにここまできた。妙な感慨が椎橋を包んだ。思わず目頭が熱くなるほどだった。

ところがくだんの伝説の側は、ぱっとしない反応をしめした。顎鬚の男ともども、椎橋を一瞥《いちべつ》すると、さして関心もなさそうに宮村に目を移した。営業所はちがっても、宮村とは知り合いだったらしく、あいさつを交わし笑いあった。

椎橋は宮村と並んでソファに座った。出山は印象よりもずっと小さかった。身長は椎橋と変わらないぐらいだった。どこか貧相でもある。考えてみれば、この歳にして一介の警備員だ。いかに万引きGメンとして名が売れていても、暮らしぶりはさほどでもないだろう。

出山の目がちらと椎橋に向いた。「彼は?」

宮村が応じた。「うちの営業所の椎橋です」

椎橋は腰を浮かせ、おじぎをした。

すると出山はあからさまに軽蔑《けいべつ》する態度をしめした。「バイトだな?」

「ええ」椎橋はいった。「そうです」

ふうん。出山は小さくうなずいた。その視線が逸《そ》れて、虚空を見つめる。なにげなく右手を口に伸ばしたかと思うと、人差し指で歯の奥をほじった。

伝説が歯をほじった。椎橋は衝撃を受けた。しかもその指を肘掛《ひじかけ》の裏にこすりつけ、知らん顔をしている。

ふいに幻想が音を立てて崩れていくような気がした。万引きGメン、その魅惑のヒーローが、結局は実在しなかった。そんなふうに思えてきた。自分はなにを追求していたのだろう。

テレビのなかの出山だ、椎橋はそう思った。椎橋にとって出山は、万引きＧメンという名のプロマジシャンだった。人を驚かせ、世間から尊敬の目で見られ、崇められる。椎橋はプロマジシャンに常々抱いていた職業的な憧《あこが》れを、万引きＧメンに転移させていたにちがいなかった。

ところがどうだろう。昇りつめてみれば、ここにいたのは人前で歯かすをほじる、中年の小男ではないか。

出山が宮村にきいた。「きょうは、ほかに誰が出席するの？」

「事業部と人事部の方々だときいてますが」宮村が告げた。「うちの営業所は、私と椎橋のふたりだけです」

顎鬚の男が椎橋にたずねた。「きみも万引きＧメンだって？」

宮村が答えた。「彼はアルバイトの身ながら、うちの営業所であるていどの業績をあげまして、本社のほうから呼ばれたという次第で」

出山の目が鋭く光った。やはり万引きＧメンという単語には反応した。さも余裕ありげな態度で出山がいった。「そういえば、宮村さん。おたくの営業所も最近やってるんだってね、万引きの私服取り締まりを。それも結構、手広くやっているそうじゃない」

職業の縄張り意識をはっきり感じさせる物言いだった。宮村も負けてはいなかった。

「ええ、あくまで要望がある範囲にとどめてはいますけどね。それでも毎日、どこかしらへ出向くことになってますが」

出山は小さく唸《うな》った。上目づかいに宮村を見つめる。「ビックス世田谷店ってあるでしょ、スーパーマーケット。先月、あそこに万引きGメンとして入ったのも……」

「ええ、うちです。というか、彼ですね」宮村は椎橋を指ししめした。

だが出山の目はまだ椎橋に向かなかった。宮村に対し不満そうにつぶやいた。「あそこの警備はうちの営業所の管轄だったはずだけど」

「そうなんですが、杉並店の店長が推薦したらしくて、是非にとお誘いを受けてしまったんです。いちおう、本社の了解は取りましたけどね」

出山はしばし押し黙ってから、ようやく椎橋を一瞥した。「たしかに、評判はきいたけどね。なんでも、ずいぶん大勢捕まえたとか。彼が、そうなの？」

ようやく出山の関心が自分に向いた。だが椎橋はほとんど喜びを感じていなかった。むしろ失望していた。この三か月の働きはとっくに出山の耳に入っていて、椎橋の存在を意識し、敬意を払ってくれるものだと信じていた。そんな熱い職場意識は、彼らにはないらしい。椎橋の独り相撲だったようだ。尊敬できる先輩と、万引き犯の手練について情報交換し、ひいては椎橋のほうからマジックを手ほどきして親睦《しんぼく》を深める。そんな淡い期待を一方的に抱いていた椎橋は、身勝手と知りつつ裏切られた気分になっていた。

大人はなぜ、自分の職業についてこう醒《さ》めた態度をとるのか。好意的に解釈すれば冷静といえるのかもしれないが、椎橋にとっては肩透かしを食わされたような気になる。もっと熱く、身内のような親しさと愛情をもって交流したい。大人の職場にこそ、もうひとつの家族が存在すると信じたい。にもかかわらず、大人たちは応《こた》えてはくれない。彼らには彼らの家庭があるからだろう。幸せな家庭を持つ人間。椎橋と相容《あいい》れるはずもなかった。

椎橋のなかでしだいに出山への反感が募りだした。いままでもライバルとして競争心を燃やしてきたが、いまはちがう。腹立たしい大人。若者を見下し、けっして認めようとしない。その性格やものの考え方が気にいらなかった。坊主憎けりゃ袈裟《けさ》まで憎いの喩《たと》えどおり、出山と同じ制服を着ている自分が嫌になってくる。こんなことなら、別の警備会社に就職すればよかった。いっそのことフリーの万引きGメンにでもなったほうがいい。いや、いずれそうする。出山と同じようにマスコミに露出し、名が売れたあかつきには。

顎鬚の男が椅子をまわし、宮村に向き直った。「こちらの、その……椎橋君でしたか、彼はそんなに業績をあげてるんですか？」

宮村は大きくうなずいた。「一日一軒あたり平均十人から二十人の万引き犯を捕えています」

出山が苦笑した。「そんなに多くの万引きが、そこいらじゅうにいるのかな。誤認じゃなきゃいいけど」

「むろんです」宮村は表情を硬くした。「椎橋が摘発した万引き犯はひとり残らず本物でした。うちひとりが警察の取り調べで、窃盗の指名手配犯と判明したこともあります」

「ほう」顎鬚の男が興味をしめす顔になった。

出山は面白くもなさそうにいった。「万引きが悪癖のように定着している輩《やから》もいますからね。しかも慣れていて器用だったりする。なかなか見つからなかったりもしますよ」

宮村が声を響かせた。「うちの椎橋は、そういう手合いを見つけだすのが非常にうまいんです。過去発見できなかったレベルの万引きを、片っ端から看破しています。ビックス世田谷店でも三、四人ほど、その種の悪質な者を見つけました。いずれも世田谷署に勾留《こうりゅう》されて取り調べを受けています」

他人の縄張りで業績をあげたと主張する宮村に、出山は嫌悪のいろをしめした。負け惜しみのように出山がつぶやいた。「その話はきいたけれども、私が警備していたときには、そいつらはいなかったな」

椎橋は思わず口走った。「いいえ。事務室の取り調べで、みんな毎日犯行に及んでいるといってましたよ。この一年ぐらい、ずっと」

出山は不愉快そうな顔で椎橋を眺めると、すぐに顔をそむけた。「そんなはずない」

「いえ」宮村は穏やかな口調ながら、きっぱりといった。「事実です。警察の取り調べに対しても、そう供述しているそうです」

室内に沈黙が降りてきた。大人たちはやや気まずそうにしていたが、椎橋にとってはそうでもなかった。むしろ溜飲《りゅういん》がさがりつつあった。往生際の悪い大人の鼻をへし折るのも悪くない。

顎鬚《あごひげ》の男が笑顔で見つめてきた。「お若いのに、天才的な才能を発揮しているわけだ、万引きGメンとして」

あわてたように出山が口をはさんだ。「でもバイトですよ」

「アルバイトなのに天才的。画期的じゃないですか」顎鬚の男はしばし沈黙したのち、遠慮がちに切りだしてきた。「椎橋君は、テレビには興味がおありですか」

にわかに心拍が速まる。はい、そりゃもう、もちろんです。そう叫びたい心を抑制し、冷静を装うことに全力を費やす。ほころびかけた顔の表情筋にも緊張を与え、弛《し》緩《かん》を許さない。

椎橋はすまし顔できいた。「どういうことですか」

顎鬚の男は椅子から立ちあがり、椎橋に近づいてきた。名刺をまず宮村に、それから椎橋に手渡す。

名刺には有名なテレビ局のロゴマークが入っていた。名前は遠藤道久《えんどうみちひさ》、肩書は報道部、番組プロデューサーとなっている。

体温が一気に上昇する。血液が沸騰したかのようだった。テレビだ。番組だ。ついに出会った。やっと会えた。

顎鬚の遠藤はいった。「うちの報道番組で、出山さんには何度も取材でお世話になっているんだけど、見たことあるかな？」

表情筋を緩めてはいけない。そう自分にいいきかせながら顔をあげる。出山が渋い顔でうつむいていた。彼にとっては気にいらない展開にちがいない。

「まあ」椎橋は大人の冷めた口調を参考に、低い声でつぶやいた。「たしか、いちどぐらいは目にした記憶がありますけど」

出山はいっそう不快感をつのらせたらしい。椅子をまわして窓のほうを向いてしまった。すねる態度は子供のようだった。

遠藤はいった。「万引きGメンの特集は視聴率もいいし、犯罪の抑止力として効果をあげていると評判でね。椎橋君に同行して取材させていただくことも、今後あるかもしれません。詳しいことはスタッフルームの会議しだいだけど、椎橋君にやる気があるかどうか、それだけはきいておきたくて」

出山はまだ背を向けている。幸いだった。横槍《よこやり》を入れられるよりは無視を決めこまれるほうがましだ。椎橋はそう思った。

「ええ」椎橋はうなずいた。「僕はかまいませんが、宮村さんがどう思うか」

宮村は上機嫌のようだった。「うちとしては大歓迎です。ま、取材ということでしたら、クライアントのお店のほうにも了解を得なきゃならないと思いますが」

遠藤が満足げな顔になった。「その点はご心配なく。いままでも出山さんの取材で、何度も交渉をおこなってきましたから、心得ているつもりです」

そのときドアが開いた。スーツ姿の白髪《しらが》まじりの男たちが、ぞろぞろ入ってくる。重役クラスと一見してわかる。

遠藤はあわてたように頭をさげた。「じゃ、機会があれば連絡をさしあげますから」椎橋は立ちあがって会釈した。遠藤は出山に向き直ったが、出山は依然として無視を決めこんでいる。遠藤は仕方なさそうに、重役陣と入れ替わりにそそくさと会議室をでていった。

宮村は立ちあがり、重役に対しひとりずつ、深々とおじぎをした。椎橋もそれに倣った。

出山もようやく重役陣に気づいたらしく、跳ね起きるように立ちあがった。だが重役たちはすでに、出山に軽蔑《けいべつ》のまなざしを向けていた。

もはや椎橋は出山に、畏敬《いけい》の念を抱いてはいなかった。過去の人。それ以外の何者でもない。

重役のひとりが、遠藤のでていったドアを眺めた。「いまのは誰だ?」

「あのう」出山がたじろぎながら応じた。「私の知り合いで、テレビ局の人間で、そのう」

重役専用のフロアに入る許可は与えられていなかったのだろう。出山が遠藤を勝手に通したらしい。

宮村が助け船をだすようにいった。「万引きGメンの特集を組んでいる報道番組のプロデューサーだそうです。わが社における万引きGメン専門部署の正式発足を前に、意見をきいておりまして」

その説明は重役陣に違和感なく受けとめられたようだ。重役たちは納得した顔になり、それぞれ席についた。会議が始まろうとしていた。

すると宮村が椎橋にささやいてきた。「よかったな。番組にでれば愛媛に住むご両親も喜ぶだろう。もっとも全国ネットかどうかはわからないが」

その瞬間、椎橋は肝が冷えるのを感じた。

両親。そうだ、テレビにでて顔と名を売るということは、実の両親が観る可能性もある。いや、クラスメイトや教師らも同様だった。彼らのうちひとりでも、テレビ局に電話をかけて疑問を呈する者がいたら、椎橋の正体はばれてしまう。

テレビで有名になる。なんと甘美なことだろう。それがあっさり叶《かな》ったかに思えた。しかし早すぎた。こんなに迅速にマスコミとつながれるとは思っていなかった。十九歳という年齢とともに、ネオス警備保障に所属している自分の姿が放送されてしまう。まだ十五歳なのに。

18

椎橋彬が美容整形を思いついたのは、ネオス警備保障本社から自室に帰ってすぐのことだった。

表と裏の仕事の併用で、いくらか金銭的余裕が生じている。椎橋は持ち金をうまく活用できないか、常々模索していた。自分に投資するのなら有意義だ。

テレビから声がかかった現在、整形にはふたつのメリットがあった。ひとつは顔を変え、両親や元級友らにばれないようにすること。地元は愛媛でなく横浜のため、番組が関東ローカルでも目に触れる可能性がある。もうひとつは、視聴者にうける顔になり、人気を獲得し、出山に代わる新たな有名万引きGメンの座に就くことだった。

さっそく美容外科の病院をあたった。大塚《おおつか》駅のすぐ近くにある美容外科は、相談のみなら無料だった。女性ばかりがひしめく待合室で肩身の狭い思いをしたのち、椎橋は院長のもとに通された。記入を求められたアンケート用紙は五段階、「ほとんど目立たない」から「思いきり派手に」まで、整形手術の程度について希望を選択する欄があった。むろん椎橋は五番目に丸をつけた。思いきり派手に。

椎橋は院長に、とにかく恰好《かっこう》良くしてくれといったが、院長は具体的な指示がないと困るといいだした。美容外科医はクライアントの依頼どおりの施術をするだけであって、顔面のデザイナーではないという。どのように手術すれば美しくなれるかを、美容外科医があるていど決めてくれると思っていたため、椎橋は当惑した。

しばらく院長と話しこんで、いちおうの雛型《ひながた》はできた。目を二重にすること。鼻を高くすること。唇を薄くすること。それだけでも一箇所三十万円、ぜんぶで九十万円もかかるとわかった。健康保険の適用外だが、正式な身分証ひとつ所持していない椎橋にとっては、どうでもいいことだった。代金も前もって振りこまねばならない。

いったん手術のことは棚上げして、勤務をつづけていたある日、遠藤プロデューサーから電話が入った。二週間後に万引きGメンの取材があるが、出山忠司がスケジュールの都合ででられなくなった。代わりに椎橋に出演を依頼できないか、ということだった。

椎橋は渋りがちな態度を装いながら、話を了承した。いよいよ来るべきときが来た。やはり手術は受けねばならない。決意を固めた椎橋は、十日後に手術の予約を入れ、それまでは手術代を稼ぐため全力で働くことにした。

給料日まではまだ日数があったため、頼りにできるのは裏の仕事だけだった。椎橋は換金率のいいソフトに的を絞り、なかでも発売直後の人気ゲームソフトをかならず入手し、その日のうちに売って金に換えた。

それでも手術代に満たない。椎橋は十日のあいだに、万引き防止システムに関する知識を学習した。ネオス警備保障の営業所にあったテキストを読みふけり、店舗での犯行にその知識を反映させた。さらに実践的な方法を模索していく。

万引き防止タグは、アラーム式と非アラーム式に分かれる。前者は電波式、磁気式、電磁波式、後者はインクタグ式、ひも式に分類される。アラーム式は主に量販店、AVショップ、書店などに多く設置され、非アラーム式は紳士婦人服店やスポーツ用品店、ホームセンター、家電量販店によくみられる。タグも、ペーパータグと自鳴タグシステムに分かれている。ペーパーのほうはすなわちシール式のタグなので、店内で剝《は》がしてしまえば問題はない。それにゲートの警報が鳴るだけなので、あらかじめ別の万引き犯を見つけておき、彼と一緒にゲートを通れば、警報が鳴ろうと彼を捕まえればいいだけの話だ。自分の懐にある戦利品はばれない。しかし問題は、高価な商品が置いてある店に限って広く普及しつつある、自鳴タグシステムだった。

自鳴タグシステムは、万引き品を持ちだそうとすると、まずタグに内蔵されたブザーが鳴り、次いでゲートが鳴る仕組みだ。タグを外すためのキーはレジにしかなく、キー以外の方法で無理に外そうとすると、やはりブザーが鳴る。いったん万引きしてからじっくり料理しようにも、店内トイレの入口にもゲートがあるため、トイレに隠れて作業することは不可能だった。万引きGメンという立場であっても、さすがにタグを外すキーを貸せと店側に要求することはできない。難問だった。

しかし不可能は可能になる。椎橋はあらゆる店舗をつぶさに観察し、自鳴タグシステムの設置された店は、ほぼ例外なく一日のうちに五回以上、万引きがなくても警報が鳴っていると気づいた。通常の営業時間で、単純に計算しても一時間四十八分に一回は鳴ることになる。原因はレジ店員のタグの外し忘れだった。どんなに注意深く商品のタグを外すことを心がけていても、二時間弱に一回は忘れてしまうらしい。

タグの外し忘れで警報が鳴りだした場合、ゲートの警報を止めるためにスイッチが切られる。レンジ社製のものは警報が止まるだけだが、それ以外のメーカーのセキュリティシステムは、警報を止めるのにセンサーの電源も切らねばならない。つまりミスで警報が鳴った直後、ゲートは無防備になる。

椎橋は店内のめぼしい品を隠しポケットにおさめては、ゲート近くでそのときが来るのを根気強くまち、電源が落ちてからすんなりと通りぬけた。駐車場に停めてあるネオス警備保障のクルマには、椎橋のスポーツバッグが積んである。そこに隠しポケットのなかの商品を詰めこんで、また店に戻る。自分以外の万引き犯に目を光らせながらの犯行だが、椎橋はもう二重の職務が苦にならなくなっていた。むしろ日ごとに洗練され鮮やかになっていく、自分の手並みに酔い痴《し》れていた。

マジシャンの舞台は芸術かもしれないが、しょせん客を驚かせるだけの仕事だ。自分はちがう。より実践的に法の網目をかいくぐる魔法として完成しつつある。椎橋の訪れた店では、次々とふしぎなかたちで商品が消え、すべて椎橋の懐に入る。しかも店側は椎橋にいっさい疑いを持たない。これが魔法でなくてなんだろう。

外国にオープンしたアマゾンの実店舗では、カメラが客の手にした商品すべてを自動認識するらしい。国内でも行動検知AIなるものが実用化間近だという。やがて足を洗わざるをえないかもしれない。むしろいまは最後の稼ぎどきだった。

椎橋はついに手術前日までに、必要な費用を捻出《ねんしゅつ》した。その翌日、椎橋は初めて職場を休み、美容外科に向かった。予想に反し、歯科医のように順番待ちをする客のなか、流れ作業的に自分の番がやってきた。気づいたときにはベッドの上に寝かされ、顔に部分麻酔を注射されていた。医師たちの態度に慎重さはさほど感じられなかった。だいじょうぶだろうか、椎橋は不安になった。

注射針は痛く、しかも何度も繰りかえし執拗《しつよう》に顔面のあちこちに突き刺してくる。

やがて皮膚の痛覚だけが遮断されたような、奇妙な感覚が顔全体を包んだ。痛みはなくても触られた感覚はある。目の上を切られているのも感じるし、鼻になにか押しこまれているのもわかる。意識が遠のくことはなかった。麻酔で眠ってしまい、目覚めたら別人になっていたという展開はフィクションにすぎなかったのか。椎橋は緊張のなかでそう思った。

手術直後に上半身を起こされ、鏡を見せられた。目と口は腫《は》れと内出血で無残なありさまだった。鼻もさほど高くなっていないように思えた。医師によれば顔全体がむくんでいるせいらしい。大きめの人工軟骨を入れてあるから、腫れがひいたら西洋人のような鷲鼻《わしばな》になる、医師はそういった。

術後のことは前もってきいていなかったが、なんとマスクを渡されただけで、家に帰るようにいわれた。麻酔が切れてきて、顔面がひりひりと痛みだすなか、自室に戻った椎橋は鏡を見て愕然《がくぜん》とした。鼻まで腫れあがり、目の上には縫合の跡がくっきり浮かびあがったうえ、内出血の範囲が拡大している。唇にも縫いつけられた黒い糸が、克明に横たわっているのがわかる。

医師の話では、七日後に抜糸し、内出血や腫れも二週間ほどでひくとのことだった。それまでは傷口に消毒液を塗りこんだり、内服薬を飲んだりしなければならない。

想定の範囲外だった。鏡に映るのは椎橋彬でも美男子でもない、フランケンシュタインの怪物のような顔だ。椎橋は途方に暮れた。これではテレビ出演はおろか、明日から職場にでるのも難しくなる。

翌日はサングラスとマスクで顔を覆い出勤した。職員たちはどうしたのかと一様に驚いたが、美容整形したとの疑いを持つ者はいないようだった。椎橋は口からでまかせをいった。過去に挙げた万引き犯とその仲間らしき連中が、自分を路地に連れこんで、何発も殴ったと。

宮村は血相を変え、一緒に警察にいこうといいだした。椎橋はまたしても当惑したが、逆らうのも不自然なので杉並署へ同行した。行く前に会社から連絡してあったこともあり、応対した刑事は椎橋に同情的だった。ここでも美容整形という疑惑は持たれなかった。警備会社の若い男のアルバイトが、三箇所も同時に整形したという事実自体、彼らには想像もつかないことらしかった。椎橋は正式に被害届をだした。顔面を数回にわたって殴られ、まぶたと口を何針か縫う怪我を負った。相手の顔は暗かったのでよく見えなかった。刑事は供述どおりに調書をつくった。民間の警備会社にすぎないというのに、警察からの信頼は厚いようだった。

宮村は遠藤プロデューサーにも連絡をとった。そんなわけで近々のテレビ出演は無理かと思います、そう告げた宮村の言葉に、遠藤はかえって関心をしめしたらしかった。遠藤は営業所に飛んできて、椎橋と面会した。腫れあがった椎橋の顔に、遠藤は落胆するどころか、嬉《うれ》しさすら感じたように見えた。逆恨み的な復讐《ふくしゅう》に遭ったという話も含め、すべて番組で特集させてくれといった。危険をかえりみず、万引き犯撲滅のために立ち向かう十九歳。きっと視聴者の共感を呼ぶ、遠藤は熱くそう語った。

椎橋は遠藤の求めに応じ、マスクをつけて万引きGメンに臨む姿を、取材班に撮影させた。舞台は馴染《なじ》みのスーパーマーケット数軒に加え、新たに依頼を受けた武蔵小《むさしこ》金井《がねい》のコンビニエンスストアだった。

外見を気にしない、というよりできなくなった椎橋は、かえってリラックスして取材に臨んだ。隠しカメラを持ったスタッフに、万引き犯に悟られないコツを伝授し、店内のようすを撮影させた。むろん今回ばかりは、椎橋は裏の仕事を休業した。

成果はめざましかった。店長たちはこれまで以上に喜んでいた。捕まえた万引き犯から取り戻した商品以外、盗まれた物はひとつもなかったからだ。椎橋はひそかに衝撃を受けていた。すでに自分以外の万引き犯たちを駆逐してしまい、店側に被害があるとすれば椎橋が盗《と》ったぶんだけ、そういう状況になっていた。

これからはもう少し節度を持ったやり方を心がけねばならない。でなければ自分に疑いが向くこともありうる。

顔の内出血と腫れはおさまり、椎橋はかつてと異なる素顔を、堂々とカメラに晒《さら》した。それまでの取材をまとめた特集が放送されると、反響はすぐに営業所に届いた。翌朝以降、万引きGメンの椎橋を指名する声が関東全域から殺到した。番組では若き万引きGメンであることを強調して「万引きGメンの世界におけるコナン君」と紹介されていた。コナン君いますか、そんなふうにたずねてくる電話やメールも少なくなかった。

心配した地元からの告げ口はいっさいなかった。インタビューを受ける際にも、椎橋は低く落ち着いたトーンで喋《しゃべ》るよう心がけていた。そもそも椎橋のことを記憶に留めるクラスメイトが、そんなに多くいるとは思えない。

極端な顔面の被害状態を披露しておいたせいか、椎橋の顔が変わっても、営業所の人々は首をかしげる素振りはみせなかった。実際には、椎橋の目は二重になり、鼻は高くなり、唇は薄くなっていた。不自然に思われなかったのは、椎橋の顔の変化が名声の広がりと同時だったからだ。ほとんど営業所に留《とど》まれず、テレビにでるときにはメイクを施される。椎橋はいまや仕事の才覚に溢《あふ》れた、エネルギッシュな若者とみなされていた。出会う大人たちはみな、椎橋の品行方正さを誉《ほ》め、業績に至っては目を輝かせた。椎橋は規定のアルバイト料のほかに、本社からの特別手当を受けとるようになった。

テレビの取材はほぼひと月に一回の割合でおこなわれた。出山忠司の姿はすっかり消えていた。椎橋のもとへは雑誌の取材もきた。女性誌の取材では、椎橋は店舗のセキュリティについてのみならず、好きな食べ物や理想の彼女のタイプまでも質問された。かつて出山の本を読み、軽蔑《けいべつ》の念を覚えていた類《たぐ》いの質問に、椎橋は上機嫌で答えた。モスバーガーのとびきりハンバーグサンドが好きです。理想の彼女は秘密にしておきます。

その取材の掲載号をみたとき、椎橋は初めて自分の顔に整形の効果が表れていることを知った。カラーグラビアのページに載った自分の顔写真は、照明で陰影がつけられ、まさにアイドルのようだった。隣りのページのタレントよりも大きく扱われていた。椎橋のプロフィールも、取材目的だったはずの警備に関する記事を押し退《の》け、メインに昇格していた。記事の題名は「話題沸騰、万引きGメン界のコナン君・椎橋彬クン（19）はモスバーガーがお好き」だった。

ハンサムだという自覚を深めていくとともに、本名を流布している危機感は、日ごとに薄らいでいった。名声がすべてを駆逐しつつあった。ネットの匿名掲示板にはいくつもスレッドが立ち、同姓同名の冴《さ》えない奴を知っているとの書きこみもあったが、顔も年齢もちがうため別人と見なされているようだった。かつてのクラスメイトたちもまだ十五歳だ。疑問の声があがろうと、ありえないと一蹴《いっしゅう》されるだろう。椎橋はそれぐらい楽観的だった。

同僚とも打ち解け、よく喋るようになった。椎橋はいつしか社交的な若者へと変わりつつあった。もっとも退社時間後の生活は、前と変わらなかった。椎橋はひとり自室に引き籠《こ》もった。店舗の図面を描き、計画を練る時間も失われていなかった。金銭に困らないようになっても、椎橋は万引きをつづけていた。自分が築きあげた魔法のプロセス。それはいまや趣味であり、特技であり、日課だった。いつかは足を洗うつもりでいた。だがそれがいつになるかは、椎橋自身にもさだかではなかった。

上昇気流はとどまるところを知らなかった。ある日、営業所に出勤してみると、椎橋の机の上に二枚の伝言メモがあった。

一枚は宮村からで、椎橋をアルバイトから正社員に昇格させることがきまった、そうあった。もう一枚は、埼玉県狭山《さやま》市で開催される犯罪防止についての講演会に、メインゲストとして出演してくれませんか、そんな依頼だった。ギャランティは五十万円。

五十万。一回の講演で五十万。椎橋は思わずにやりと笑った。いままでの苦労が実を結び、収益性は夢の段階に突入した。

19

防犯とセキュリティのシンポジウム。埼玉県狭山市で開催された講演会はそう題されていた。開催は日曜だけに多くの人々が集まるだろう、主催者はそんなふうにいっていたが、壇上から見える客席は半分も埋まってはいなかった。

椎橋は手もとの原稿に目を落とした。三日がかりで書きあげ、宮村営業所長のチェックを経て、ようやく完成した演説の台本だった。「あのう、万引き犯というのは、とても悪質でして、たとえば本屋さんで一冊の本が万引きされた場合、同じ本を十冊以上売らないと、店側は損をなくせないわけで……」

椎橋は言葉を切った。子供の黄いろい声が市民会館のなかに反響したせいだった。通路を幼児たちが駆けまわっている。どこの馬鹿親だろう、この場で子供を遊ばせたまま放置しておくとは。だが憎悪の対象は、子供とその親だけにとどまらなかった。高齢者のほとんどは雑談にふけっていた。講演の途中でも入ってきて、あら、まあ。

おひさしぶり。そんな声を平気でホール内に響かせる。老婦たちはげらげらと声をあげて笑い、中高年の男たちは腕と脚を組んでむすっとしている。走りまわらない子供らも、暇そうに足をぶらつかせ、ときどき容赦なく大あくびをした。

かなりの時間、椎橋は無言のままたたずんだ。けれども聴衆の喧騒《けんそう》に変化はなかった。客にとって講演などは二の次、知り合いが集合するきっかけにすぎないらしい。

最初から嫌な予感はしていた。けさ電車とバスを乗りついで市民会館に着いたとき、もう外には大勢の人々が集まっていた。周囲は誰ひとり反応しなかった。椎橋彬に気づいていないようだった。

ホールのロビーに貼られた講演会のポスターを見て、椎橋はさらに落ちこんだ。テレビや雑誌でおなじみ、万引きGメン界のコナン君、椎橋彬による講演。ポスターにはそんなふうにあった。椎橋が嫌悪を覚えたのは、そのキャッチフレーズの陳腐な言いまわしだけではなかった。たしかにマスコミに露出してはいるものの、椎橋はまだ一般に広く知られているわけではない。そんなことは自分がいちばんよく判っていた。ここの主催者は偶然、椎橋を複数回にわたりテレビや雑誌で見かけ、有名人だと勘ちがいした少数派のひとりだろう。大衆とは大きく意識がずれている。

最初から反応が悪かった。司会者の紹介によってステージにあがった椎橋を迎えたのは、まばらな拍手と、妙なものを見る中高年らの目、それに、どこがコナン君なの、という子供たちの冷やかしの声だった。

講演が始まっても、聴衆の食いつきは悪かった。椎橋の声はうわずり、思うように喋れなかった。聴衆のほとんどは、こんな若者が防犯についてどれだけの知識を有しているのかと、あからさまに疑問視しているようだった。五分ほど経過すると、聴衆はそれぞれに雑談にふけりだした。

なぜ自分がこんな目に遭わねばならない。椎橋は怒りを覚えた。もとはといえば、まだ有名になりきれていない椎橋に声をかけた主催者が悪い。

もちろんギャラの五十万は受けとれる。しかしそれだけでは不満だった。無視されたのでは自分の存在価値がない。

「では」椎橋はとっさに声を張りあげた。「万引きの基本をお教えします」

ラジオのボリュームを絞るように、ざわめきが小さくなっていった。人々の視線が椎橋に向き直る。

静まりかえったホール内で、椎橋はどうつなげるべきか迷っていた。方法はあるはずだ。

答えは考えるまでもなかった。手品だ。人前で演じられる手品こそ、わが身を窮地から救ってきた処世術ではないか。

椎橋は聴衆にいった。「タバコの箱をお持ちのかた。それをポケットからだして、手に持ってください」

男性客がそこかしこでタバコを取りだした。椎橋はマイク片手にステージを降りていった。ひとりの男性に近づき、手にしたハイライトの箱を受けとる。

計算はなかった。ここまできて、やれることはほかにない。マジックを演じるしかない。

椎橋はマイクを脇にはさみ、ハイライトの箱を消した。実際にはトピットで隠しポケットに放りこんだだけだ。だが客はまだ気づいていない。椎橋は持ち主に手を差しだした。「おかえしします」

受けとろうとした男性の前で、椎橋はいきなり手を振り、なにも持っていないことをしめした。あたかもいま消えたかのように。

人々のどよめきは想像を絶するほどだった。客はいっせいに立ちあがり、身を乗りだしてきた。ハイライトの持ち主も、目を丸くして椎橋を見上げている。

「ええと」椎橋は辻褄《つじつま》を合わせようとマイクに告げた。「これがプロの万引き犯のテクニックでして、本当に目にもとまらぬ早業で、商品を盗みとってしまうわけで」

本当はここまで鮮やかに物を消してみせる万引き犯などいない。いまのはマジック、それ以外のなにものでもない。

ところが観衆は、このわかりやすい現象に衝撃と感銘を受けたようだった。拍手が沸き起こり、もういちどやってよ、そういう声が続々と飛んできた。

椎橋は当惑しながらも、表情筋が緩むのを感じていた。

家出してからはマジックを演じなかった。とりわけネオス警備保障や出向先の店舗では、それらしい手つきもしないよう、細心の注意を払っていた。自分にマジックの知識がある、そのことを悟られまいとした。なぜならマジックこそが、いまの自分を支える最大の秘密だからだ。

しかしいま椎橋のなかで、ひとつのタガが外れつつあった。観衆は期待している。マジックに喜びを感じている。厳密にいえば客たちはマジックショーではなく、万引きテクニックの珍しさにこそ食いついている。それでも観衆を沸かせたのは事実だ。ショーの名目などどうでもよくなった。

椎橋はハイライトを男性客にかえしたのち、ステージ上に戻った。「では次に、万引き犯に狙われやすい貴金属類のことを考えてみましょう。指輪をしておられるご婦人、手をあげてください。ああ、そちらのかた。舞台におあがりください」

洒落《しゃれ》たドレススーツを着た老婦が舞台にあがった。

並んで立つ老婦に、椎橋はいった。「あなたは貴金属店の店長です。そう思ってください。で、僕のようなちょっと怪しい客がきました。ショーケースのなかの指輪を見せてください。そういいました。あなたは客に指輪を渡します。そうですね。では指輪が盗まれないよう、じっと監視しなければなりません。いいですね。では指輪を貸してください」

不安そうに笑顔をこわばらせながら、老婦は指輪を外した。宝石らしきものが埋めこまれたゴールドの指輪。どれくらい価値があるものなのか、椎橋にはわからなかった。そのこと自体は問題ではない、ただめだつ指輪であればいい。

日用品のかたちをしたマジックの道具は、ふだんからなるべく身につける。プロアマ問わず、マジシャンの常識だった。そうすることで即座にマジックを演じられる。しばらくマジックがご無沙汰《ぶさた》だった椎橋にも、その習慣は残っていた。ズボンの尻《しり》ポケットには、特殊なキーケースがおさまっている。役に立つときがきた。

椎橋は受けとった指輪を、老婦の目の前で瞬時に消してみせた。客席はどよめいたが、老婦の仰天するリアクションに、さらに場内が沸いた。

「じつは」椎橋はいった。「こっそり後ろのポケットにいれたんです。ほら、手のなかは空ですよね。ズボンの後ろのポケットからキーケースをとりだします。これを開くと……」

指輪が留め金に嵌《は》まってぶら下がっている。すべてギミックのおかげだ、手練は必要ない。だが万引き犯の早業と信じた人々は過剰なまでに反応し、万雷の拍手と歓声で沸きかえった。

老婦に指輪をかえし、客席に降りていくのを見送る。椎橋は締めの台詞《せりふ》に入った。なぜかアドリブがスムーズに口をついてでた。「いまの万引き犯の早業テクニックが見破れた人は、どうぞ安心して店舗経営をおつづけください。そうでない人はネオス警備保障にご連絡を。ご静聴ありがとうございました」

椎橋は一礼した。ひときわ大きな拍手がホール内に響き渡った。椎橋はそそくさと舞台を後にした。

講演としてはなんの務めも果たしていない。あれが万引き犯のテクニックだなどと、とんでもない大嘘をついたものだ。ギミックを用いたマジックを手練と偽り、警備会社の顧客の勧誘に使ったからには、詐欺にさえなりうる。

しかし構わないと椎橋は思った。支離滅裂であっても、自分の行為は観客を沸かせた。拍手を背に、胸のすくような気分でステージを降りていった。まさに至福のときだ。観衆に驚きと喜びをもたらした。いちどでもマジシャンをめざした人間にとって、冥利《みょうり》に尽きるとはまさにこのことだった。

そう、やはり自分はマジシャンだ。椎橋はひそかにそう思った。内なるなにかが目覚めた、そんな気がした。

20

テレビに出演しつづけた椎橋のもとに、講演の依頼は途切れなかった。イベント業者を通したものから、自治体主催の催事、警察署の防犯セミナーまであった。さすがに警察署は敬遠したものの、椎橋はほとんどの講演を引き受け、その都度五十万円のギャラを手にした。

講演というよりむしろ公演に近いが、椎橋の舞台は大盛況だった。椎橋は壇上に簡易な店舗のセットをつくり、そこに商品を並べ、新奇なパフォーマンスを試みた。観客を何人か舞台にあげ万引きをさせる。もし椎橋が万引きを見破れなかったら、その商品は客のものになる、そんなルールだった。

このゲーム性溢《あふ》れるパフォーマンスは客の食いつきもよく、椎橋の講演の呼びものになった。壇上の客が店舗のセットのなかを右往左往し、なんとか椎橋をだし抜こうとするのが、まず観衆の笑いを誘う。しかるのち、セットをでた客を椎橋が呼びとめ、なにをどこに隠したのかすべて言い当ててしまう。およそ一年間、五十回を上まわる講演のなかで、椎橋はいちどたりとも参加者の万引きを見過ごすことはなかった。講演はいつも拍手喝采《かっさい》だった。

万引きGメンの特殊な技能をよりアピールするため、椎橋はこの店舗セットにおいて、目隠しをして万引き犯を当てるという新たなパフォーマンスを考案した。店内を動きまわる客たちの音だけを頼りに、万引きを実行した人間を探り当てる、そういう触れこみだった。

むろん実際には、そんなことができるわけがなかった。椎橋はしかし、講演とはすなわち観衆を喜ばせるショーであり、エンターテインメントであると考えていた。なにより自分はマジシャンだ。

〝目隠しの万引き犯当て〟は、タネも仕掛けもあるトリックだった。そもそも目隠しというのは、下を向けば鼻の付け根の隙間から、わずかに足もとが覗《のぞ》ける。このタネを利用した超能力風のマジックも欧米ではさかんだが、日本ではあまりおこなわれていない。理由は簡単だった。西欧人のように鷲鼻《わしばな》であれば隙間も大きいが、鼻が低く彫りの浅い東洋人顔ではそうもいかない。整形後の椎橋にこそなせるわざだった。

椎橋は店舗のセットに小型の隠しカメラを仕掛け、舞台袖《そで》近くの床に、受像用のタブレット端末を隠しておいた。目隠しをした椎橋は、なにげなくそちらへ歩いていき、鼻の付け根の隙間から床上のモニターを確認する。まさかカメラで監視されているとは思わない参加客たちは、大胆にたくさんの商品を衣類のなかに詰めこみ、セットをでようとする。そのたびに目隠しをしたままの椎橋が客を呼びとめると、客席に爆笑が渦巻いた。

万引きGメン側としてのパフォーマンスのほかに、一回目から好評だった〝万引き犯側のテクニック〟の実演も続行した。タバコの箱や指輪のほか、一万円札や腕時計などあらゆるものを客に借りては、手のなかで消してみせる。紙幣の消失は、マジシャンにはお馴染《なじ》みのサムチップという指サック型のギミックを用いた。あらかじめ番号を控えさせた紙幣を手のなかで消してみせ、ポケットのなかの財布から同じ番号の札を取りだす。まるっきりマジックの実演にほかならなかった。だがそれも万引きGメンの講演という触れこみがあると、観衆は異様なほどの関心をしめした。

あまりに大胆すぎるパフォーマンスの連続に、同業者から困惑の声もあがった。別の警備会社の万引きGメンが椎橋の講演を見て、あれはまるでマジックショーだとツイッターで指摘した。実際の万引きGメンはあんなに派手な技術も持っていなければ、現場で特殊な能力を発揮するものでもない、そうツイートした。だがネオス警備保障はこの批判を黙殺した。椎橋の講演がおこなわれた地域では、ネオス警備保障の契約数が飛躍的に増加し、それまで営業所がなかった東北や西日本に新たな拠点を築くほどだった。株価も上昇し、いまや椎橋彬の名は、ネオス警備保障のトップから各営業所の職員まで、みなが知るところとなった。

ネオス警備保障の幹部らは、椎橋を〝少年マジシャン〟または〝マジックボーイ〟という渾名《あだな》で呼んだ。そこには事実上、椎橋の講演が本質とずれていることを皮肉る、会社側のシニカルな視点があった。だが椎橋はそんなことに構ってはいなかった。大衆の心をつかんで万引きGメンに関心を持たせたのだ、パフォーマンスに少しばかり大袈裟《おおげさ》なところや誇張があっても、本社および業界への貢献度を考えれば責められることはないはずだ。

椎橋の講演は回を重ねるごとに、ショーマンシップに満ちた見世物の様相を呈し、マスコミも騒々しく取りあげた。テレビや雑誌では、天才少年万引きGメン椎橋コナン君の名で紹介されることが多く、しだいに椎橋コナンの名が定着していった。中野サンプラザでおこなわれた〝区民と防犯の集い〟に椎橋が招かれたときには、前売り券は発売初日に完売し、ネット上で転売ビジネスが横行するほどだった。こうした社会現象により、万引きGメンという言葉の認知度は広がったが、大衆はその意味を誤解していた。人々にとって万引きGメンとは、すなわち椎橋コナン君なる少年だった。監視どころか音を聴くだけで万引きを察知できる。一方でプロの万引き犯は手にした物を瞬間的に消してしまう驚異的な能力の持ち主だ。犯行を阻止できるのは椎橋コナン君しかいない。そんな実録風漫画さえ雑誌連載される始末だった。

実際には万引きGメンも万引き犯も、そのような特殊技能は持ち合わせていない。椎橋は講演を通じ、フィクション化した世界観を、聴衆に信じさせようとした。常人の目ではプロの万引きを見破れないという、椎橋の講演に端を発した都市伝説は、たちまち世間に広まった。椎橋はきょうも人知れず、どこかの店舗で彼らの挑戦に挑んでいる、多くの人々がそう信じた。

ネット上には当然、マジックを知る人々による批判の声があふれかえっていた。ところがネットというものは、有名人に対する揶揄《やゆ》となると、とたんに嫉妬《しっと》ややっかみと同一視されがちになる。じつは正論であるにもかかわらず、椎橋彬の講演がマジックショーだという指摘は、社会的に黙殺されていた。マスコミが持て囃《はや》すうちは、非難の声は少数派にとどまりそうだった。

そこまで名を馳《は》せても、あいかわらず地元からの反応は皆無だった。クラスメイトらは、一気に市民権を得た椎橋という存在を既成事実とみなし、告発の狼煙《のろし》をあげる気にもならないのかもしれなかった。椎橋にとって気がかりなのは身内、とりわけ両親だった。いまや叔父《おじ》や親戚《しんせき》たちを含め、椎橋の活躍をまるで知らないということはありえないように思える。それでもいっさい連絡はこない。世間に二十歳と思われている椎橋の実年齢は十六歳、そのことを誰よりも知っている両親が、ひたすら沈黙を守っている。異議も唱えなければ、分け前にあずかろうと猫なで声で近づいてくるわけでもない。

なにが起きようと、世論は自分に味方してくれる、椎橋はそんなふうに感じていた。万引きGメンの椎橋コナン君を大衆が支持する以上、仮に年齢詐称などの事実が暴露され、つまらないいざこざが発生しても、会社が自分を守ってくれるはずだ。自分にはそれだけの価値がある。ネオス警備保障という企業の収益に、自分は貢献している。躁鬱《そううつ》の気があることを椎橋は自覚していたが、多忙さは鬱になる暇を与えず、躁状態がひたすら持続することになった。椎橋は万引きGメンを務めながら、その陰で万引きを働くという、表裏のある仕事をまだつづけていた。すでに経済的に困る状況ではなかったが、万引きは椎橋にとってライフワーク化しつつあった。新たな手段を試し、うまく盗みおおせては、そのテクニックにうぬぼれる。架空の万引き犯を仕立てあげては、対立関係があるように周りに信じさせ、さらなる万引きGメンへの需要につなげる。

嘘がどんどん肥大化しようと、椎橋には罪悪感などかけらもなかった。自分はマジシャンであり、すべては演出だ。それも単なる娯楽以上の価値を持った新ジャンルであり、立派な社会貢献を果たしている。演出を真実と受けとるか否かは観衆の勝手だ。


ネオス警備保障に対し、椎橋を指名してくる契約企業も多かった。やがて世界的アクセサリー・ブランドのアミクレア東京本社が、ついに一千三百万円という警備員としては破格のギャラを提示、ニュースは日本経済新聞の記事になるほどだった。ネオス警備保障本社はトップ協議の結果、椎橋をしばらく銀座《ぎんざ》五丁目のアミクレア銀座店に貸しだすことにした。アミクレア側の要請に従い、万引きGメンとしてではなく、制服姿の警備長としての出向になった。

二十歳にして有名ブランドの銀座店の警備長。異例の出世は社内報にも大きく取りあげられた。年俸も大きく跳ね上がり、椎橋は白金台《しろかねだい》の3LDKの新築マンションに引っ越した。本来なら入居には、さまざまな書類を揃えねばならないのだが、椎橋の場合はすべて事後承認で結構ですといわれ、未提出のまま住みだした。いまや仲介業者から大家まで、あらゆる人々が椎橋コナン君を知っていたからだ。その後は前の住居と同様、なし崩し的に定住が容認されていった。

一週間後、アミクレア銀座店への初出勤日を迎えた。銀座へ行くのに緊張はなかった。ひさしぶりに制服に袖《そで》を通し、店の待機室で年配の警備員らとあいさつを交わした。みな見下した態度はとらなかった。ただ愛想のいい笑いがあるだけだった。若造が警備長になるというのに、誰も不服そうではなかった。

椎橋は一階の警備に立った。すると女性従業員が椎橋に近づいてきた。

女性従業員は笑顔で話しかけてきた。「はじめまして、椎橋……コナン君ですよね？　いつもテレビで見てます」

「はあ、どうも」椎橋はそういって控えめに応じた。こんなふうに声をかけられることは日常茶飯事だった。

「このお店の警備状況ってどうでしょう？　ちゃんと管理しているつもりなのに、ときどき商品が消えたりするんですよ」

椎橋は意外に思った。とてつもなく高額の貴金属類を販売していて、しかもその商品が盗まれているというのに、従業員の態度はずいぶんのんびりとしている。マルミ高円寺店の店長などは、福神漬けが一パック姿を消しただけで、烈火のごとく怒りだしたというのに。

椎橋は思ったままを口にした。「警備はほぼ問題ありません。ただ商品を引き出しにおさめておくっていうのはどうですかね。泥棒も盗みやすいかも。一個や二個が失われていても、すぐには気づかれにくいので」

女性従業員はショーケースを手で指ししめした。「近くでご覧になりますか、椎橋さん」

「ええ」椎橋は歩きだしたが、内心は困惑していた。物騒だ。無用心すぎる。

引き出しが開けられた。女性従業員がいった。「こんな感じで収納されてます」

細長い箱に指輪が無造作に並んでいる。一個ずつが高価なアクセサリーなのを失念しそうになる。

椎橋はひとつをつまみとった。円柱を輪切りにしたような形状の指輪だった。円周にはダイヤモンドが埋めこまれている。

「これは」椎橋はきいた。「いくらですか」

「ラブリングのダイヤですから」女性従業員が応じた。「六十万円です」

「六十万。へえ、これが」感心してみせながら、椎橋はちょっとした悪戯《いたずら》を思いついた。

いま尻《しり》のポケットには例のキーケースがある。右手で指輪をつまみながら、手早くタネを仕込んだ。

本気で盗むつもりはなかった。金に困ってもいないのに、六十万円ものアクセサリーを盗むなど気がひける。それよりも椎橋は、自分の腕前を披露したい欲求に駆られていた。

この指輪を女性従業員の目の前で瞬間的に万引きし、それをキーケースからだしてみせる。きっと彼女は目を瞠《みは》るにちがいない。椎橋は咳《せき》ばらいしていう。やはりこの警備体制はずさんすぎる。もっと注意の目を育てることだ、と。

素晴らしい流れだ、椎橋はそう思った。女性従業員は驚き、同僚たちに自慢するだろう。あのコナン君ったら堂々と万引きしてみせたのよ。キーケースの留め金に指輪がぶら下がってて。いつの間にやったのかしら。早業ね。本当にびっくりしちゃったわ。

「じゃ」椎橋は手のなかで指輪を消した。すでに尻ポケットのキーケースにおさまっている。けれどもあたかも指先にあるふりをして、引き出しに手を伸ばした。「指輪を戻すよ」

「はい」女性従業員はにっこりと笑った。椎橋の手は、いっさい見ていなかった。信用しきっている顔で引き出しを閉めた。

椎橋は愕然《がくぜん》とした。いままでに会ったスーパーの店員らは、たとえ万引きGメンであっても、店の商品に触れることがあれば警戒心をのぞかせた。ところがここの従業員は、内部犯行など疑ってもいないらしい。

女性従業員は椎橋を残し、さっさと立ち去っていった。

後ろを振りかえった。年配の警備員と目が合う。彼も無邪気な笑いを浮かべた。「ここでは万引きの心配はありませんし、気が楽ですよ。交番も近いから、強盗が入ったとしてもすぐに飛んできてくれますからね」

当惑ばかりが募った。いまキーケースの指輪をしめしても、なんら驚くべきパフォーマンスではない。みな視線が逸《そ》れていて、引き出しは無警戒の状態にあり、いつでも盗みおおせるからだ。むしろ椎橋が指輪を見せたとたん、こっそり取りだしたと思われ、軽蔑《けいべつ》されるにちがいない。

そう思っているうちに、指輪のことを口にする機会を失った。いま自分の尻ポケットには、六十万円の指輪がおさまっている。引き出しから難なく盗みとったしろものだ。だが欲しかったわけではない。パフォーマンスを披露したかっただけなのに。

客が入ってきた。笑顔で接客する女性従業員を見るうち、椎橋はいたたまれない気持ちになった。なぜだろう。いままで数十回、いや数百回もの万引きを繰りかえしてきたのに、罪悪感が募る。

戸惑いながら壁面を覆う巨大な鏡に目を向けた。とたんに勝手がちがう理由を悟った。

制服だ。すべて警備長の制服のせいだ。スーパーの万引きGメンを務めるときは、いつも私服だった。だから店長たちも無意識のうちに、多少なりとも警戒心を抱いた。だが制服を着ている者に、そんな警戒心は生じえない。まして自分は警備長だ。アミクレア東京本社とネオス警備保障。両社の看板を背負ったうえ、制服の権威性をまとう椎橋に、誰が疑いを持つだろう。

別の警備員が声をかけてきた。「椎橋さん。そろそろ昼食を済ませてきてください。午後からは二階の警備をお願いしますので」

「ああ、はい」椎橋は困惑とともにいった。「でも……」

「急いでお願いしますよ」その警備員の顔にも、屈託のない笑いがあった。「いちおう交代時刻は厳守ということになってますので」

「はい、わかりました」椎橋は応じた。一階に目を戻す。ショーケースのなかの女性従業員と目が合った。接客中の彼女も、にっこりと微笑んだ。

なぜか妙に暑い。出入口に向かった。わきに立った警備員も、愛想よく扉を開けながら、椎橋に声をかけてきた。いってらっしゃい、警備長。

並木《なみき》通りにでた。強く照りつける昼の陽射しのなかを、椎橋はふらふらと歩いた。意識が朦朧《もうろう》としてくる。へたりこんでしまいそうだった。

盗んでしまった、六十万の指輪を。食い扶持《ぶち》をつなぐためでも、大人への復讐《ふくしゅう》のためでも、将来のためでもない。ただ盗んだ。誰も疑わない、その信用につけこんで盗みだした。それもマジック用の小道具を使って。

本当はそのつもりではなかった。とはいえ自分はなにを意図していたのだろう。万引きGメンとして手練を披露したかった。だが万引きにそんな手練が用いられるという設定自体、椎橋の作りだしたフィクションだ。そして実際に指輪を消した方法も、手練ではなくギミック頼りだった。タネを買えば子供でもできる。

どこまでが本当で、本心だったのかわからない。いや、自分に本心などあったのだろうか。わからない。自分の積み重ねてきたものが虚構ばかりに思えてくる。そのとおりだろう。なんのために盗んだのか。エンターテインメントのため。人々の防犯意識のため。それらは本心だったのか。免罪符となりうるか。ちがう。なんのためでもない。

最悪だった。椎橋は強烈な自己嫌悪にとらわれた。最低だ。自分がしでかしたことは、ただの詐欺だ、泥棒だ。

21

夜の六本木《ろっぽんぎ》、キャバクラ〝ナイロビ〟のボックス席で、椎橋彬はブランデーをロックで呷《あお》った。

顔と名が売れたといっても、アイドルではない。行く先々で気づかれるわけではなかった。本音ではもっと有名になりたいと思っていたが、逆に現状が幸いなこともある。今夜などはその典型だった。

椎橋の席についた若い女は、愛想笑いを浮かべながらいった。「あまり喋《しゃべ》らないんですね」

よくいわれる。そう、キャバクラではいつも指摘されることだった。無口、控えめ、喋らない。こういう店では従業員に嫌われる態度なのも知っていた。ひとり静かに飲みたいのならショットバーにでもいけばいいのに、女の目は常にそう訴えてくる。

だが椎橋は動じなかった。飲酒とともに子供にかえって燥《はしゃ》ぎまわる大人たちを、愚かしい存在とみなしていた。自分はじっくり考えごとをするために飲む。それのどこが悪い。

すみません、と男性の従業員がやってきた。ちょっとユカリさん、お借りします。

「失礼します」ユカリという名の女は、水割りのグラスを軽く打ちつけ、腰を浮かせた。「あまり喋らなかったけど、またきてね」

ユカリと入れ替わりに入ってくる女を、椎橋はぼんやりと眺めた。なんとも不細工な女だった。本人もそれを認識しているのだろう、態度もふてぶてしい。席にどっかりと腰を下ろし、了承も求めることなく、黙って自分用の水割りをつくりだす。

椎橋が誰も指名しないために、どうでもいい女がまわされてきたのだろう。その程度もどんどんひどくなる。この女が店内最悪の従業員なのだろうか。それともまだ下がいるのだろうか。もしこの女をつけてきたことが、早く帰れという店側のメッセージなのだとしたら、非常に腹立たしい。むしろ居座って、どこまで女のレベルが墜《お》ちていくかこの目でたしかめたくなる。少なくとも、社会観察と多少の退屈しのぎにはなる。

むっつりと黙りこんでいると、女はタバコを手にした。「吸ってもいいですか」

勝手にしろ。そんな態度で顔をそむける。こうした客の態度にも慣れきっているらしい、女は遠慮なくタバコを口にくわえ、火をつけた。神経の図太い女だった。椎橋は半ば呆《あき》れながら女を見た。

女は斜に構えたまま、タバコの煙を吐きだしながらたずねてきた。「お仕事は、なにをなさってるんですか」

図々《ずうずう》しい態度で客の目を引き、そのタイミングを見計らって話しかけてきた。もっとも、その質問の答えになんら期待を抱いていないことは、女の顔を見ればわかる。空虚な会話だった。なんでもいいだろう。椎橋はなおも無言をつらぬいた。

「ちょっとまって」女は顔を近づけ、椎橋を凝視してきた。「なんか、どっかで見たことがある」

またこういう展開か。椎橋が訪ねた店では、上質な女はまず椎橋の身の上に気づかない。高いボトルをいれているのだ、店側も最初のうちだけは人気の女をあてがってくる。それでも彼女たちは気づかない。椎橋の顔に見覚えがある、そういう態度をしめすのは人気のなさそうな女ばかりだった。たぶんいつも同伴がなく、出勤ぎりぎりまでテレビを観られるからだろう。

女はきいた。「テレビにでてませんか」

「まあ、な」椎橋はグラスを傾けながらつぶやいた。

「音楽関係？」

「いいや」ひっぱったところで始まらない。この女の関心を引きたいわけでもない。椎橋はあっさりといった。「万引きGメンだよ」

女はしばらく椎橋の顔を眺めていたが、やがて誰もがしめす反応をしめした。ああ、そういって大仰にうなずく。「いつもニュースにでてる人ね？　きょうも仕事だったの？」

「そう」

「スーパーマーケットとか？」

ちがう。いつもそんな安売りの店舗で働いていると思ったら大まちがいだ。なぜかプライドを傷つけられた気がして、椎橋は現在の職場を口にした。「アミクレア銀座店。警備長をしている」

ふうん。女は視線をそらし、タバコを吸いながらうなずいた。興味がありそうな素振りは接客の常識だった。タバコの灰を灰皿に落としながら、女は甲高くいった。

「銀座ですか。すごいですね」

口先ばかりの応答がみえみえの女に、椎橋は苛立《いらだ》ちを募らせた。なぜこんな女に仕事内容を報告せねばならない。

　もうたくさんだ。ブランデーをすすりながら、椎橋はこれ以上なにも話さないと心にきめた。話したところで、どうなるものでもない。考えることは山ほどある。思考はそちらにまわせばいい。

　自分はなぜこんなに荒れているのだろう。まずそれを考えることにした。答えはすぐにでた。高級ブランド品をくすねてしまったからだった。盗《と》るつもりではなかった。しかも監視の目がなさすぎた。

　椎橋は自分の万引きを、ただの犯罪ではないと見なしていた。いわば大人たちの築きあげた管理社会に対する椎橋なりの答え、反社会的行為による抵抗だった。みずからを義賊として位置づけるため、常に弱者の側に立っている必要がある。さらに犯行は芸術的でなければならなかった。

　憎むべき大人社会から、かろうじて生活の糧を奪いとる。ある意味哀しく、切実な思いで犯行に及ぶ。鮮やかな手練こそ、体制に立ち向かう唯一の武器。椎橋はそんな自分を、どこか愛していた。自分が好きだった。その事実をようやく自覚できた。

　しかしきょうの行為はどうだろう。警備長の肩書と制服で、店側の信用は獲得済みだった。従業員らは椎橋に全幅の信頼を寄せていた。椎橋はもはや弱者ではなく、権力を有する強者の側にいた。その立場を利用し、まんまと高級ブランド品を盗みおおせた。それも技術を要さない環境で、パームしやすい指輪という小さな物体を、ギミックまで使って。

どこが鮮やかだというのだろう。あんな状況なら誰でも盗みだせる。まさに万引き犯の風上にも置けない輩《やから》だ。面汚しだ。

この犯行により自分の罪が重くなる可能性を考えた。苛立っている真の理由はそこにありそうだった。

家出したのち、食うためにスーパーの商品を盗んだ。あのころの犯罪は、許されるとまではいかなくとも、あるていど酌量の余地はあるだろう。未成年者だ、実刑をくらうこともまずない。その後はどうだろう。裕福になっても万引きをつづけた。ほとんど趣味と化していた。

その挙句がきょうの一件だ。もはや金に困っていないのに高価な品を盗みだした。それも信用を逆手にとった、詐欺も同然の手法。同情が集まるはずもない。

無言のままブランデーを口に運んだ。しばらく時間が過ぎた。男性従業員が呼びにきたわけでもないのに、女は席を立った。失礼します、愛想のない顔でそう告げた。

店長に席を替えてくれと抗議しにいったのだろう。この手の店にはそういうシステムがあるらしい。いままでも何度か経験がある。椎橋と同席するのはホステスにとってよほど苦痛なことらしかった。無口なだけでなく、若すぎることもあるだろう。こういう店の女たちは、年下の男を接客することに慣れていない。

椎橋は尻《しり》のポケットからキーケースを取りだした。留め金にラブリングが光っている。薄暗い店内でも、埋めこまれたダイヤは燦然《さんぜん》とした輝きを放っていた。たしかに美しいにはちがいないが、どうしてこんな物が六十万円もするのだろう。女はダイヤモンドが好きだときく。そんな女心が理解できない。

指輪を留め金から外し、指先につまんで眺めた。明日、店の引き出しにこっそり戻しておくというのはどうだろう。いや、今夜の在庫のチェックで指輪がひとつ減っていることに、従業員は気づいたかもしれない。なのに椎橋が指輪を戻せば、自分が犯人だったと告白するも同然になる。なにより理由もなく引き出しに近づくのは不自然すぎる。

尻のポケットにいれていたからだろう、すでに細かな傷がついている。おそらく新品としては売り物にならない。もう戻せない。戻らない。自分がこれを盗みだした事実は消せない。既成事実にほかならない。

男性従業員がやってきた。文句でもいいにきたのかと思ったが、ちがっていた。にっこりと笑って、新しいホステスを紹介した。エミリさんです、よろしくお願いします。

「こんばんは、エミリです」明るい声とともに、小柄な若い女が隣りの席についた。

椎橋は思わず言葉を失った。エミリという源氏名の女は、モデルのように美しかった。年齢は二十歳そこその若さだった。それでも椎橋にとっては歳上だったが、童顔で大きな瞳《ひとみ》が人形のように愛くるしく、しかも抜群のプロポーションを誇っていた。

褐色の巻き髪に縁取られたエミリの白い顔が、椎橋を眺めてきた。天使のような微笑とともに、エミリはきいた。「お仕事は、なにをなさってるんですか」

「ええと、万引きGメンってやつ」ほとんど即答に近かった。椎橋はひさしぶりに自分の声がうわずっていると感じた。「テレビにも、何度かでてるけど」

エミリの瞳がじっと椎橋を見つめた。すぐに驚きのいろが浮かんだ。「うっそー。本人？」

「ああ」椎橋は上機嫌でうなずき、グラスを口に運んだ。

「すごーい。いつもテレビで見てますよ」エミリはそういったが、すでに注意は別のところに向いているようだった。椎橋の指先を見つめてエミリはたずねた。「それ、なに？」

椎橋は指輪をエミリに差しだした。エミリはまたしても驚嘆の反応をしめした。「ラブリングじゃん！」エミリは叫んだ。「アミクレアの。すごくない？　なんでこんなの持ってるの？」

「彼女にプレゼントしようかと思ってたんだけど、ふられてね」嘘が口をついてでた。けれどもこれは、いつもの虚言とはちがう。なぜか甘美だった。気障《きざ》で無意味な台詞《せりふ》。自分の身を守るためでもなく、ただ恰好《かっこう》よく振る舞いたいがための言いまわし。自分の声の響きに、椎橋は陶酔を覚えていた。

すこぶる機嫌がよくなり、椎橋は勢いにまかせていった。「あげるよ」

エミリの目はさらに丸くなり、もはや真円に近くなっていた。「ホントに？　こんな高価な物、もらっちゃっていいの？」

「ああ」条件をつけるべきだろうか。いちどデートしてくれとか。いや、そんなことをいうのは野暮だ。自信がある男は、こういう場合黙っているべきにちがいない。女のほうから声をかけさせねばならない。

エミリは有頂天のようすで、ラブリングを中指に嵌《は》めた。「すごーい。サイズもぴったり。まるで運命みたい」

そういって微笑むエミリに、椎橋の胸は高鳴った。運命。それも悪くない。

「ねえ、これ見て」エミリはもう一方の手をしめした。「こっちの中指、ブルガリなの。でも石がないやつだから、どうしてもバランスとりたかったのよね。でもいま、こんなふうに揃って……。ほんとに嬉《うれ》しい。ありがとう」

椎橋は複雑な心境になった。礼を述べるのは当然だ。しかし六十万円の指輪だけに、失神するぐらい燥《はしゃ》ぎまわってもよさそうに思える。なのにエミリの態度はわりと冷静だった。ブルガリの指輪も気になる。こうした贈り物に慣れているのだろうか。

「あとは」エミリは両手をかざした。「この手首にテニスブレスがあったらなあ」

「テニスブレス？」

「知らないの。アミクレアのブレスレット」

アミクレア。それなら銀座店にあるかもしれない。指輪と同じく奪ってやれよと、悪魔が耳もとでささやく。だが椎橋はその考えを追い払った。

自分はいまやリッチだ。プレゼントなら買えばいい。テニスブレスという名前からして、さほど高いものではないだろう。テニスのリストバンドが、椎橋の頭に浮かんだ。

椎橋はきいた。「プレゼントしてあげようか」

「ホントに？」エミリは椎橋を見つめたものの表情が曇りだした。「でも、なんだか悪いし」

「そんなことないよ。テニスブレスだっけ？　いくらぐらいかな」

「ええと」エミリはあっさりと答えた。「百七十万円ぐらい」

「百……」椎橋は言葉を詰まらせた。

「だから、いいって。ほんと、指輪もらっちゃったんだから、超うれしい」エミリはしきりに指の角度を変え、恍惚《こうこつ》とした表情で眺めつづけた。

そこへ男性従業員がやってきた。「すいません、エミリさんお借りします」

「えー。もう？」エミリはふくれっ面をした。「なんか、早くない？」

「いいから」椎橋は微笑して、心にもないことを口にした。「行っといで」

自分はなにをいっているのだろう。なにが行っといでだ。せっかくだからデートに誘ったらどうだ。六十万円だぞ。

エミリは渋々というしぐさで立ちあがり、椎橋ににっこりと笑いかけた。「じゃ、ちょっと行ってくるね。これ、どうもありがと。それじゃ」

立ち去るエミリの後ろ姿を、椎橋は見送った。香水の香りだけが、空席の周りに漂っている。まだ本人が近くにいるような錯覚に陥る。

かなりの時間が過ぎ、椎橋はようやくソファの背に身を沈めた。

百七十万か。椎橋はつぶやいた。現実的な値段ではない。しかしアミクレア銀座店にはあるのだろう。いや、きっとある。

妙に気が楽になった。目的意識が芽生えたからかもしれない。椎橋は深く自己の内面を追究しなかった。なるようになれ。みずからが望み、情熱を感じるように生きる。自分の生き方はそれしかない。

22

新宿署生活安全課の刑事部屋には、来訪者と面談するための間仕切りがある。向かい合わせになった応接用椅子の片側に、舛城徹は係長の菅井《すがい》憲徳《のりとく》と並んで座った。

相手は中年の男女だった。家を購入するにあたって詐欺にあったとの届け出に、経済事件担当としては対応せざるをえない。ただ気乗りはしなかった。すでに部下から報告はきいている。

夫のほうが不服そうに舛城を見つめてきた。「最初は若い刑事さんに応対してもらったんです。ところが真剣に取りあってくれないから、その上の人間をだせといったところ、もう少し歳上の刑事さんがでてきました。それでもだめで、またその上司をだせとお願いして、いまに至ります。正直、何度も同じ話をさせられてうんざりですよ」

いかつい顔の四十代、菅井が根気強くいった。「そこをなんとか、最初からご説明願います。でなければ私どもも対応できませんので」

夫婦は顔を見合わせた。苦りきった顔で書類一式を差しだしてきた。

新築住宅の広告と数枚の写真だった。二十坪から三十坪足らずの土地に、細長い三階建てが建つ、そんなイメージイラストが描かれている。建売だろう。場所は六本木駅徒歩十分、価格の八千万円も立地を考えれば相場かもしれない。写真のほうは完成した家を現地で撮影したらしい。広告のイラストとうりふたつだ。

夫の鼻息は荒かった。「どうですか。ひどいでしょう」

「はて」舛城はきいた。「ひどいって、なにがですか」

妻のほうも甲高い声で訴えてきた。「見ればわかるでしょう。このイラストどおりになると業者からいわれてたのに、完成した現場はこんなふうなんですよ」

いったいどこがちがうというのだろう。舛城はイラストと写真を見比べた。一階部分の駐車場もあれば、玄関ドアのかたちも同じ、門柱灯にさえ差異はない。強いていえば、広告のイラストでは駐車場にジャガーが停まっているが、写真のほうは中古のクラウンだった。

舛城はつぶやいた。「あいにく、私の目にはふたつともまるっきり同じ家に見えますけどね」

夫が硬い顔で応じた。「家そのものはそうでしょう。でも周りはどうです」

イラストの家の周りはすっきりと開けていて、街路樹が立ち並び、前方道路にも広い歩道がある。対して写真の家のほうは、隣りの老朽化した木造家屋とのあいだに、ほとんど隙間がない。玄関前も狭い生活道路で、電柱も立っている。

「まさか」舛城は呆《あき》れた。「家の周りがイラストとちがうっていうんじゃないでしょうね」

「そのまさかですよ」夫が見かえした。「そんなきれいな立地になるように思わせといて、完成した家を見たら、並木道やベンチなんかどこにもない」

菅井はしらけたような顔になった。「ご主人。これはあくまで広告です。新車の広告でも、きれいな背景を選んで写真を撮るでしょう」

夫は納得しないようすだった。「クルマはあちこち動きますが、この広告は、この土地に建てるこの家を宣伝してるんです。なら居住地の環境そのものを表現してると思うじゃないですか」

舛城はきいた。「現地には下見にいかれたんでしょう？　家が建つ土地の周りを、自分の目でたしかめて購入をきめた。すべてお客さんの責任です。ちがいますか」

「ちがいますね」夫は意固地に突っぱねてきた。「イラストがこうなっているのだから、周りもこういう環境に変わると思ってた」

「あなたが購入した土地でもないのに？」

「とにかく広告に偽りが描かれてたのは事実です」

菅井が腕時計に目をやった。さっさと片付けろという、舛城に対する無言の示唆だった。

やれやれと舛城は思った。「ご主人、奥さん。端的に申しあげます。それはあくまでイメージイラストであり、どこか特定の環境を表したものじゃありません。建売ですから、同じ図面の建物を販売するときには、同じイラストを広告に使いまわすんです」

妻が顔をしかめた。「だけどそんなの……」

「不動産広告には、不動産の表示に関する公正競争規約という、公取委の認定を受けた表示規約が設けられています。たしかに現況と著しくちがえば問題ですが、詐欺罪で業者を告発となると難しいでしょう。詳しいことは、弁護士にでも相談なさってください」

夫は不満を募らせたらしく、憤然として立ちあがった。「いいとも、弁護士に訴えてやる。警察はなにもしてくれなかった、その事実もきちんと報告しておくからな」

「ご自由に」舛城は醒《さ》めきった口調でいった。「気をつけてお帰りください」

妻がデスクから広告と写真をひったくった。ふたりは怒りをあらわに立ち去った。

菅井が腰を浮かせた。「助かったよ。一日の相談のうち大半はああいう手合いだ」

舛城は苦笑しながら席を立った。「係長もじきに課長に昇進ですから、もう煩わされる心配がないでしょう。羨《うらや》ましいですよ」

「後任がきみだからこそ、安心して現場をまかせられる」菅井はそういいながら、間仕切りをでていった。

後を追いながら舛城はつぶやいた。「うちは暇ですね。保安係や防犯係は出払ってるみたいですが」

「彼らはいま忙しそうだ。都内各地の商店で窃盗が頻発してるんで、捜査3係と聞き込みに行ってる」

「窃盗？　初耳ですね」

「まだ捜査本部ができていないからな」菅井はデスクに向かうと、ファイルを手にとった。それを舛城に差しだした。「まわってきた資料だ。近く生活安全課で情報を共有することになってた。閉店後にコソ泥が集団で侵入。外国人窃盗団によく見られる手口らしい」

舛城はファイルを開いた。書類は数十枚も綴《と》じてある。被害届が受理番号の新しい順に並んでいた。スーパーマーケット、ディスカウントショップ、書店、CDショップ。毎日のように盗難が起きている。盗まれた商品は食料品から洗剤、衣類、本、筆記具、ソフトなど多岐にわたる。最初の発生日時は三年前だった。杉並区で頻発していたが、やがて範囲が広がり、都内全域に至ったとわかる。

発生日時と盗難品のリストを比較する。舛城のなかに妙な感触が生じてきた。「なにを根拠に、コソ泥グループの犯行と想定してるんですか。これを見るかぎりでは、万引きかもしれないと思えますが」

「万引きなら店側も監視や警備を強化してる。被疑者が警察に引き渡された例も多い。3係によれば、そのリストは店側の供述により、万引きとは明確に区別される商品の盗難のみを掲載してるそうだ」

「侵入盗のあきらかな痕跡《こんせき》があったんですか」

「毎朝、商品棚をチェックするたび、いくつか紛失している品が見つかるとか」

「内部の犯行かもしれんでしょう」

「当然それも疑われるが、いくつかの店舗で従業員を調査したところ、全員シロだったようだ。最近の外国人窃盗団は、侵入経路を巧みに隠し、防犯カメラの死角を移動するとか。そういう連中の仕業らしいってことだ」

「どうですかね」舛城は腑《ふ》に落ちなかった。「犯行は一日に一ヵ所です。同日に数ヵ所起きている事例も記載されていますが、これはほかの人間の犯行とかぶっているだけでしょう。こうしてみると、犯人はひとりだけだと思いますね」

「どうしてそう思う？」菅井がきいた。

「初期の盗品は食べ物ばかり、特に菓子類やパン類がめだって多いです。それから歯磨きやタオルに手をだし、衣類を狙い、やがて腕時計や靴にも触手を伸ばすようになった。分量からしてちょうどひとりぶんです。最初の三か月ほどで生活必需品を揃えてる。つまり当初は生きるために盗んでたってことです」

「なら、その時期に盗まれた衣類や靴のサイズが……」

「ええ、犯人の体形を表していると思います。盗品は男物ばかりで、衣類のサイズはMがほとんどで稀《まれ》にS、靴のサイズは二十三。痩《や》せてて、やや小柄ってとこですかね」

「ホームレスか、外国人の不法滞在者かもしれんな」

「いえ」舛城はファイルのページを繰った。「どうも気になるんですけどね。日が経つにつれて、盗品が変わってきてるんですが……。ゲームにブルーレイにCDソフト、まあこれらは金に換えるためだと思いますが、ほかに漫画本が多く盗難にあってますね。腕時計は海外のブランド物じゃなく、Gショックに手をだしている。ミニカーやトレーディングカードも頻繁に盗んでいる。なのに大人の窃盗団がよく狙うカー用品店では、同様の被害はでていない」

「というと？」

「ガキですよ、たぶん。目のつけ方が十代の子供特有です。それも生活必需品から揃えていったところをみても、家出少年と考えるべきです」

「家出少年」菅井の眉間《みけん》に皺《しわ》が寄った。「そんな子供が、たったひとりで深夜の店舗に押しいるだけの技量を持ってるのか？」

「夜中に賊が侵入したっていう、明確な痕跡はないんでしょう？　人目を憚《はばか》らず盗める深夜にしては、一日の盗品の数がけちすぎます。営業中に盗んだんですよ」

「万引きの可能性は排除してるって話だ。店員の犯行でもない」

「ならそれ以外ですよ。店員でも客でもない立場で、店に自由に出入りできる人間。これらの店舗を、一日ごとに移動している人間」

「配達業者か、宅配便業者か」

「それなら一日に何軒もまわれます。少年だけにクルマは使えない、だから一日一軒に落ち着くんです」

　舛城は考えた。これが単純な窃盗でないことはあきらかだ。なんらかの立場を利用した詐欺的犯罪の可能性がある。

「係長」舛城は菅井を見つめた。「私が首を突っこんじゃまずいでしょうか」

「防犯係や、捜査3係と相談してみないと」

「いえ、それらと合流するつもりはありません。このファイル以外、捜査資料の提供も求めません。独自で調べますから」

　菅井がうなずいた。「あらゆる角度から検証するのも大事だな。わかった、何人か連れてけ。ほかの捜査員らの妨げにならないよう、くれぐれも慎重にな」

「わかりました」舛城は頭をさげ歩きだした。

　娘がいるせいか、未成年者の犯罪が絶えず気にかかる。読みどおり犯人が家出少年だとしたら、これ以上一日たりとも放置はできない。

23

　インスタ映え、忖度《そんたく》という言葉が流行しているらしい。椎橋彬はどちらにも関心がなかった。素性が割れるSNSになど手をださないし、他人の気持ちを推し量るのも苦手だった。

朝のラッシュ時を迎えているが、二輪の走行は快適だった。椎橋彬はホンダのリッターバイク、CB1100EXに乗り、銀座の街を疾走した。

身体のサイズが合わなくても、できるだけ大きなバイクに乗りたかった。ただし半クラに慣れるまで、まだしばらく時間がかかりそうだ。意識して運転に集中しないと、ふらついて危ない。それでもヘルメットで顔を隠し移動できるのは、なによりの安心材料だった。

アミクレア銀座店の警備長を務めるようになって、二年近くが過ぎていた。公称二十二歳、実年齢も十八になり、教習所に通いだした。書類には本当の年齢と、横浜にある実家の住所を記入した。地元の市役所に行き住民票も手に入れた。偽りの年齢や住所が許される余地はないと知ったからだった。

横浜に戻った際にも、実家には立ち寄らなかった。近づくこと自体が怖かった。すべては過去だった。傷ついた記憶。いまさら掘り起こすこともない。

教習所では受付係や教官に、万引きGメンの椎橋彬を知る者が少なからずいた。だが実年齢や住所について、深くたずねられることはなかった。アイドルでもない椎橋のプロフィールを、細かく知っている人間はいない。思ったより若いと感じたとしても、わざわざ他人に吹聴するほどの物好きもいなかった。十五と十九のちがいは大きいが、十八と二十二の差はそこまでもないらしい。

免許証がないと不便だった。これまではネットで受け付けてくれるもぐりの業者を頼り、偽の身分証を発行してもらい、それで銀行口座を作っていた。今後は範囲をクレジットカード会社との契約、バイクやマンションの購入とローンの契約まで広げることにした。それでもリスクは最小限に留めた。四輪とちがい、二輪なら車庫証明をとる必要はない。

なおも椎橋は経歴を偽りつづけた。職場でも同様だった。発覚を恐れる気持ちなどなかった。

三年間も万引きGメンの椎橋コナン君として脚光を浴びてきた。だが大衆の興味は移ろいやすい。飽きたり興味を失ったりして、去っていく人々もいれば、また新たなファンができたりもする。支持層は常に新陳代謝する。だから根掘り葉掘り調べあげる者はでてこない、そう踏んでいた。

楽観的すぎるのでは、ときどきそんな思いがかすめる。けれども心配してはいなかった。すでにこんな暮らしに慣れきっている。いまさら不安を募らせても意味がない。

走行中はヘルメットの下に、ハンズフリーセットを装着している。スマホに着信があった。イヤホンからエミリの声がきこえてくる。「もしもし、彬君？」

「おはよう」椎橋はにやりとした。「こんな朝っぱらからどうした？　おねだりなら昨日の夜、しっかりと承ったよ」

「やだ。そんなんじゃないわよ」エミリの声も笑っていた。「ねえ、来週からのバリ島旅行、ヌサドゥアのビーチにぴったりの水着みつけてさ、品薄だから早く買いにいきたいかな、なんて」

「やっぱりおねだりじゃないか」

「まあ、ある意味ではそうかもしれないけど、ほら、彬君も可愛いエミリちゃんの水着姿を拝みたいでしょ？」

「しょうがないな」椎橋は笑った。「七時に仕事からあがったら、マンションに迎えにいくよ。それからでも店、開いてるだろ？」

「オッケー。じゃ、まってるね」上機嫌なエミリの応答のあと、通話は切れた。

椎橋はため息をついた。エミリ、本名は富士《ふじ》本恵《もとえ》美《み》というらしいが、彼女には一年で相当な数のプレゼントを贈った。ほとんどはアミクレア銀座店から失敬したアイテムだった。別ブランドの物を要求されたときには、アミクレアの商品を質屋に売り、目当ての商品を買った。初めのうちこそ罪悪感にさいなまれたものの、一年も経つと生活用品の万引き同様、日課と化していた。

エミリとのデートは楽しい。同棲《どうせい》も同然に互いのマンションに泊まりあうのも刺激的だ。エミリの両親は東京に住んでいて、父親は商社勤めだそうだが、詳しいことはわからない。特に知りたくもない。エミリのほうも椎橋の身の上を詮索《せんさく》したりしなかった。

アミクレアの商品に手をだすようになってから、椎橋は急激に裕福になった。同じ店で高価な物が頻繁に盗まれたのでは、すぐ問題が表面化するだろうと心配したが、案外そうでもなかった。アミクレアほどの有名ブランドになると、流通段階で横流しや盗難が発生することは不可避らしい。本社は防衛策として警備や管理を強化しているが、それでも限界がある。港でコンテナひとつぶんのブランド品が姿を消したかと思えば、どこかの国のディスカウントショップに七割引きで並んでいたりする。いくつかの商品が盗難に遭うことは予測済みとして、そのぶんは売り上げの見通しから、あらかじめ差し引いているのだという。

当初は驚いた。昨今ではスーパーマーケットの品物ですら、POSシステムで出荷個数と販売個数がネットワーク管理されている。ところがアミクレアほどの世界的ブランドが、まるで運搬中に積み荷から一部が零《こぼ》れ落ちるのは仕方がないとばかりに、あるていどの盗難を許している。むろん、いくら監視の目を強化してもままならず、完全に犯罪を防ぐには巨額の費用がかかる。そんな事情もあるのだろう。損害も保険によってまかなわれるため、直営の小売店が損害をこうむることはない。すなわち銀座店は恰好《かっこう》の穴場だった。

従業員からも情報を得た。アミクレアは直営の一店舗あたり、月二万ドルまでの商品紛失につき、保険でまかなえるシステムになっている。二万を超えると、組織だった犯罪の可能性が疑われ、流通のどの段階で商品が消えたか調査が始まるという。椎橋にとって有益な情報だった。アミクレアから万引きする商品の総額が、ひと月に二百万円以上にならないよう、椎橋はしっかり計算しながら盗んだ。

並木通りを五丁目まできた。馴染《なじ》みのアミクレア銀座店が見える。真正面にある二輪用パーキングスペースに、バイクを滑りこませた。きょうも終日、表と裏の仕事がまっている。

24

舛城は鑑識係をたずねた。窃盗が多発している店舗の防犯カメラ映像が、複数取り寄せられている。職員がそれらを確認中だった。

馴染みの鑑識員、鈴本《すずもと》に声をかける。「ご苦労さん。どんな状況かな」

二台のモニターの前に座った鈴本祐樹《ゆうき》巡査長が、眠たげな目を向けてきた。「七、いえ八店舗の映像まではチェック済みです。朝までには終わりますよ」

二台のモニターはそれぞれ、スーパーマーケットの内部と外部を映しだしている。いずれもハードディスクで録画された四分割映像で、ハイスピード再生だった。店内の客があわただしく動きまわる。正面玄関から射しこむ陽の光も、たちまちオレンジいろに染まっていく。夕方から夜になった。閉店時刻を迎えて消灯する。しばらくするとまた陽射しが入ってくる。翌日になった。一方、外の映像は駐車場をとらえていた。タイムラインは店内の映像とシンクロしている。

舛城は皮肉をこめていった。「動物並みの動体視力だな」

「はあ」鈴本は伸びをした。「怪しいところが目にとまったら、ゆっくり再生してもういちど見ます。いまのところ万引きの疑いのある人間は見当たりませんね」

「ちょっと貸してみな」舛城はＨＤＤ操作用のマウスをつかんだ。

片方のモニターを別の映像に切り替えた。異なる店舗の屋外駐車場が、それぞれに映しだされた。日付や時間帯は同一ではない。ただ再生しやすいデータを呼びだしただけだ。

舛城はふたつのハイスピード画像に、かわるがわる目を走らせた。

やがて注意が喚起された。取るに足らないことかもしれない。しかし共通項はたしかにある。舛城はいった。「同じバイクが停まってるぞ。どっちも店の入口に近い」

「これですか」鈴本がつぶやいた。「赤と黒の」

「ホンダだな」舛城は映像を拡大した。画質は粗くなるものの、フォルムはしっかりと見てとれる。「CB1100EX。マイナーチェンジ後だな。ナンバーまではわからんな」

マウスを操作し、別の二店舗の駐車場映像を表示した。三十六倍速で再生する。

「いた」鈴本が指さした。「同じ赤黒のバイク」

「こっちもあったぞ」舛城は両方の画像を静止させた。「朝っぱらからいるみたいだな。従業員でもなさそうだし、妙な輩《やから》だ」

「都内にリッターバイクの新車はめずらしくありませんが」

「こいつはちがう。独特のリアキャリアをつけてる。同一のバイクだ。それが犯行のあった店舗の前に、終日停まってる。こりゃ怪しくないってほうがおかしい」

家出少年のわりには裕福そうだ。読みがちがっていたのだろうか。映像を巻き戻し、バイクが駐車場に滑りこんでくるところで、スロー再生に切り替えた。

ヘルメットで顔が隠れている。ひょろりと痩《や》せた体形、バイクの大きさと比較しても、背はあまり高くない。警察官とは似て非なる制服を着用している。

「ガードマンだ」舛城はつぶやいた。「なるほど。内部の事情に詳しく、疑われず、一日一カ所でのみ犯行に及ぶ。警備員がホシだとすれば辻褄《つじつま》が合う」

「リッターバイクで乗りつけるガードマンですか。ふざけてますね」

「一種の愉快犯か、それとも本気で常識知らずなのか」

防犯カメラの位置も把握しているらしい、ヘルメットを脱がないままエントランスを入っていく。顔は拝めなかった。

舛城はいった。「すべての映像について、このバイクをチェックしてくれないか」

「わかりました」鈴木が応じた。

店主たちにきいてみるか。舛城は歩きだした。リッターバイクで乗りつける警備員だ、素性が判明しないはずがない。

25

椎橋はけさもバイクで銀座にきた。だがいつもの二輪専用パーキングスペースがふさがっている。原付が駐車中だった。停められる場所を探さねばならない。

きょうもひと仕事が予定されている。エミリから腕時計をねだられているからだ。アミクレアの純正ダイヤクオーツ。百五十万円ほどするらしい。いまや椎橋にとって現金で買えない額ではなかったが、それよりは盗んだほうが早かった。

結局、新橋《しんばし》駅の駐車場にしか停められなかった。徒歩で引きかえしてきたため、椎橋は十五分も遅刻してしまった。

警備室でタイムカードを押してから、二階の警備に合流する。年配の警備員たちは、いつもどおり愛想よかった。皆勤賞にひびが入りましたね、そういって笑いかけてくる。小言も、愚痴も、不服そうな顔もなかった。

二階の売り場をまわった。すでに何組かの客がきていた。隙だらけの時間が訪れる。腕時計はこの奥のはずだ。

ところが椎橋は面食らわざるをえなかった。売り場は配置換えされていた。腕時計があったはずのショーケースには、ペンダントが並んでいる。

あまり人にたずねたくはないが、ほかにどうしようもなかった。椎橋は女性従業員に声をかけた。「きのうまで、ここは腕時計売り場だったと思いましたが」

「けさの開店直前、一階のほうに移したんです。腕時計の売り上げ促進という本社の意向で」

「そうですか。やっぱり遅刻するとよくありませんね、肝心なことがわからなくて。ちょっと一階の売り場を見てみます」

螺旋《らせん》階段を下りながら、椎橋は苛立《いらだ》ちを募らせた。どうもうまくない。

一階にも数人の客がいたが、いずれも女性だった。腕時計の売り場は難なく見つかった。

ショーケースに近づきながら椎橋はいった。「おはようございます。遅刻して申しわけありません。腕時計売り場をいちおう、チェックしておこうと思いまして」

「どうぞ」女性従業員は微笑とともに引き下がった。

椎橋がカウンターに入っていくと、女性従業員は入れ替わりにカウンターの外へでていき、マニュアルどおりの配置でたたずんだ。

いつもと変わらない。売り場のなかでも最高値の部類は、左端の引き出しにある。

なにげなくそこを開ける。

すぐ目にとまった。十八金にダイヤが無数に埋めこまれた、七色に輝く腕時計。エミリが見せてくれたカタログの写真どおりだった。文字盤までダイヤづくしになっている。かえって時刻が見づらいだろうが、そもそも時間を気にする女が身につけるものではないのだろう。

バンドの部分はしなやかに曲がりそうだった。椎橋は腕時計をパームした。難なく隠しとった手で、どの引き出しにも入っている商品受注票のカードをつまみとった。

このようにパームでなにかを盗みとったときには、動作が自然になるよう、近くにある無難な物を取りあげる。一連の動きがぎくしゃくしてはならず、最初から商品受注票を取るつもりだったように見えねばならない。器用さだけでなく、パントマイム的な演技力も要求される。

椎橋はカードを眺めながらいった。「いつもながら、きちんと管理されてますね」

「ええ」女性従業員はおじぎをした。「どうも」

カードは引き出しに戻し、カウンターを離れる。腕時計をパームした手を襟もとへ持っていく。あとは隠しポケットに放りこめば完了だ。

指輪のジョーケースに向き合おうとしたときだった。ふいに肩をつかまれた。握力で、一瞬にして男とわかる。

男の低い声が響いてきた。「椎橋彬君だな。動くな」

いわれるまでもなく、椎橋の全身は凍りついていた。

周囲の客たちが恐怖を感じたように身を退《ひ》かせた。従業員たちもなにごとかと血相を変え、カウンターのなかに入る。緊急時のマニュアルどおりだった。

壁の鏡を眺めた。後方の男が映りこんでいる。年齢は四十代。スーツを着てはいるが、凄《すご》みのある形相をしていた。

男がいった。「右手のなかの腕時計について話をきこうか」

取り乱すことは得策でないばかりか、たんに墓穴を掘るだけの愚行にすぎない。椎橋はゆっくりと振りかえった。背丈が三十センチほども高い男の顔を見上げ、椎橋はきいた。「なんのことでしょうか」

男が椎橋を見下ろした。「右手にパームしてる腕時計のことなんだがな」

表情は変えなかった。その自信はある。だが椎橋のなかでは、大きな動揺の波がうねっていた。パーム。この男はいまパームといった。

椎橋はみずから大胆と思える行動をとった。腕時計を隠し持ったままの手を、顔の前に持っていき、人差し指の先で眉《まゆ》を掻《か》いた。その手をまた振り下ろす。「あなた、どなたですか」

だが男は見かえさなかった。視線は椎橋の手に向けられていた。パームした腕時計が見えるはずがない。椎橋は自分にいいきかせた。そんなへまをするほど下手ではない。

「さすがだ」男が告げてきた。「うまいな、椎橋君。フィンガーパームってのは、衆人環視の状況に効果的だ。後ろにも観客の目がある場合には、中指と薬指と小指を曲げて握りこむようにすれば、ブツが見えにくくなるしな。そうだろ」

挑発に乗ったら終わりだ。パームした手をポケットに滑りこませようとする、その瞬間を押さえたがっているにちがいない。

椎橋は身じろぎせずにいった。「質問の答えがまだですが」

男は苦笑に似た笑いを浮かべた。「新宿署、生活安全課の舛城」

みぞおちを打たれたように声もあげられない。途方もない衝撃が椎橋を襲った。警察か。

舛城が見つめてきた。「ムーブメントはバリエーション豊かだが、いつも最後はマイケル・アマーのトピットで、隠しポケットに処理してるよな。いまもその制服の下に、隠しポケットが縫いつけてあるのか？」

トピットまで知っているとは、マジックのマニアだろうか。警視庁にもセミプロ同然のマジシャンがいたのか。

風前の灯火《ともしび》だった。手のなかの腕時計を差しだせば罪が軽くなる、舛城は無言のうちにそう訴えてきている。けれども椎橋は、屈する気にはなれなかった。

むしろ舛城の態度に活路を見いだした。現行犯逮捕なら、この場で椎橋の腕をねじりあげるはずだ。そうしないのは、決定的瞬間を目視できなかったからだろう。憶測なら、任意で事情をきくしかない。令状がなければ所持品検査もできない。

「あのう」副支配人がカウンターのなかから呼びかけた。「いったいなんの騒ぎですか」

舛城は椎橋から目を離さず応じた。「万引きGメンで知られる椎橋君の本業が、じつはマジシャンだったってことです。それも相当なテクニシャンでね。そうだろう、椎橋君？　もう年貢の納めどきだな」

椎橋はそうは思わなかった。発言が抽象的だ。やはりこの刑事はカマを掛けている。

「なんのことかわかりませんね。お客様のご迷惑になりますから、この場はお引取り願えませんか。のちほど時間を見つけてお話をうかがいますよ」

舛城の鋭い目つきが突き刺さってきた。「礼儀がしっかりしてる。十八のわりには大人びた口調だな。二十二歳だといっても通用するわけだ」

従業員たちの目が、疑惑のいろに満ちていくのを感じる。

焦るな。椎橋は肝に銘じた。相手は警察だ。年齢ぐらい看破されて当然だ。

椎橋は時間稼ぎのためにあえてきいた。「なぜ十八だと?」

「二輪運転取っただろ。いいバイクに乗ってるな。CB1100EXか。新車は高い。盗んだものを質にいれたか?」

「なんのことですか」

「とぼける気かよ。ここには乗ってきてねえが、スーパーマーケットにはいつもバイクで出向いてただろ。ちゃんとわかってる」

ふいに勝機を感じた。椎橋は従業員らの位置を確認した。マニュアルどおり、彼らは全員カウンターのなかに引っこんでいる。ガラス越しの表通りは視野に入らない。

椎橋は副支配人にきいた。「真向かいのパーキングスペースに停まってるバイク、誰のかご承知ですよね?」

副支配人は戸惑いがちに応じた。「もちろん、きみの愛車だろう」

従業員たちが同意をしめすようにうなずいた。

思惑どおりだと椎橋は感じた。連中はけさにかぎり、ちがうバイクが停まっていることなど、気にも留めていない。習慣がちょっとした変化を見過ごさせてしまう。マジックにおける心理の法則だった。
舛城が眉をひそめた。店の前に椎橋のバイクが停まっている。果たしてCB110
0EXだったかどうか。そんなバイクが駐車中なら、見落とすことがあっただろうか。
そう自問しているにちがいない。
ほんの一瞬だが、舛城の視線が逸《そ》れた。原付を確認したらしい、意外そうな面持ち
になる。
約二秒が経過した。それだけあれば充分だった。
舛城がふたたび鋭いまなざしを向けてきた。椎橋の手もとを眺める。とたんに舛城
は妙な顔になった。椎橋はさりげなく、手のなかが空であることをしめした。
目を剝《む》いて舛城がいった。「やったな」
椎橋は身を退かせた。「刑事なんて大嘘だろう？　万引きがばれそうになったんで、
僕に言いがかりをつけてきた。上着の左ポケットに滑りこませた物がなにか、ちゃん
と説明してもらおう」
警備員たちが舛城を取り囲む。ひとりが舛城のポケットをまさぐった。腕時計が取
りだされた。
店内の空気が変容した。誰もが絶句していた。

舛城は顔面を紅潮させ、椎橋を指さして怒鳴った。「こいつが俺のポケットにいれたんだ！　いま外を見た隙に放りこんだ。わからんのか」

最も年配の警備員が舛城にいった。「すぐそこに交番がある。話はそこでしろ」

「ばかをいえ」舛城は警備員の腕を振りほどこうとした。「俺は刑事だといってるだろ」

小競り合いが始まった。近くの女性従業員が心酔しきった目を向けてくる。椎橋は微笑をかえしながら、エントランスの扉へと向かった。

あいつを逃がすな。舛城の声を背にきいた。だがそれも一瞬にすぎなかった。椎橋は外にでた。

とたんに歩が速まった。すぐ全力疾走に転じた。終わりだと椎橋は思った。銀座の街並みとも、永遠のお別れにちがいない。

舛城は四人の警備員らに連行された。数寄屋橋《すきやばし》交差点の交番が目前に迫ってくる。

交番に入るや、警備員のひとりが胸を張り、さも誇らしげに告げた。「アミクレア銀座店で万引きを働いた男を連れてきました。取り調べてください」

「万引き？」若い巡査が対応した。「じゃ、ええと、ちょっとそこに座ってください」

警備員たちは舛城が逃げださないよう、出入口に壁をつくっている。舛城はむかっ腹を抑えながら、椅子に腰かけた。

年配の巡査長、米谷《よねたに》が姿を現した。「どうかしたのか」

若い巡査が説明した。「アミクレアで万引きしたということで、いま調書をとるところです」

舛城はふてくされていった。「やあ巡査長。さっきあいさつにきたばかりだが覚えてるか。管轄はちがうが窃盗犯を追ってるので、緊急時には協力してくれと要請したんだが」

「はい、ええっと」巡査長は面食らったようすだった。「たしかにさきほど、おうかがいしました」

警備員のひとりが米谷巡査長に怒鳴った。「万引き犯はこいつですよ」

舛城はうんざりしながら警察手帳をとりだした。「新宿署の舛城だといっただろう。行きちがいで警備員さんたちから誤解を受けちまった」

なおも警備員は不服そうにいった。「おまわりさん、こいつは偽刑事です」

あきれた連中だ。舛城は警備員らを振りかえった。「アミクレア銀座店では、窃盗被害が日常茶飯事のはずだ。なのに被害届をださないとはどういう料簡だ」

すると警備員たちは言葉を失ったように、互いに困惑顔を見合わせた。

そのときエンジン音がきこえてきた。舛城は息を呑《の》んだ。警戒すべしと記憶に刻みこんでおいた音に合致する。

伸びあがって数寄屋橋交差点を眺めた。赤黒のカラーリングをしたリッターバイクが、外堀《そとぼり》通りから晴海《はるみ》通りへと折れていく。ホンダのCB1100EXだった。

「どけ」舛城は警備員を突き飛ばし、外へ駆けだした。

こんなときにかぎって、空車のタクシーは見当たらない。もう間に合わなかった。

椎橋はミラーに映った舛城に気づいたらしい。片手をあげ悠然と手を振った。しかしそれもわずか数秒だった。バイクはたちまち加速し、舛城の視界から消えていった。

26

アミクレア銀座店の騒動から、もう一年が経過した。椎橋彬の消息は、依然として不明のままだった。

係長に昇進した舛城は、刑事部屋のデスクにいた。別件の報告書を仕上げたのち、ふと空虚な気分に浸る。想起される光景があった。

銀座の晴海通りを走り去るCB1100EX、片時も忘れられるものではない。

ナンバーは把握していた。だが署に連絡後も、緊急配備網が迅速に手配されなかった。アミクレアから被害届がだされていなかったのが、手をこまねいた理由らしい。結果あっさりと椎橋の逃亡を許してしまった。

容易に解決できるかと思いきや、苦戦ばかりを強いられる。椎橋の過去の万引き行為についても、裏付けが乏しいと却下された。防犯カメラ映像のどこにも怪しむべきところがない、鑑識からそんな報告がなされた。事実、犯行の決定的な瞬間は、ひとコマたりとも映っていなかった。三流の万引き犯のように、商品を持っていた手が突然からになるという失態もない。映像のなかの椎橋は、常に商品を棚に戻しているように見える。実際には隠しポケットにいれたとわかっていても、証明する手立てがない。

椎橋の手の動きは素早かった。技術では里見沙希に拮抗《きっこう》しているが、速度がちがう。アミクレア銀座店で身をもって知らされた。

かろうじて椎橋の年齢詐称と、家出の事実だけは裏付けられた。だが検挙にはなんの役にも立たない。事件が報じられると、ネオス警備保障は遺憾の意を表明した。被雇用者が自称より四歳年下だったことと、住所や履歴に嘘の記載があったことは詫《わ》びた。だが椎橋が万引き犯だったという疑惑には、証拠がないとしてノーコメントを貫いた。被害店舗の経営者たちも困惑するばかりだった。大半の店主は、椎橋を名指しで非難するのを避けた。彼がそんなことをするわけがない、涙ながらにそう訴える従業員までいた。

どうやら椎橋彬はあの若さで、人心を掌握するすべにも長《た》けているらしかった。実名報道は控えられているものの、いまさらの感が強い。椎橋彬の名は誰もが知っている。事件発覚後、ネットはこぞって叩《たた》きだしたが、その後なんの事件も起きないためか、やがて活発な意見交換はなされなくなった。情報も拾えない。

藪下《やぶした》という二十代の刑事が近づいてきた。「係長。例の椎橋彬ですが……」

息を呑んで見かえした。舛城はきいた。「行方がわかったか」

「いいえ。でも母親の居場所を突きとめました。都内ですよ、江東《こうとう》区のアパートに独り暮らし」

母親。一年も経って、やっとのことで母親か。

椎橋彬の母、英美子は夫と離婚後、家を売り払っていた。引っ越し先をたどっていけば、ほどなく見つかるはずと踏んでいた。ところがそう簡単にはいかなかった。転居先の住所の記載はでたらめだった。借金返済の催促から逃れるためらしい。まったく、子が子なら親も親だ。

「いこう」舛城は立ちあがった。

薮下がいった。「課長に報告してからのほうが……」

「よせ。どうせ咎《とが》められることはない」

「急ぐ理由があるんですか」

「ああ。あいつはいま十九歳だ。三か月かそこらで二十歳になる。じきに十八歳が成人と定められるらしいが、現行の法律なら、あいつはぎりぎり未成年だ。子供のうちに捕まえる」

犯行時に未成年だった以上、実名報道には切り替わらない。処遇が大きくちがうことはないが、それでも十代のうちに逮捕すべきだ。このまま大人の犯罪者に成長はさせられない。

27

古い家屋が建ち並ぶ住宅地の一角、そのアパートはひっそりと存在していた。二階建ての木造。築四十年は経っているだろう。バルコニーはない。風呂《ふろ》もなさそうだった。一階の扉は狭い路地に面していた。

舛城は呼び鈴を押した。鳴っているようすはない。

薮下がノックする。表札はでていないが、ここにちがいない。

「椎橋さん」薮下は声を張りあげた。「開けてください。新宿署の者です」

椎橋彬の両親が離婚して久しい。旧姓に戻ったのは、母ではなく父のほうだった。

椎橋家では妻が夫を婿養子として迎えた。もともとそれなりに余裕があったのではないか。離婚したからといって、ここまで貧乏暮らしを強いられるだろうか。

扉がそろそろと開いた。化粧をしていない、皺《しわ》だらけの中年女の顔がのぞく。腫《は》れたまぶたと髪の乱れぐあいから察するに、寝ていたらしい。女はびくついたように、舛城と薮下の顔をかわるがわる見た。

薮下は警察手帳をとりだした。「椎橋英美子さんですね?」

英美子はなおも警戒のいろを濃くしたまま、小さくうなずいた。

「けっこう」薮下が咳《せき》ばらいした。「息子さんのことで、ちょっと」

ふいに英美子は安堵《あんど》したように、表情を柔らかくした。「ああ、あの子のこと」

舛城は扉に手をかけた。「あがらせてもらっていいですか。ここで立ち話したんじゃ、クルマが通るとき邪魔になるんでね」

相手がどのように反応しようと、いちど開いた扉を閉じさせはしない、舛城はそう心にきめていた。逃亡した犯罪者を母親が匿《かくま》っている可能性もある。

ところが英美子はあっさりと戸を開け放った。「どうぞ」

「失礼します」舛城は薮下とともに、靴を脱ぎ部屋にあがった。

四畳半ていどの和室だったが、きちんと整頓《せいとん》されている。テレビも冷蔵庫も新品だった。スマホの充電器も転がっていた。

舛城は腰を下ろした。「暮らしぶりは悪くなさそうですね」

英美子は茶をだす素振りもなく、緩慢な動作で正座した。「とんでもない。家も取られて、火の車ですよ」

以前はスナックを経営していたらしい。破産したいま、商売でもない接客に愛想は必要ない。そんな割りきりでもあっただろうか。

真新しい家電のなか、異質な物が目についた。いにしえのラジカセだった。スピーカーがひとつしかない、小ぶりで廉価な機種。まだ幼かった昭和五十年代によく見かけた記憶がある。

舛城は指さした。「これは?」

すると英美子が笑った。「彬の物。あの子、カセットテープで音楽きくから」

「へえ。スマホにダウンロードする時代にめずらしい」

「古臭い物が、十代の子には珍しいのね。ツメを折って録音を永久保存だとか誇らしげにいうの。手がかかるのに難なく使いこなせるのが自慢だったみたい」

大人びている証《あかし》と感じていたのかもしれない。同世代とうまくつきあえないのを、心が成長しているからだと自負して生きる。そんな孤独な若者なら何人も見てきた。

「それで」英美子はたずねてきた。「あの子がなにか」

舛城は英美子の手を見つめていた。粗末な普段着に不釣り合いなアクセサリーを身につけている。金いろに輝く指輪にブレスレット。アミクレア銀座店のショーケースで見かけた気がする。

英美子は舛城の視線に身じろぎひとつしない。アクセサリーを入手した経緯について、やましさを感じていないようだ。

舛城はきいた。「指輪やブレスレットを、どこでお買いになったんですか」

英美子は狼狽《ろうばい》するどころか、微笑とともに手をかざした。「いいでしょ、これ。最近、質屋でアミクレアが安くなってるの」

それは事実だった。アミクレアの質流れ品が数を増やしたため、一気に値崩れが起きた。窃盗に関する報道によってブランド力が低下したせいもある。

「ふうん」舛城は油断なくいった。「安くなったといっても、二十万のものが十万になったところで、なかなか手がでないと思いますがね。定職にも就いておられないようですが、どこから金が？」

「彬がお金を送ってくれるのよ。ぜんぶあの子のおかげ」

「息子さんがなにをしているか、あなたはご存じなんですか」

「そりゃもう。有名だしね。万引きGメン。どうしてコナン君なんて呼ばれてるかわからないけど、とにかくテレビにもしょっちゅうでてるし」

一年前までのニュースだ。いまは万引きGメンでなく万引き犯の扱いだった。母親が知らないはずがない。

薮下が手帳を開いた。「最近、息子さんと会われたんですか」

「いいえ」英美子は視線を落とした。「中学をでる少し前に、家を飛びだしてったの。それ以来会ってない」

舛城はたずねた。「息子さんの成長や、その後の活躍は、テレビで知ったわけですか」

「そう。最初はびっくりしたけどね」英美子は上機嫌そうに笑った。「でも元気でやってくれてるのなら嬉《うれ》しいわ。親としては失格だったかもしれないけど、やっぱり可愛い我が子ですものね」

「いちども会っていないのに、どうやってお金を受けとってるんですか。ここの住所を知らせたんですか」

英美子は卓袱台《ちゃぶだい》の下から灰皿を取りだした。タバコを一本、口にくわえる。「こっちから連絡をとったことはないの。ただ昔からあったわたしの口座に、お金を振りこんでくるだけでね」

「通帳を拝見できますか」

ライターでタバコに火をつけてから、英美子は立ちあがった。箪笥《たんす》の引き出しを開け、通帳の束を持ちだしてきた。

ぜんぶで五冊ある。四冊が繰越、一冊が現在の記帳に使われていた。「入金　シイバシ　アキラ」の記載がいたるところにある。ひと月ごとに五十万、四十万、ふたたび五十万、六十万とつづく。端数のない振りこみだった。

繰越の通帳のなかから、最も古い一冊を開いた。わずか四桁《けた》、千円単位の預金額が微妙に上下する時期がつづく。あるとき突然「シイバシ　アキラ」から振りこみがあった。それがすべての始まりらしい。記録された年月日を確認した。三年前、椎橋彬がアミクレア銀座店の警備長に抜擢《ばってき》されてから、ほんの二か月後のことだった。

英美子は生活保護の申請はだしていない。これだけ収入があれば当然だろう。一方で税金の申告をしているかどうかは怪しかった。息子にさえ連絡をとっていないという。礼のひとつも伝えていないのだろうか。

通帳を閉じてから、舛城は英美子にきいた。「息子さんがいま何歳なのか、知っておいでですか」

「そりゃもちろんよ」英美子はタバコの煙を吐きだしたあと、なにかを思いだしたように笑い声をあげた。「もしかして、テレビでいってる年齢のこと?」

「そうです。まだ十九なのに、二十三ってことになってる」

「刑事さん。四歳ぐらい鯖《さば》をよんだのが、そんなにいけないの? わたしだってスナックやってたころは、五歳も歳をごまかしてたわ。彬に対してもね」

母は息子に歳を偽り、息子は世間に歳を偽る。母がそれを当然と考えているのなら、息子も同様かもしれない。

そういえばこの女は前科者だ。公共の場に植えてあった木や花を、勝手に掘り起こしたうえ、自分の家の庭に移植していた。

母と子、いずれも窃盗犯。しかしその性質は大きく異なっている。母親のほうは単なる場当たり的な物盗《ものと》りだった。息子は当初の万引きこそ、母の面影を引きずっているとはいえ、以後は知能犯に成長している。

薮下が英美子にいった。「息子さんが年齢を詐称していたのは、テレビのなかの話だけではないんです。ネオス警備保障にアルバイトとして採用されたとき、十五歳の彼は十九歳を自称していました。十八歳以上という雇用条件に適合するための嘘でしょう。そのあたりどう思われますか」

英美子はタバコの先を灰皿に押しつけた。「仕方ないでしょ。わたしたち親に問題があったから、あの子は家出せざるをえなかったわけだし。生きるためには仕事を見つけなきゃならない。そう、ぜんぶわたしたちが悪いのよ。あの子をそんなふうにして、罪を被《かぶ》らなきゃいけないのは、わたしたちよ」

本心ではあるまい。自分が検挙されないとわかっていて、そんな言葉を口にしているのだろう。舛城は英美子を見つめた。「彬君のお母さん。民間警備会社の警備長がいくらぐらいの年収か、ご存じないでしょうね」

「知らない。それがなにか？」

「お母さんにこんな大金を振りこんでたら、たちまち破産ですよ」

「あの子はね、可哀想なんですよ。なんといっても、わたしたち親が離婚することになった。それについてはわたしたちが悪いんですけど、あの子はそれで家出の決心を固めたんだと思います。生きるために働かなきゃいけないから、歳を偽ってでも、就職先を探さざるをえなかったし……」

さっきの繰りかえしだった。英美子の打ち明け話が限界に達したことを意味している。これ以上はなにも喋《しゃべ》らないつもりだろう。

舛城は腰を浮かせた。「どうもお邪魔しました」

薮下が意外そうにきいた。「帰るんですか」

立ちあがってから、舛城は英美子におじぎをした。「またなにかあったら寄らせてもらいますから」

28

沙希は中野のカラオケボックスで、無益としか思えない時間を過ごしていた。ファストフードの支店どうしの合コン。沙希の店からは男三人に、女は沙希ひとり。相手側からは男ふたりに女ふたり。その時点で人数が釣り合わない。

だがどうでもよかった。沙希は最初からなんの期待も寄せていなかった。時間がくれば帰宅の途につく。いつもと同じだった。

酔っ払っているせいか、ただ音痴なのか、その男の声は大きいばかりで音程が外れっぱなしだった。女たちはそこそこ楽しんでいるらしく、ときおり燥《はしゃ》いだ声をあげる。

沙希は醒《さ》めきった気分で眺めていた。誰であれ人と一緒にいれば楽しめるのだろうか。うらやましい性格だと思った。

ノンアルコールカクテルを飲んでいるだけなのに、まるで酔いがまわったように意識が逸《そ》れがちになる。舛城のことばかり考えていた。

無下に断るべきではなかったのか。犯罪が起きているからには被害者がいる。切実に救いを求めているかもしれない。

「沙希」男の声がした。「おい沙希」

ふと我にかえった。店のマネージャーが赤い顔をして、空になったグラスを掲げていた。

「すみません」沙希は瓶ビールを手にとり、グラスに注ぎこんだ。

マネージャーはふてぶてしい顔で沙希に一瞥《いちべつ》をくれると、茶髪の濃い化粧の女に向き直った。甲高い声で喋りかける。どうやらその女が、彼の目当てらしかった。

たかがファストフードのバイト、そのなかで強要される上下関係。沙希には全員が子供っぽく思えてならなかった。誰もが親のもとで生活している。稼いだ金はすべて趣味や遊びにつぎこめる。沙希のように生活費に充てている人間はいない。世間にはいるのだろうが、ここには皆無のようだ。

舛城から話だけでもきけばよかった。けれども期待に応《こた》えられるかどうかが気がかりだった。プレッシャーもある。舛城は天才的だと褒めてくれるが、自分ではとてもそう思えない。

別の男性アルバイトがタバコをふかしながらいった。「そうだ、沙希。例のやつ、なにかみせてくれよ」

女のひとりがきいた。「例のやつって？」

「マジックだよ、マジック」

「へえ」別の女が同調した。「マジックやるの？　見たい」

全員の目が沙希に向いた。またこういう視線か。沙希の心は沈みがちになった。生気のないまなざし。テレビか舞台を鑑賞する目だ。ひとりの人間に向けられた目ではない。もう仲間としては扱われていない。

せめてリスペクトがあればいい。たんなる座興係。退屈しのぎのしろうと芸人。そんな扱いにしかなりえない。

そもそもマジックを見せてくれといわれるのは嫌だった。だが見せてくれと要請されたとき、なにもできない自分はもっと嫌いだ。沙希はスナック菓子をひとつ指につまみとった。コインのバニッシュと同じ技法で、それを握り、すぐに手を開く。菓子は消え失せた。

一同がどよめいた。拍手と笑いが起きる。

「すごい」見ず知らずの女が笑いながらいった。「もっと見せてよ」

ほかの男女たちもうなずき目を輝かせ、沙希の手もとを注視する。

失意がひろがった。やはりまたこうなった。男女らは手品を見る側として連帯感を持つ。手品を演じる側はたったひとり蚊帳《かや》の外に置かれる。自信を持てる唯一のアピール手段は、いつも己れをその場から孤立させる。

しばらくはささやかなマジックショーが場を盛りあげるだろう。五分も経てばみな飽き始める。各々の会話が再開したとき、沙希の居場所はなくなる。一同の記憶のなかに、沙希は風変わりなマジック好きの女として残る。血の通った友として受け容《い》れられることはない。

それでも沙希はきいた。コインをお持ちですか。それがマジシャンを目指したことのある人間の、悲しい性《さが》だと知りながら。

29

舛城はサイバー犯罪捜査係の女性警察官、吉田七瀬《よしだななせ》巡査のデスクを訪ねた。

まだ二十代の七瀬が顔をあげた。「なにかご用ですか？」

「ああ。どうやって高い検挙率を保ってるか知りたくてな」

七瀬が苦笑した。「高い検挙率といっても、ほとんどがネットワーク利用犯罪に類する軽微なものです」

「わいせつ物頒布や児童買春、児童ポルノ法違反もあっただろう？」

「ええ。あとはネットを利用した詐欺や脅迫、名誉毀損《きそん》。著作権法違反あたりですか。電磁的記録対象犯罪はごく少数です」

「課長の話では、ネット上の書きこみから特定の人間を割りだす試みもあるとか」

「当人が書きこみをしてなきゃ無理ですけど。孤独で自己顕示欲が強い性格であれば、SNSをやってる可能性も高まります」

「たぶんSNSには手をだしていないと思う。匿名掲示板なら書きこみそうな奴だ」

「そうですか」七瀬はパソコンのマウスを滑らせた。検索サイトを表示する。「正攻法でネットの大海原を探したほうが、見つかる可能性もありますよ。対象はどんな人物ですか」

「十九歳の少年、四年前に家出。万引きの常習犯だ。名前は椎橋彬」

「ああ。有名人ですね。その名前をいれると、第三者の発言が交ざってしまいます。除外しましょう」七瀬は検索サイトの入力欄に、万引きと打ちこんだ。「少年ってことは男ですよね？」

「もちろん」

「掲示板では女を装う可能性が高いですね。詐欺師ならなおさらです。変身願望と身元隠しの両方が理由です。性別は変えますが、それ以外についてはわりと正直だったりします。少年の趣味は？」

「マジックだな」

七瀬はしばし熟考する素振りをした。検索窓の万引きという単語を消去し、マジックと打ち直した。だがすぐにまた消去キーを叩《たた》き、検索窓を白紙に戻した。

舛城はきいた。「なにをやってる？」

「マジックには手品だとか奇術だとか、いくつもの呼び方があります。その少年がほかの名称を使っていた場合、検索にひっかからないので不利です。マジックには専門用語があると思いますが」

「ああ。フィンガーパームにクラシックパーム、フォールスシャッフル、フォース、フォールスカウント……」

次から次へと用語を挙げ連ねられる。舛城は内心、自分に驚きを感じていた。里見沙希と知り合ったおかげで、特異な知識が身についている。

七瀬がたずねてきた。「そのなかで万引きに関係のない技術名称はどれですか」

「関係のない？」

「ええ。趣味がマジックで仕事が万引きだとすると、そのふたつを容易に結びつけるような言動は、ネット上であっても自粛しているでしょう」

「そうだな、パームというのは隠し持つことだから、万引きと密接な関係があり除外される。バニッシュってのも、物を消してみせるマジックの技法だし、やはり外すべきだ。フォールスシャッフルはだいじょうぶだろう。カードマジックに使われる、切り交ぜたふりをするが実際には切り交ぜない技術だ。フォールスカウントってのは……」

「けっこうです。順次やってみましょう」七瀬は検索窓にフォールスシャッフルと入力した。「少年にマジック以外の趣味はありますか？」

「バイクだろうな。ホンダのCB1100EXに乗ってた。この一年はNシステムにひっかからないから、乗り捨てたのかもしれない」

「愛車のその後を気にかけてるかもしれませんね」七瀬は検索窓の単語に、半角スペースを空けて単語を追加した。フォールスシャッフル、CB1100EX。

検索結果は絞りこまれるかに思えたが、予想に反し、百二十五件もあった。

七瀬がため息をついた。「アルファベットと数字の組み合わせは、品番だとかメアドだとか、いろいろひっかかるのね」

すかさず検索窓に戻り、バイクという単語を追加する。エンターキーを叩くと、検索結果がでた。今度の表示はわずか一件。うち一件のタイトルは「マジシャン掲示板」となっていた。

サイトが画面表示された。掲示板には大勢のマジック愛好家が書きこみをしていて、プロマジシャンの活躍やテクニックについて議論を交わしている。七瀬がページ内検索でキーワードを探した。フォールスシャッフル、CB1100EX。

「でました」七瀬がいった。「ふたつのキーワードについては、同一人物の書きこみですね」

舛城は画面を見つめた。

（無題）投稿者　ミカ　リモートホスト　27-139-150-59.rev.vonnet.ne.jp
こんにちは。きのうの番組、ブルーレイに録《と》ってあったのを観ました。うーん、前回に比べるとクロースアップ・マジシャンの腕前は物足りないですね。フェニックスのデックを使ったカード当ては、センサーを手首に仕込むあれですね。正直ハイテクのギミックは興ざめです。あとギャンブラーズ・デモンストレーションは、フォールスシャッフルでしたよね。なんにしても、手が大きいのっていいですよね。わたしは女だから手が小さくて、ポーカーサイズのデックは苦手です……

（無題）投稿者　ミカ　リモートホスト　27-139-150-59.rev.vonnet.ne.jp

＞ハーフダラーさん

CB1100EX、かっこいー！　わたしのいちばん好きなバイク。最高。彼氏ができたら後ろに乗せてもらいたいなぁ。

ふたつの書きこみは同一人物と思われた。舛城はつぶやいた。「ふしぎなもんだ。こういう言葉づかいで書きこまれると、女が書いたものだと信じたくなる」

「八十代が出会い系サイトに書きこむ世のなかです。判別は年々難しくなります」七瀬は画面を検索サイトに戻すと、ふたつのキーワードを入力した。vonnet.ne.jp、万引き。

検索結果一覧が表示された。七瀬はうちひとつを選びクリックした。

またも掲示板だった。タイトルは「罪と罰の掲示板」、さっきとはまるで異なる雰囲気に包まれている。

ページ内検索でひとつの書きこみが見つかった。

6月3日（木）午後十時七分

自分が首吊《つ》れ　投稿者　龍王《りゅうおう》　119-173-201-102.rev.vonnet.ne.jp

万引きが微罪？　バカいうな。刑法第二三五条の窃盗罪で、十年以下の懲役だぜ。何度も犯行を重ねれば重窃盗罪になる。たいした覚悟もないくせに犯罪者ヅラすんな。店主がどうなろうが知ったことじゃないなんて、ずいぶん人権を軽視してやがるな。お前が首を吊ったらどうなんだ。え？

たいした覚悟もないくせに、その一文がひっかかる。店主に同情するふりをしながら、万引きには覚悟を据えて臨めという、逆説的な意味にも解釈できる。たいした覚悟もないくせに犯罪者ヅラすんな、か。自分が犯罪者でなければでてこない台詞《せりふ》だ。

舛城は七瀬にきいた。「さっきのミカってのと、この龍王ってのは同一人物か？」

「確証はありません。リモートホストによるとプロバイダーは同じですが、IPアドレスが完全に一致してるわけじゃありません。契約者が同じでも、端末を変えたりすればIPアドレスは変化してしまいます」

「どこのプロバイダーかわかるか」

七瀬はURLの入力窓に打ちこんだ。http://www.vonnet.ne.jp。エンターキーを叩くとプロバイダーのトップページにつながった。VONネットにようこそ。そう表示されている。

そのサイトを眺めながら七瀬はいった。「会社概要によると、東北地方全域をカバーするプロバイダーですね」

「東北か」舛城は唸《うな》った。すでに拠点を別の場所に移していたか。抜け目のない男だった。「東北のどの辺りかはわからないか」

「無理ですね。リモートホストは接続業者によって法則性がちがいます。裁判所からの開示請求でもないかぎり、プロバイダーも情報を提供してくれないでしょうし」

「ってことは、現時点でできるのはここまでか」

「その少年が窃盗の常習者なら、ネットオークションのほうも調べてみるべきでは?」

「それはもうやった。アミクレアからの盗品を検索にかけてみた。あいつが手をだしているようすはないな。ネットオークションの出品者は個人情報の登録を求められるし、わりと足がつきやすい。あいつはそこまでわかってる。十代のガキと考えると痛い目に遭う」

ふと舛城のなかにひとつの考えが浮かんだ。十代のガキか。あるいは椎橋を大人と見すぎていたのかもしれない。

「七瀬。すまないがもういちど検索してくれ。母、木、窃盗の盗の字」

検索窓に舛城が指示したとおりの字が並んだ。母、木、盗。

「これでいいんですか」七瀬はエンターキーを押した。

検索結果は四百件以上もあった。トップに紹介されたサイトのダイジェストを見た瞬間、舛城は気落ちした。才木投手、梶谷の盗塁を刺す。母校での活躍……。

舛城はきいた。「さっきのプロバイダーで絞りこめないか。VONネットのアドレスだ」

七瀬が検索窓に追加した。母、木、盗、vonnet.ne.jp。

今度の検索結果は一件だけだった。サイトの題名は「バーチャル心療内科相談室」。表示されている年月日は二年近く前にさかのぼる。

画面が切り替わったが、表示はでなかった。その代わりに、そっけない一文が表れた。該当のアドレスが見当たりません、ページが削除された可能性があります。

舛城はため息をついた。「消えてるな」

「ずいぶん前の記録ですからね。でもキャッシュにページが保存されてます」

母についての相談　投稿者　ミグ　110-134-198-243.rev.vonnet.ne.jp

こんにちは。

僕は専門学校に通っている十七歳の男子学生です。実は母のことで悩んでいます。母は昔からちょっと変わった癖があり、公園や道端に生えている木を掘り起こして持ち帰っては、家の庭に植えてました。やがて警察の人がきて、こういうものは窃盗罪になるといい、母は罰金を払わされました。母の飲酒はそれからひどくなり、父とも別れ、いまも荒れ放題です。どうすればいいんでしょう。

その書きこみの下には、サイトの主宰者らしき人物の回答があった。心療内科医かカウンセラーらしい。少なくともそう自称しているようだ。

お答え　投稿者　カウンセラー淀川《よどがわ》　p675079-omed01.osaka.kos.ne.jp

ご相談ありがとうございます。

まずお母様の飲酒の原因が、どこにあるのか考えてみましょう。木を盗んでいたというのは、あくまで過去の犯罪でしかありません。しかも罰金で罪をつぐなったのですから、お母様がその罪を引きずっているとは考えにくいと思います。それよりも、現在に目を向けてはどうでしょうか。

貴方《あなた》は十七歳とのことですが、専門学校に通っているということは、まだ親のスネをかじっているわけですよね。お母様はお父様と別れたということですから、女手ひとつで貴方を育てているわけです。貴方も大きくなり、お母様も歳をとられたのですから、本来は貴方がお母様の面倒をみてあげねばならないのです。

貴方はお母様に思いやりを持って接してますか。お母様に迷惑をかけないよう暮らしていますか。いまいちど、自分の胸に聞いてみてください。

専門学校をでて、きちんと就職することが、お母様にとって最大の安心につながるはずですよ。

舛城は思わず唸った。ずいぶん一方的な推測を働かせるカウンセラーだ。

七瀬がマウスを操作し、画面を下にスクロールさせる。〝ミグ〟なる十七歳の少年の二度目の書きこみがあった。

疑問　投稿者　ミグ　110-134-198-243.rev.vonnet.ne.jp

よくわからないんですけど、うちの母の深酒の理由は、僕にあると先生はおっしゃりたいんですか。僕は働いていますし、お金もちゃんと受け取っています。そのお金は母に送っていますし、母はそれで充分な生活をしています。迷惑なんか、かけてないんですけど。先生がどうして前の書きこみのように思われたのか、理由を教えてください。

お答え　投稿者　カウンセラー淀川　p675079-omed01.osaka.kos.ne.jp

ご質問ありがとうございます。

貴方は専門学校に通っているとおっしゃいましたね。就職しておられるのではないんでしょう？　アルバイトをしているということだと思いますが、その収入は、それほど高額ではないと思います。一方のお母様は、貴方を育てるに当たって、莫《ばく》大《だい》なお金を費やして来られたのです。いまも、食費そのほか、かなりのお金を世話になっているのではありませんか？　そこのところを、もういちど冷静に考えていただきたいものです。

疑問がありましたら、ぜひお母様ともども、私の診療所にいらしてください。

ますますわからない　投稿者　ミグ　110-134-198-243.rev.vonnet.ne.jp

母には迷惑をかけていないといってるでしょう？

それに僕はアルバイトとはいっても、本格的に仕事をしていますし、かなりの実入りがあります。充分に収入があるので、母にも仕送りしているんです。母はそれによって、ずいぶん助かっています。だから過剰な飲酒には、ほかに原因があるんです。

専門家として先生ならお分かりになると思って、お尋ねしています。どうかお答えください。お願いします。

お答え　投稿者　カウンセラー淀川　p675079-omed01.osaka.kos.ne.jp

ご質問ありがとうございます。

貴方はまだ十七ということですので、世間というものをよくわかっていないのではないでしょうか。貴方にとってアルバイトで得られるお金は大金であっても、大人の世界ではそれほどでもなかったりします。それに、お母様も貴方に求めているのはお金だけではないはずです。いちど、お母様とよく話し合われてはいかがでしょうか。

疑問がありましたら、お母様ともども、私の診療所にいらしてください。

わからないって言ってるだろ　投稿者　ミグ　110-134-198-243.rev.vonnet.ne.jp

母と話し合えるのならこんなところに投稿なんかしない。それに、僕の得ている金が大金じゃないなんてどうして判る？　先月は百五十万円を稼いで、うち四十万円を母に送った。それでも母はボロい部屋で自暴自棄な生活を送りつづけてる。一度だけ手紙をくれたが、あいかわらず酒を飲みつづけてるらしく、手が震えて字も思うように書けないらしい。豊かさだけで報われないのなら、いったいなにが原因なのかと聞いてるんだ。さっさと答えろよ。

舛城は唸《うな》った。このミグなる人物が二年近く前の椎橋彬だとして、その時点で母から手紙を受けとっていたのなら、英美子の証言は嘘ということになる。息子とは連絡をとっていない、英美子はそういった。

むろんこの書きこみが真実かどうかはわからない。だが現在も母が深酒をしていることや、〝ボロい部屋〟に住んでいるのを椎橋彬が知るすべは、ほかになかったはずだ。

カウンセラーからの回答があった。

お答え（笑）　投稿者　カウンセラー淀川　p675079-omed01.osaka.kos.ne.jp

月収百五十万ですか。うらやましいですね、私もあやかりたいです。十七にして、アルバイトでそれだけ稼げるということは、貴方はなにか特殊な才能に恵まれているのでしょう（笑）。それなら、お母様のことについて、それほど深刻に考えることはないのでは？　もし心配なら、精神科医にご相談になったらどうでしょう。月収百五十万も稼いでいるのなら、往診どころか専属にできるでしょうね。

サイトの主宰者は相談者の書きこみをまるで本気にしていないらしい。これに対して、最後の投稿は辛辣《しんらつ》を極めていた。

死ね貧乏ヤブ医者　投稿者　ミグ　110-134-198-243.rev.vonnet.ne.jp

おまえは本当にカウンセラーかよ。（笑）とはどういう意味だ。ふざけてばかりで、独断と偏見に終始していて、いったい何様のつもりだ。月収百五十万がうらやましいだと？　多いときなら二百万稼いだぜ。なんの仕事をしてるか知りたいか？　どうせ馬鹿には真似できねえだろうがな。

ああ、そうとも。俺は特殊な才能に恵まれてる。だからおまえみたいに、相談と称していんちきな受け答えで相手を診療所に呼びだし、金を取ろうなんてこざかしい真似はしねえんだよ。せいぜい数万円の稼ぎでカツカツに生きてりゃいいさ。電気代払えてるか？　ネットなんて贅沢《ぜいたく》しないほうがいいんじゃねえのか。クルマも家もローンかよ。ご苦労なこった、老人になるまで働くんだな。

おまえごときが他人の人生についてあれこれ言ってんじゃねえよ。悔しかったらおまえの母親に月五十万の小遣いをくれてやれ。それができねえのなら判ったような口きくな。探しだしてぶっ殺してやるからな。覚えとけ。

「脅迫ですね」七瀬がつぶやいた。「このカウンセラー淀川さんなる人が、被害届をだしていれば、こちらとしても動けたんですが。でもページが削除されてしまった以上、たとえ届がだされても……」

「いや、いいんだ」舛城はこみあげてくる喜びに抗いきれなかった。「貴重な時間を割いてくれてありがとう。参考になったよ」

「検索サイトのキャッシュに保存されてる情報は、証拠としては使えませんよ。サイトの主宰者やプロバイダーに問い合わせることも、現時点では……」

「ああ、心配するな」舛城はいった。「ここで得た情報に基づいて、勝手な行動にでたりはしない。きみにも迷惑をかけるつもりはないよ」

「それはいいんですけど」七瀬が見つめてきた。「なんだか妙に嬉《うれ》しそうですが」

「そうとも。大喜びさ」舛城は立ち去りながらつぶやいた。「どうしても知りたかったことがあきらかになった」

　証拠がなかろうと、あれは椎橋彬だ。なにより知りたかった事実が入手できた。奴は異常者ではない。常軌を逸した能力を有する天性の犯罪者でもない。まるでふつうの、ごくありきたりの、どこにでもいるガキだった。二年近く前はそうだった。おそらくいまでも同じだろう。十九歳、母親がひたすら恋しい少年だ。

午後五時すぎ、黄昏《たそがれ》どきだった。椎橋彬は盛岡《もりおか》市内に借りたマンションの部屋をでた。近くの公園に足を運ぶ。いまどきめずらしい公衆電話があるからだ。

受話器をとって硬貨を投入した。東京都江東区に住む、母の番号をダイヤルする。

アミクレアの警備長になる数か月前、母から営業所に手紙をもらった。やはり母はテレビを通じ、自分の活躍を知っていた。彬は母に電話した。母の妙にへりくだった態度が気になったものの、会話できたことは嬉しかった。

母は彬が家をでたのち、江東区でアパート暮らしをつづけているという。彬は深く追及せず、ただ仕送りだけを始めた。できることはそれだけだった。母のもとを訪ねるわけにはいかない。警察の手がまわっている可能性もある。母に余計な心配もかけたくない。

呼び出し音のあと、母のしわがれた声が応答した。「はい、椎橋ですが」

またいっそう老けたように思える。椎橋彬はいった。「俺だよ、彬」

「ああ、彬。こんばんは」穏やかな母の声がきこえてきた。

「どう？　元気にしてる？」

「ええ、おかげさんでね」

沈黙が降りてきた。

椎橋はなぜか落ち着かない気分になった。以前から知りたかったことを、問いかけたい衝動に駆られる。母は息子の現状をどう思っているのだろう。

家出した我が子が、万引きGメンになり、警備長になり、いまは行方をくらましている。その経緯について母は、いちども質問してこなかった。彬が家出してから、どうやって日々を食いつなぎ、しかも就職できたのか、なんの疑念も感じないのだろうか。

「あのさ、お母さん」椎橋はたずねた。「なにか、僕にききたいことはないの?」

「なにかって?」

「いや、べつに、そのう……なんでもいいんだけど」

「成功してるんだから、わたしはなにもいわないよ」

「どういう意味?」

「意味なんかないよ」母は言葉を切り、ためらいがちに告げてきた。「こないだ、警察の人がたずねてきたけど……」

「警察」椎橋は思わず母を遮った。「それ、舛城とかいう刑事だった?」

「そう、かな。そうかもしれない。よくきいてなかった」

受話器をあてた耳が湿っぽくなる。やはりきたか。こうなることは時間の問題だった。舛城が母のもとを訪ねている。しかもつい最近だという。あの男はまだあきらめてはいない。

母の英美子はおずおずといった。「なにしろ、さ。わたし、ほら、木とか、たくさん盗んでたじゃない。悪い悪いと思いながらも、ついついやっちゃったわけ。おまわりさんもさ、もういいかげん許してくれてもいいと思うんだけどさ、そうもいかないみたいで」

「まってよ」彬は妙に思った。「舛城がきたのはお母さんについてだったの?」

「……さあ、ねえ。そうかもしれない。そうじゃないかも。いや、やっぱりわたしのことで来てたんだと思う」

呂律《ろれつ》がまわっていない。酒を飲んでいるらしかった。このところ母はいつもそうだ。飲酒の量が増えている。前は夕方の早い時刻に電話すれば、しらふでいたものだが、最近はこの時間でもすでに酔いがまわっている。

「お母さん、舛城って人は、僕についてきいてなかった? 僕のことをたずねにきたんじゃないの?」

ふいに母は冷やかな口調でたずねかえした。「なんで、警察の人が、彬のことをきくの?」

「いや」椎橋は言葉に詰まった。「わからないけど、ただ……」

「いいから。彬はなにも心配することじゃないの」母の声は穏やかで、取り乱したようすはなかった。「とにかく、頑張ってね。彬。あ、それと、もうひとつだけ」

「なに？」

「捕まらないでね」

母の声はあっけらかんとしたものだった。

ほんの少しだけ間があったが、彬はなにもいえなかった。

戸惑っているうちに、電話の切れる音がした。ツー、ツーという虚《むな》しい反復音だけが耳に響いてきた。

どれくらい時間が過ぎたろう。辺りは薄暗くなっていた。電話ボックスのガラスに自分の顔が映りこむ。茫然《ぼうぜん》自失の顔。死んだような目が、ただこちらに向けられている。

受話器を置き、扉を開け外にでた。肌寒かった。両手をポケットに突っこんで歩いた。

捕まらないでね。母の声が頭のなかで反響しつづける。

駅前の繁華街が賑《にぎ》わいだしていた。東京とはちがう。ほんのわずかな区画内にネオンの光が密集する。互いに寄り添うことで、かろうじて繁華街の体裁を保つ、そんな店の看板たち。今晩も酒を浴びるように呑《の》み、孤独をまぎらわすことになるのだろう。母と同じように。

31

正午を迎えたファストフード店の空気は張り詰めていた。本社から正社員が視察にきているからだ。

年齢は四十代、銀ぶちメガネの奥から鋭い視線を向けてくる。レジと厨房《ちゅうぼう》を往復するたび、近くにいるアルバイトに小言をぶつける。ソフトドリンクは後にして、ポテトを先にだせ。客をまたせるな。作るのに時間がかかる商品はあまり勧めるな。もっと効率よくできないのか。

沙希はレジに立って注文をこなしていたが、正社員の物言いは腑《ふ》に落ちなかった。なぜお客様でなく客呼ばわりなのか。

隣りの女性バイトは指示に従っている。だが時間を短縮しようと、求めとはちがう商品ばかりを勧めた結果、男性客と口論になってしまった。正社員が飛んできて、へらへらと笑いながら応対した。申しわけありません、すぐにお作りしますのでもう少々おまちください。

男性客が遠ざかる。正社員は客前で女性バイトを叱った。女性バイトは涙ぐんでいた。

沙希は正社員を嫌悪しながらも仕事をつづけた。支払いに五千円札が差しだされた。レジを打ってからいった。「五千円入ります、お釣り四千円、確認お願いします」

マネージャーが沙希の手もとを見た。「センキュー」

客に向き直り、四枚の紙幣をゆっくり一枚ずつ置いていく。「一緒にご確認お願いします、一千、二千、三千、四千円と、あと細かいほう三百二十六円になります。どうもありがとうございました」

正社員がつかつかとやってきた。「きみ。いまのお釣りの渡し方はなんだ。マニュアルに反しているじゃないか」

「すみません」沙希は不服ながらも頭をさげた。「でも……」

「でも、じゃない。いまどうやった。やってみせろ」

やれといわれても、金はもう手元にない。どうすればいいのか。沙希は当惑した。

正社員はレジを操作して開けた。千円札を何枚かとりだし、沙希の手に押しつけた。

「ほら、やるんだ」

　なぜ高圧的な態度をとろうとするのか。しかもやはり客の目の前だ。沙希はさっきと同じように、札を数えながらカウンターの上に置いた。「一千、二千、三千、四千……」

「ちがうだろ」正社員は怒鳴り、札を沙希の手からもぎとった。「こうだろ」

　正社員が札を数えつつ右手から左手に渡していった。一千、二千、三千……。

「あのう」沙希はおずおずと異議を唱えようとした。「でも、それは……」

「小銭のほうも問題がある」正社員はレジから小銭をつかみとった。「ほら、やってみせろ」

　沙希は受けとった小銭を両手のなかでしめし、カウンターの上に滑らせた。「三百二十六円になります」

「馬鹿」正社員は声高に一喝した。「いったいなにを習ってきた。小銭は両手でしめしてから、左手を右手の上に伏せて一緒にし、お客様に渡すんだろう。なにを考えてるんだ」

　人前ではお客様か。露骨にもほどがある。どういう料簡なのか。

　すぐに理由があきらかになった。店内にテレビクルーがいる。カメラがこちらに向けられていた。沙希は正社員に向き直った。胸にピンマイクがついている。熱血正社員の密着取材か。異常な張りきりようはそのせいだった。主役は正社員。アルバイトは、この正社員の存在を高めるための叱られ役、いわば時代劇の斬られ役といえた。

正社員が命令した。「ほら、もういちどやってみろ」

沙希は札を手から手へ数えながら移した。それを正社員に渡す。小銭も左手を右手の上に伏せてまとめ、やはり正社員に差しだした。

金を受けとったあと、正社員が鼻息荒くいった。「最初からそうやれ。たるんでるぞ」

「いまのでよかったんですか」

「当然だ」

「お釣り、本当に合ってますか」

「なんだと」正社員は自分の手に目を落とした。金を数える。とたんにぎょっとした顔になった。「あれ……?」

「三千と二十六円しかないですね。千三百円、どこにいったんですか」

正社員が目を剝《む》いた。「くすねたのか」

沙希は両手が空なのをしめした。「バイトに濡《ぬ》れ衣《ぎぬ》を着せようなんて、パワハラどころじゃありませんけど。わたしは指示どおり、ちゃんとお釣りを渡したし、了解していただきました。くすねたのならあなたです」

「おい」正社員の顔面が紅潮しだした。「立場をわきまえろ。人を泥棒呼ばわりして……」

カメラが接近してきたからだろう。正社員はしどろもどろになった。沙希は醒《さ》めた気分で立ち去りかけた。

だが窃盗の疑いをかけるのは気の毒だ、そう思い直した。沙希はレジにひきかえすと、カウンター上のメニューをどけた。千三百円はそこに並んでいた。正社員は目を丸くした。

「いいですか」沙希はいった。「マニュアルにあるお札の数え方、小銭の渡し方、それぞれフォールスカウントとパームというマジックの技法により、ごまかすことが可能です。つまりマニュアル自体がまちがってます。正社員なら本社にその旨、お伝えください。全国にチェーンがあるなら、くすねるバイトがいないともかぎりません」

沙希はため息をついた。正社員は泡を食った顔で立ち尽くしている。バイトも客も唖然《あぜん》と見つめていた。

終わった。すべてが台無しになった。自分の常識は他人にとっての非常識。どこにいってもそればかりだ。

「以上です」沙希はぺこりと頭をさげた。「どうもお世話になりました」

頭から帽子をつかみとってカウンターの上に投げ捨て、沙希はさっさと立ち去った。ロッカールームに向かって歩いていった。ひきとめる者は誰もいなかった。

無人のロッカールームに入ると、ドアをノックする音がした。開けたとたん、テレビのクルーが顔をのぞかせた。「すみません、私、制作会社の者なんですけど……」

「いまの放送はいっさいお断り」沙希はドアを叩《たた》きつけた。

その場に座りこむ。またやってしまった。どこへ行っても、なにをしようとも、いつもこうなってしまう。なぜ周りに合わせられないのだろう。どうしていつも孤独に戻るのか。

32

日が暮れたころ、舛城は古い住宅街の路地を歩いていた。街路灯が少ないため辺りは真っ暗だった。東京にこれほど光のない区画がまだあったのか。一寸先は闇だ。地域住民の境遇に思えてくる。老朽化した家屋が連なっているせいかもしれない。

椎橋彬の足取りはあいかわらずつかめない。逮捕状を請求するためには、確たる証拠が不足している。やっと被害届をだすことに同意した店舗もいくつかあるが、それでも消極的なのはたしかだった。ふしぎなものだ。あの少年は周囲を味方につける、天性の才能に恵まれていたのだろうか。

椎橋の父、谷岡隆二という男の現住所もわからなかった。住民票の転出届も出していない。谷岡は自称紙芝居職人ということだったが、事実上は無職だったらしい。離婚後、家を売り払って得た金を手に、どこへともなく行方をくらました。親族や知人の証言によればそうなる。

ふいに男の怒鳴り声がきこえてきた。

「このアマ」野太い声が住宅街の静寂に響きわたった。「調子に乗るんじゃねえぞ。貸したものはかえせ」

しわがれた女の声が応じる。耳に覚えのある声だった。「そんなことをいっても、ない袖《そで》は振れないし。そうでしょ？」

別の男の声が高飛車にいった。「ああ、そうかい。なら覚悟しとくんだな。家のなかにある金目のものを一切合財、引き取らせてもらうからな」

さっきの男の声がつづけた。「邪魔するぜ」

英美子のあわてた声がきこえる。「ちょっとまってよ、やめてったら」

騒々しい物音が辺りに響きだした。

舛城は歩を速めた。椎橋英美子のアパートに接近する。路地に面したドアは半開きになっていた。なかから明かりが漏れている。

付近の住民に一一〇番通報を願うのは無駄に思えた。舛城はドアに駆け寄ると、素早く開け放った。

室内には靴のままあがりこんだふたりの男がいた。それぞれエンジいろと紺いろの派手なスーツを着ている。エンジいろのほうが若干歳上のようだった。チンピラにすぎないのは一目瞭然《いちもくりょうぜん》だが、これだけ傍若無人に振る舞えるからには、新人でもないのだろう。

エンジいろのスーツは引き出しを物色していた。紺いろのスーツは簞笥《たんす》から衣服を撒《ま》き散らしたところだった。ふたりとも妙な顔を舛城に向けてきた。

「なんだ兄さん」エンジいろが凄《すご》んできた。「なにか文句あっか」

部屋の隅にへたりこんでいる英美子の姿がある。怯《おび》えきった顔で震えている。畳の上にはビールの空き缶が散乱していた。

舛城はいった。「住居侵入罪だな。現行犯逮捕してやってもいいが、税金の無駄づかいになる。さっさと消えてくれれば手間が省けるんだがな」

「なんだと」紺のスーツが肩で風を切り、のしのしと歩いてきた。「きいたふうなことを」

舛城は警察手帳をだした。「新宿署の留置場で世話になったことはあるか。ワルばっかりで箔《はく》がつくぞ。当分シャバにはでられないかもしれないがな」

紺のスーツはぎくりとした反応をしめした。すがるような目でもうひとりを振りかえる。「兄貴」

ところが兄貴と呼ばれたエンジいろのスーツは、いっそう血の気がひいた顔をしていた。持っていた物をぶちまけ、部屋の外へ駆けだしていった。あとに残された紺のスーツは、目を白黒させていたが、やがて逃げていった。

舛城はため息をつき、部屋の奥を覗《のぞ》きこんだ。「椎橋さん。だいじょうぶですか」

英美子はただ無言でうなずいた。

腰が抜けて立てなくなったのかもしれない。舛城は靴を脱いであがった。「お邪魔しますよ。連中が散らかしたものを片付けないとね」

ところがそのとき、英美子は意外なほど素早く跳ね起きた。舛城の足もとにうずくまり、引き出しから溢《あふ》れだしたアクセサリーを掻《か》き集めた。

なにより財宝が大事か。内心呆《あき》れながら、舛城は身をかがめた。「じゃ、こっちを片付けますよ。ここらの空き缶は、チンピラどもが散らかしたんじゃなさそうですがね」

英美子は舛城に見向きもせず、高級アクセサリーの回収に没頭している。視野が狭まり一点しか見えなくなる。アルコール依存症の典型のように思えた。

舛城はつぶやいた。「連中は金をかえせと怒鳴ってたみたいですが、借金でもあるんですか」

「ええ」英美子が身体を起こした。「まあ、ちょっとだけ」

「ああいう手合いが取り立てに来るってことは、闇金でしょう。どうして関わったんですか」

「どうしてって……。ほかじゃ貸してくれないっていうし、まあ、以前にさんざん借りたから、そりゃしょうがないか、ってね」

表の金融業者、いわゆる街金への返済が滞っている、そんな状況としか思えない。

英美子は多重債務者だった。舛城はきいた。「借金はどれくらいあるんですか」

「二千か、それぐらい。最初は何百とか、それぐらいだったんだけどねえ。お店やってるときにできた借金が、どんどん膨れあがっちゃって」

なんと二千万円か。舛城はため息をついた。「こんな忠告は警察の仕事じゃないですが、指輪やそのへんを売り払えば、まずまずの金が作れると思いますけどね」

「だめよ」英美子はとんでもないという顔をした。「彬が汗水たらして稼いでくれたお金よ。借金の返済なんかに使っちゃばちが当たる」

「借金が利息で増えていく一方なのに、贅沢品《ぜいたくひん》を買いあさっているのはどうかと思いますよ」

椎橋英美子は鼻で笑った。おぼつかない足どりで台所に向かうと、冷蔵庫の扉を開けた。なかには缶ビールがぎっしり詰まっている。そのうち一本を取りだし、舛城にたずねる。「刑事さんも一本どう？」

「いえ。勤務中なので」

ふうん。英美子はしらけた顔でうなずくと、冷蔵庫の扉を閉め、和室に戻ってきた。卓袱台《ちゃぶだい》のそばに正座し、ビールの蓋《ふた》を開ける。

舛城はきいた。「少しお酒を控えたほうがいいんじゃないですか」

「これがないと落ち着かなくて」英美子は耳障りな、ざらついた笑い声をあげた。舛城の反応を気にするようすもなく、缶ビールを呷《あお》った。

一日ではとても飲みきれないほどの缶ビールを詰めこんだ冷蔵庫。察するに、持った金はすべて使ってしまうタイプなのだろう。舛城は英美子を見つめた。「ちゃんとお金をかえそうと思ったことはあるんですか」

英美子はごくりとビールを飲み下してからいった。「そりゃ、あるわよ。でもね、かえしてもかえしても、なくならないの。しかも、あの人と別れたばかりのころは、あの人ったら、前と同じ調子でお金の無心に来るでしょ。仕方ないから払ってたけど、それで、余計に苦しくなってね」

あの人とは夫のことだ。舛城はたずねた。「旦那《だんな》さんと接触を持ってたんですか、離婚した後も」

「向こうから勝手にきたからね」英美子はまたビールを口に運んだ。「彬がお金を送ってくるよりも、ずっと前のことだけど。だからほんと、迷惑しちゃって」

「旦那さんはまだ、無職だったんですか」

「そうね、でも再婚したとかいってた。物好きな女もいたもんだわね」

舛城のなかに緊張が走った。「どこに住んでいるのかご存じなんですか」

「そりゃ、もちろん」英美子はビールを持った手を棚に差し向けた。「その上に置いてあるでしょ、メモ帳が。団地住まいらしいけど、行ったことはないから」

立ちあがり棚を見た。谷岡、江戸川《えどがわ》区三郷四の八の十六、ハイツ三郷五〇七号。メモにはそう走り書きしてあった。なにげなくメモ帳のページを繰ってみたが、住所の書きこみはそれだけだった。椎橋彬の居場所は記されていない。
しかし進展はあった。調べてもわからなかった彬の父親の居所が判明した。今後は
この母親だけでなく、父親のほうにも手がかりを求められる。
台所に置いてある電話が鳴った。にもかかわらず、英美子はなにもきこえないかの
ように、ひたすらビールをすすっている。
舛城はいった。「電話ですよ」
「ええ」英美子は赤ら顔でうなずいた。「わかってますよ」
言葉とは裏腹に、英美子は腰を浮かせもしない。ただ悠然とビールを飲みつづけて
いる。
舛城はじれったく思い、台所に向かおうとした。「私がでましょうか」
「だめ」英美子はきっぱりと告げてきた。「うちの電話でしょ。わたしがでる」
「じゃ、早くでたほうがいいんじゃないですか」
「でたいときにでる」英美子はそういって、また缶ビールを呷った。
舛城が英美子を眺めているうちに、電話の音はやんだ。
どういうつもりなのだろう。彬からの電話かもしれないと考え、刑事の眼前での応
答を拒んだ。そういう状況だろうか。そこまで計算できるのか。アルコール依存症も

同然なのに。

無意味と知りながら舛城はたずねた。「誰からの電話だったか、気にならないんですか」

「べつに。まあ、誰なのかは、だいたいわかってるし」

「彬君ですかね」

「さあね。わかんない」英美子はふたたび、あの耳障りな笑い声をあげた。

かなり酔いがまわっている。前後不覚のような言動は演技ではなさそうだった。

舛城は頭をさげた。「どうも長居してしまいました。戸締まりには注意してくださいね。それと、飲みすぎないようにしてください。酒が命を奪うこともあるんですよ」

「ええ、またきてね。ときどききてくれると助かるわ」英美子が応じた。ざらついた笑い声はほとんど雑音のようだった。

玄関に向かう途中、電話機を一瞥《いちべつ》した。発信者番号の表示はなかった。たとえ非通知でも、事件として捜査が認められていれば、NTTの着信記録を取り寄せられる。しかし現時点ではそれも無理だった。

歯がゆいことばかりだ。舛城は外にでると、扉を閉め歩きだした。ときは刻一刻と過ぎる。椎橋彬が成人する日も近づきつつある。

33

沙希は不眠症ぎみだった。アルバイトを辞めて何日も経つ。孤独と不安にとらわれ、ベッドに入っても熟睡できない。

高卒認定試験を受けるため、独学で勉強しているが、参考書を眺めていても内容が頭に入らない。ふと気づくと、コインを指の上で転がしていたり、バニッシュの技法を繰りかえしたりしている。

午後二時をまわった。じっとしていられなくなり、衝動的に外出した。あてもなくさまようつもりでいたが、本当は行き先がきまっていた。沙希は新宿署に足を運んだ。

階段を上り、エントランスを入ろうとしたとき、制服警官が声をかけてきた。ご用はなんでしょうか。言葉は丁寧だが油断のない目つきをしていた。平日に未成年者とおぼしき少女がたずねてきた。疑わしい目を向けるのも当然だろう。

沙希はいった。「舛城さんに会いにきたんですけど」

身内か、もしくは個人的な相談と思われたのか、用件はたずねられなかった。なかに入って受付に寄るよういわれた。指示どおりに受付に向かい、また同じことを伝える。

女性警察官は、ああ、と応じた。沙希のことを覚えている職員もいるらしい。一階の長椅子でまつよう指示された。

ほどなく舛城が姿を現した。「おはよう、いや、もう昼か。きてくれるとは思わなかったな。電話をくれれば迎えにいったのに」

「このあいだは悪かったかなと思って」沙希は腰を浮かせた。「事件はどうなったんですか」

舛城は意外そうな顔を向けてきた。「協力してくれるのか」

「お役に立てるかわからないけどね」

「嬉《うれ》しいよ」舛城は穏やかにたずねてきた。「どういう心境の変化だ？」

「さあね」沙希はつぶやいた。「でもやっぱり期待に応《こた》えられないかもしれない。もともとマジックを見破るなんて専門じゃないし、タネを応用した詐欺のからくりが、ぜんぶわかるわけじゃないし」

「いや。今回はそういう頼みじゃないんだ。マジシャンはマジックを演じるのが仕事だろ？」

沙希は不可解に思った。「演じるの？」

「そうだ」舛城がうなずいた。「実演を頼みたい。レクチャー・ノートどおりにな」

翌日、舛城は椎橋彬の父、谷岡隆二の団地を訪ねた。英美子のアパートを訪問したとき以上の、不毛な時間を過ごす破目になった。

谷岡の再婚相手は、派遣で訪問販売員をしている四十代の女で、舛城が訪ねたときには留守にしていた。谷岡は散らかった部屋のなかで、ひとり紙芝居を描くのに忙しかった。玄関先での応対からして愛想がなかったものの、その描きかけの紙芝居に話を向けると、ほんのいっときだけ上機嫌になった。

感想を口にするのは控えたが、へたくそな絵だった。物語もどこかの童話の請け売りで、まるで魅力が感じられない。ときどき幼稚園や老人ホームの慰問にいく、谷岡は自慢げにそう話していた。訪ねられたほうもさぞかし迷惑だろう。

なにより谷岡という男自体が精彩を欠いていた。中年を通り越し、初老のきざしが見えだした暗い顔つき、薄くなった頭髪。コソ泥のような上目づかい。ここまで人生をあきらめた雰囲気を漂わせる男も、ある意味めずらしかった。

谷岡はいまも無職のまま紙芝居職人を自称し、それを唯一の生業《なりわい》としていた。子供はつくらず、家庭の収入は妻に頼りきりだった。

とにかく谷岡は再婚していた。妻子を捨てた理由をたずねると、谷岡は義憤に駆られたようにまくしたてた。あいつらはすべてを奪った。あいつらは紙芝居の真髄を理解していない。いつも母子で結託して、自分を除《の》け者にしてきた。

事実がどうあれ、谷岡に被害妄想の気があることは明白だった。馬鹿にされるのが嫌いだと谷岡はいった。あるとき公園で、谷岡の紙芝居に野次を飛ばした男に憤り、自転車で追いまわしたことがある、谷岡は鼻息荒くそう語った。

極端に短気で、ほぼ引き籠《こ》もりで、独り善がりな性格の持ち主。彼の性格はつまるところ、我儘《わがまま》というひとことに集約される。

万引きGメンとして活躍している椎橋彬を知っているか。たずねるまでもなかった。谷岡の部屋にはテレビもパソコンもない。スマホの契約もなく、新聞も取っていないという。世間なんかに関心がない、谷岡は何度もそう吐き捨てた。だが真の理由は、室内を眺め渡せばあきらかだった。

四本の蛍光灯を取り付けるはずの照明器具に、一本しか装着されていない。冷蔵庫のコンセントは抜けていた。ペットボトルの飲料が洗濯機の水のなかに浸してあった。涙ぐましいばかりの節約の知恵は妻によるものだろうか。収入の少なさと、世捨て人のような生活が、現在の妻との仲を取り持つのか。人はいろいろだと舛城は思った。

息子に関して本気で知らないようすの谷岡に、舛城は現状を伝えるのをためらった。彬が金持ちになっていることを知ったら、この父親はどんな態度にでるだろう。谷岡は世間から孤立した存在だが、無欲には思えなかった。金に目のいろを変えないのは、単に手の届く範囲に金がないからだ。

好き勝手な趣味に明け暮れて、地に足のつかない連中を、舛城は何人も見てきた。金のにおいを嗅《か》ぎつけたことで人生が狂い、稚拙な詐欺や脅迫行為に走り、刑務所暮らしになった。人はそれぞれに相応な生活がある。よりよい暮らしを求めることが、明日への活力になる健全な人間もいれば、そんな欲求を抱いたばかりにかえって前途を失う輩《やから》もいる。谷岡に将来の展望は期待できない。

舛城が訪問の理由を明かさなかったからだろう、谷岡はいっそう不機嫌になった。帰れ、国家の犬、税金泥棒。谷岡はわめき散らした。

反論する気にもなれない。舛城は黙って部屋をあとにした。関わらずに済むなら幸いだ。彬も同じ心境なのだろう。父親に対しては援助の手を差し伸べていなかった。第三者の目から見れば、父も母も五十歩百歩だと思えるのだが。

結局のところ手がかりは英美子しかなかった。アパートの張りこみをつづける、それ以外に椎橋彬につながる道はない。

34

夕方から夜遅くまで、最低でも一日六時間は張りこみをする。舛城はそんな毎日をこなしていた。

どしゃ降りの雨でも休めない。午後五時近く、舛城はいつものように英美子のアパートに向かった。

路地の背後から赤色灯が迫ってきた。脇にどくと、救急車が泥を撥《は》ねあげながら通りすぎていった。

妙な胸騒ぎを覚える。舛城は足を速めた。この界隈《かいわい》には大勢の住人がいる。救急車の目的地が、舛城の行く手と一致する確率も低い。そのはずだった。

だが悪い予感は、徐々に現実へとかたちを変えていった。救急車は英美子のアパート前に停まっていた。すでに何人か野次馬がいる。

舛城は傘を放りだし、雨のなかを駆けていった。担架が持ちあげられ、ストレッチャーに載せられる。仰《あお》向《む》けになった人物はビニール製のシーツに、頭からつま先まですっぽりと覆われていた。

路地には缶が散乱していた。いずれもビールで、空き缶ではなく未開封だった。英美子の冷蔵庫のなかにあったのと同じ銘柄だった。それらが一面に散らばっている。老人がひとり、身をかがめて拾い集めている。拾得物を届けず持ち帰ったら窃盗罪か横領罪になる。だが舛城はそんなことに構っていられなかった。あわてて救急車に駆け寄った。

担架が救急車に運びこまれる寸前、舛城は救急隊員にたずねた。「椎橋英美子さんか」

手を休めるわけにはいかない、隊員が目でうったえてくる。担架を車内に搬入しながらたずねてきた。「身内のかたですか」

「新宿署の舛城。わけあってマークしていた人だと思う。なにがあったんだ？」

ふたりの隊員は顔を見合わせたが、ひとりが舛城に怒鳴った。「乗ってください。確認はなかで」

躊躇《ちゅうちょ》している暇などなかった。舛城は救急車のなかに乗りこんだ。後部のドアが閉まる。けたたましいサイレンの音とともに、救急車は走りだした。

あわただしい発進とは裏腹に、車内の隊員たちの動きは緩慢だった。隊員のひとりが無言で、英美子を覆うシーツをずらし、顔を露出させた。

椎橋彬の母の、眠ったような顔。口はわずかに開いていた。

「ご臨終です」隊員はいった。「駆けつけたときには、すでに息をひきとられていました。蘇生《そせい》もだめでした」

「死因は？」舛城はたずねた。

もうひとりの隊員が事務的な口調で応じた。「詳しいことは病院のほうにおたずねいただきたいんですが、いちおう頭蓋骨《ずがいこつ》骨折が要因になっているものと思われます」

「骨折？」舛城は遺体を眺めた。出血はなさそうだった。外傷が死因のわりには、英美子の死に顔は穏やかに見えた。「頭を殴られたとか？」

「いいえ。近所の人たちの話では、買い物帰りにアパートの前まできて、足を滑らせたらしいです。いきなり雨が降ってきたんで、あわてたらしいですね」

どんなに大勢の目撃者がいたところで、まずは事件を疑う、それが刑事だった。だが舛城はいま、そんな気になれなかった。わかりすぎるほどわかる。これは事故だ。だから隊員らも警察の臨場を求めず、搬送を選んだ。雨のなか放置できないという理由もあっただろうが。

むろん検視はある。英美子は闇金の取り立てに追われていた。別れた夫も無職のろくでなしときている。にもかかわらず変死とは思えない。殺人ではない。散乱したビールの缶、どしゃ降りの雨。戸口に駆けこもうとして転倒した。ありうることだ。

仮に夫や闇金業者による犯行だったとしても、酔った末の事故と、どれだけちがいがあるというのだろう。英美子がみずから招いた災難。自業自得。ほかに言いようがない。

刑事にあるまじき思考だ。事実は事実として追及せねばならない。けれどもいまは考えたくない。

反復されるサイレンの騒音のなかで、車内は揺れつづけた。ときおり突きあげるような縦揺れが襲い、舛城はバランスを崩しそうになった。隊員も手近なものにしがみついた。しかし英美子だけは別だった。担架はまるでゆりかごのようだった。

舛城はその顔を長いこと眺めていた。もう少し早く張りこみにきていれば、事故は防げたかもしれない。それでも永遠に防ぐことはできなかっただろう。いつかはこうなった。必然だった。なにかが変わらなければ、この母親が救われることはなかった。

知りうるかぎりの英美子の人生を振りかえった。年老いた両親を最期まで世話し、その家を継ぎ、結婚相手の谷岡隆二とともに暮らした。仕事もしないその夫と生まれた息子のため、毎晩あくせくと水商売で働いた。一家を支えつづけた。いっぽうで、方々の木を盗んでは庭に植えかえていた。自分を棚に上げ、夫のふがいなさに愛想をつかし離婚した。同時期、窃盗罪で逮捕された。腹を痛めて産んだ唯一の息子は家出していった。息子は歳を偽り、経歴を偽って就職し、母親同様に窃盗に手を染めていた。息子から仕送りされる金を、事情を察しつつも、ただ浪費し日々を暮らした。闇金業者から脅しを受けても、浪費癖は治らなかった。一日じゅう部屋にこもってビールを飲む。そんな生活だった。

　そしてきょう、不慮の事故で命を失った。家族の誰の目にも触れず息をひきとり、赤の他人にすぎない舛城が付き添った。

　それが椎橋彬の母、英美子の人生のすべてだった。

35

　椎橋彬は盛岡市内のマンションで、引き籠《こ》もりの生活をつづけていた。昼間からネットゲームに興じ、動画配信を観て、漫画を読み、疲れたら寝る。食事は出前館のデリバリーだった。

　スマホはもう持っていない。ＧＰＳ位置情報の発信機能がなくとも、基地局が割れるだけで危険だ。その点パソコンのネット接続は、肝心な場合Ｔｏｒ《トーア》とＶＰＮを組み合わせ、リモートホストの発覚を防げる。通信が遅くなるため、ネットゲームのプレイ中や趣味のサイトの閲覧時は、それら匿名化ツールを解除していた。

働かなくても金は充分にある。地方だけに家賃も安い。このペースならまだ何年も、自堕落な生活に身を委ねられる。

なにかをしようという気にはならない。よく働いた。世知辛い社会との競争に勝った。いまは勝利の余韻に浸っていればいい。ゲームを続行すれば、いずれ負けるときがくる。それが致命的なものであったら、取りかえしがつかなくなる。

女も作らなかった。しばらくは要らない。エミリに受けたダメージは大きかった。あれだけの金を貢いで、ろくな見返りもないまま、東京を離れざるをえなかった。もう連絡もとっていない。

いきなりチャイムが鳴り、彼女が盛岡のマンションを訪ねてくる。探したわよ、涙ぐんだ目でそううったえる。そんな妄想が頭をちらつく。

椎橋は不機嫌になった。いまさら妄想だと。夢を現実にしたのに、どうして悪癖が治らない。女などその気になれば何人でも買える。いつでも振り向かせられる。

パソコンに新たなウィンドウが開いた。キーワードを含むニュースを検出しました。そうあった。

表示を切り替えにかかる。あらかじめ椎橋が登録したキーワードと一致する新着記事があるようだ。キーワードは椎橋彬、椎橋コナン、ネオス警備保障杉並営業所、アミクレア銀座店など。自分に関係の深い固有名詞ばかりだった。いずれかがニュースに載ったとすれば、なんらかの迅速な対応を迫られる。

画面に記事が表示された。

ゲリラ豪雨で死傷者　東京

発達した前線の影響で、きょう午後五時ごろから南関東一帯で大雨となり、気象台によると、東京では一時間に百十九ミリの雨量を記録、降り始めから午後八時までの三時間では二百四十五ミリの大雨となった。この大雨で、江東区に住む椎橋英美子さん（50）が自宅アパート前の玄関付近で足を滑らせ、頭を打って死亡したほか、各地で転倒事故などにより六人が軽傷を負った。江東区や江戸川区、豊島《とし》区などで床上浸水三十六棟、床下浸水六十九棟などの被害がでた。

椎橋彬は茫然《ぼうぜん》と表示を眺めた。

読み終えてもまだ状況を把握できない。隙間風が吹きこんだかのように寒気が襲う。全身が凍りつつあった。

母の名だ。椎橋はぼんやりと思った。たしかに母の名もキーワードに登録してあった。だからアラームが鳴った。

氏名、年齢。江東区、アパート。すべて合致する。椎橋はただ画面を眺めていた。足を滑らせ、頭を打って死亡。一行にも満たないそのわずかな文面で、ひとつの大きなことが告げられていた。いや、多くの人々にとっては、なんら意味のないことなのだろう。母に、親戚《しんせき》らしい親戚はいなかった。叔父《おじ》の筑波とも縁切り同然だった。むろん父の谷岡隆二とは、いっさい関わりを持っていなかった。

谷岡に思いが及ぶに至り、一瞬は殺人を疑った。だがすぐに否定した。あの男にそんな肝っ玉はない。卑屈なだけの引き籠《こ》もり男。そんな谷岡と結婚し、離婚した母。孤独なその人生が、ひっそりと幕を閉じた。そういうことだろうか。足を滑らせた。頭を打った。一瞬のことだったのか。それとも長く痛みをひきずり、苦しんだだろうか。脳裏にはなにが浮かんだだろう。息子のことを思い浮かべただろうか。

パソコンのマウスをつかんだ。自分がなにを考えているかわからないまま、手だけが操作する。ブックマークに登録してある、いつも徘徊《はいかい》するサイトを、順に眺めていく。マジック関連のサイト、店舗経営者のためのサイト、ネオス警備保障のサイト。意味はない。そんなことはわかっている。ただそうするしかなかった。外にでても意味はない。この場でできることといえば、パソコンをいじるぐらいしかない。無意味で不毛な行為と知りつつも、なにもしないよりはましだった。

母が死んだ。事実なのか。いや、事実なのだろう。遺体はいまどこにあるのか。病院か、それとも警察署か。そんなところへは出向けない。

狼狽《ろうばい》のなか、椎橋はひたすらマウスだけをこねくりまわしていた。ふと椎橋の手は止まった。表示に注意を喚起されたからだった。

馴染《なじ》みの掲示板だった。アマチュア・マジシャンのための交流用。そこの最新の書きこみに、見慣れない訪問者の名があった。

ご冥福《めいふく》をお祈りします　　投稿者　D

ミカさんへ
お母さんはとても気の毒だった。

いろいろ煩雑な手続きについては、こちらでもできるかぎりのことはしておきたいと思う。

なにか話したいことがあれば、下のURLをクリックして対話に来てほしい。

待っている。

椎橋は目を疑った。濃霧が急に晴れ、ふいに見慣れない景色に躍りでたかのようだった。

ミカというハンドルネームを使っているのは自分だけだ。マジック好きの初心者、女子高生という設定だった。

誰がそのことを知りえたというのだろう。Dというのは何者なのか。それともすべては単なる偶然か、勘ちがいか。

しばしモニターを眺めた。何者かが自分を名指しし、対話を申しこんでいる。相手はすべてを把握しているのか。あるいはカマをかけているだけか。

URLをクリックする前に、VPNでアクセスし直した。データが暗号化され、リモートホストなどの接続情報が伝わらなくなる。

カーソルを指定されたURLに合わせクリックした。画面が切り替わる。

横線が等間隔に並んでいる。なんと、古式ゆかしいテキストのチャットだ。画面の下方にはグーグルやヤフーへのリンクバナーがある。フリー提供のレンタルサービスだった。いまどきこんな黴《かび》くさいコミュニケーションツールを使うとは、Dは中高年か。

椎橋は「チャットに入室する」の項目をクリックした。ハンドルネームの入力欄が現れる。ミカ、そう書きこんでエンターキーを叩《たた》いた。

ミカさんが入室されました。

ミカ〉

文章の入力欄が現れる。発言を求められている。だが、意味がない。相手は誰もいない。チャットの参加者は椎橋ひとりだけだ。

苛立《いらだ》ちがこみあげてくる。椎橋は入力欄に文字を打ちこんだ。

ミカ〉意味不明の書きこみを見たので来たけど、どういうことですか？

これでいい。たしかなことは判らない。とぼけて情報を引きださねばならない。

しばらくまったが、チャットの相手は現れなかった。当然、返答もない。

嫌気がさしてくる。椎橋はなにより、焦《じ》らされるのが嫌いだった。こちらの動向を見守る視線を感じる。気のせいだろう。パソコンのライブカメラは念のため、シールでレンズを塞《ふさ》いである。

うんざりしてウィンドウを閉じようとした。その瞬間、ピッという鋭い電子音とともに新しい表示が現れた。


Dさんが入室されました。

D〉

現れた。いったい何者だ。なにを意図している。

椎橋のチャットへの入室後、数分と経たないうちに入室してきたということは、Dはずっと椎橋がくるのを待ち構えていたのだろう。常時接続のパソコンの前に待機していたにちがいない。チャットへの接続を感知したら、アラームが鳴る設定だったかもしれない。やはり椎橋との対話のためだけに設けたチャットにちがいない。

Dは入室したものの、なにも発言しない。リロードをしても、Dの発言欄は空欄のままだった。

椎橋は苛立って質問を繰りかえした。

ミカ〉これはなんの冗談ですか？　説明してください。

またしばらく時間が過ぎた。ミカの発言は読んでいるだろうに、Dの返答は現れなかった。

沈黙したままこちらを揺さぶる気か。椎橋が歯ぎしりしたとき、表示がでた。

D〉発達した前線の影響で、きょう午後五時ごろから南関東一帯で大雨となり、気象台によると、東京では一時間に百十九ミリの雨量を記録、降り始めから午後八時までの三時間では二百四十五ミリの大雨となった。この大雨で、江東区に住む椎橋英美子さん（50）が自宅アパート前の玄関付近で足を滑らせ、頭を打って死亡したほか、各地で転倒事故などにより六人が軽傷を負った。江東区や江戸川区、豊島区などで床上浸水三十六棟、床下浸水六十九棟などの被害がでた。

「おい！」椎橋は思わず声をあげた。「なんだよこれは」

さっき見たニュース記事のままだった。新聞社のサイトからコピペしただけだ。

渦巻く感情は憤怒《ふんぬ》だけではない。激しい動揺を覚えた。このDなる人物は、やはり椎橋の正体に気づいている。カマ掛けかもしれないが、少なくとも真実に極めて近いところまで到達している。
眩暈《めまい》をこらえながら、椎橋は返答を打ちこんだ。

ミカ〉この記事はどういう意味ですか？

今度のDの返答は早かった。

D〉救急隊員が駆けつけたときには、きみのお母さんはすでに亡くなっていた。ほとんど即死だったようだ。痛みも苦しみも感じなかっただろう。
震えがとまらない。指先までもが、かじかむように感覚を失っている。すべてを見透かしているかのようだった。さっきまで想像もつかなかった対話がある。見ず知らずの人物に、心を開くことを強要されている。椎橋は質問を打ちこんだ。

ミカ〉あなたは誰ですか？

返答をまつ時間がとてつもなく長い。キーボードに這《は》わせた指先に汗が滲《にじ》む。

Dからの返答があった。

D〉お母さんの死に顔は安らかだった。いまは霊安室で静かに眠っている。

はぐらかす気か。椎橋は怒りを覚えた。

ミカ〉聞かれていることに答えろよ。誰なんだお前は！

またかなりの時間が過ぎた。椎橋はじっと答えをまった。忍耐が限界に達しそうになったとき、返事はきた。

D〉わかってるだろう？　アミクレアの銀座店で一度だけ会った男だよ。

椎橋は深く長いため息を漏らした。

やはりあの刑事か。舛城。パームだとかトピットだとか、マジックの用語にも詳しかった。椎橋の犯行に気づいた唯一の人間。警備長の座から椎橋を蹴落《けお》とし、この盛岡に追いやった男。母親のアパートも訪ねたときいた。

奇妙な興奮があった。再会の喜びと闘争心が激しく渦を巻く。椎橋は発言欄に打ちこんだ。

ミカ〉舛城さんか。Dってのは何の略？

D〉ディテクティヴのDさ。刑事って意味だ。

ミカ〉洒落《しやれ》てるね、刑事Dさん。

つづけざまに対話するうちに、椎橋のなかに冷静な思考がよみがえってきた。動揺など、しばらく脇に置いておけ。いまは全力でこの刑事との知恵の戦いに打ち勝たねばならない。隙を見せるわけにはいかない。

D〉救急車で病院に運ばれるお母さんに付き添ったぞ。幸せそうな顔だった。

すかさず椎橋は返信した。

ミカ〉嘘つけ。

D〉嘘なものか。お母さんのアパートには何度も行った。お母さんとも話したぞ。毎月、五十万前後も仕送りしてるんだってな。金の出所はともかく、心意気だけは感心した。

あの男なら母の居場所を捜しだすぐらい、造作もなかっただろう。いかにも執念深そうな顔つきだった。というより捜査となれば、母や父のもとを訪ねるぐらいしか手はあるまい。

父。ふと浮かんだ不快な存在。椎橋はひどく気になった。

状況は自分に有利だ、防衛一辺倒でなくとも、少しぐらいは質問してもいいだろう。椎橋のなかにそんな考えが浮かんだ。

ミカ〉父とは会ったのか？

Dの返事は早かった。

D〉会ったよ。きみには悪いが、最低の男だった。

椎橋の指先は、ごく自然に反応していた。

ミカ〉そうだろう。最低だ。最悪だった。

D〉お父さんはきみのことを知りもしなかったし、会いたいとも思ってなかったようだ。

ミカ〉結構。こっちから願い下げだ。

椎橋はしばらく手を休めて、パソコンの画面を眺めた。本音で語りあう対話。心のなかにあるものをそのまま曝《さら》けだす自分自身。ひさしぶりに、自分がここにいると感じる。

嘘や偽りが生きるすべとなり、糧となり、証《あかし》となり、やがてすべてを蝕《むしば》んだ。まちがっていたとは思いたくない。だがまっすぐだったとも思えない。そんな生き方のなかでは、自分を歪《ゆが》めたうえでの出会いでしかなかった。率直に語りあえる人間など、ひとりもいなかった。

だがここには真実の対話がある。

D〉金を送っていたのは立派だが、お母さんはきみの犯行にも気づいていたんだろう。胸を痛めていたようだったぞ。

ききたくない話だった。椎橋は否定した。

ミカ〉そんなわけはない。僕のやってきたことを母が知るわけがない。

D〉そうでもない。覚えてないかもしれないが、きみはあのお母さんから生まれたんだぞ。毎月五十万も得ていたのに、闇金に返済もせず、飲んだくれてばかりいた。お母さんが人生をもうどうにもならないと考えていたのはあきらかだ。

冷静さは、ふたたび椎橋から遠ざかっていった。脈拍が加速していき、鼓動が響いてくるようだった。

Dがつづけざまに発言してきた。

D〉泥酔した上での事故だったが、自殺も同然だった。きみが殺したようなものじゃないか。

椎橋は息苦しくなって、激しくむせた。呼吸することさえ忘れていた。吐き気がこみあげる。苦しみ喘《あえ》ぐ自分の呻《うめ》きを耳にした。

落ち着け。何度となく理性にそう命じても、本能が受けつけようとしなかった。意識が遠のきそうだった。視界が揺らいでいる。涙が滲んできた。悲しみのせいか、苦しみのせいかはわからない。

ピッという音とともに、Dの発言がつづいた。

D〉お葬式はどうする？

行けるわけがない。情に訴えられ、のこのこ出頭するほど馬鹿ではない。椎橋は顔をそむけた。

う。

　だがさらに電子音が響いた。表示が気になって、どうしても画面に目を向けてしまう。

D〉東北新幹線なら夜遅くまで運行しているはずだろ。まだ間に合うかもしれない。

　一瞬、前後不覚に陥った。行くつもりはない。しかし行きたい。そういう衝動はある。それゆえに、たしかめたいという気持ちが生じる。行かないことを前提になら、たずねてもいいだろう、椎橋の鈍化した理性がそう判断を下した。

ミカ〉二時間と十何分もかかるのに、まだ新幹線があるのか。

　次のDの返答までは間があった。なぜか悪魔的な沈黙のように椎橋には思えた。そして、その勘は当たっていた。

D〉やはり東北だったか。二時間と十何分ということは盛岡だな。

しまった。椎橋は慄然《りつぜん》とした。あの刑事にしてやられた。やはりすべてはカマ掛けだった。いまごろ気づいてももう遅い。いや最初からわかっていた。それなのに、油断が生じた。たちまち追い詰められてしまった。
激しく酔ったときのように現実感がない。自分の行動さえ制御できる気がしない。焦燥だけが全身を支配する。そんな境地のなか、椎橋はキーボードの上に指を走らせた。思いつくままをメッセージにして送信した。

ミカ〉頼むから、見逃してほしい。今後はいっさい犯罪は起こさないと誓う。いままでのぶんをチャラにしてくれないか。母の口座に残った金は失ってもかまわないから。

踏み越えてはいけない一線を越えている。そういう自覚はあった。だがやめられなかった。手をとめることはできない。思いのままを告白し、一縷《いちる》の望みにすべてを託したい、そう望んでいる自分がいた。
ところが、舛城の返答は冷やかだった。

D〉それはできない。罪を悔いる気持ちがあるのなら、潔く出頭しろ。

椎橋は愕然《がくぜん》とせざるをえなかった。

やはり大人は裏切り者だ。情があるふりをして、歩み寄る素振りだけ見せては、その手を払いのけ沼のなかに突き落とす。そして嘲笑《あざわら》う。大人だけが暴利をむさぼる社会を形成しようとする。なぜこんな歪んだ心を持ちうるのだろう。大人もかつては子供だったはずだ。同じように虐げられた経験ぐらいあるだろうに。

怒りとともに、椎橋は猛然と返信を打った。

ミカ〉母の死をダシにして僕から情報を引きだそうなんて、なんて汚いんだ。お前は父以上の最低人間だ。誰が出頭などするもんか。誰が万引きをやめるものか。これからもどんどん店の物が消えてくぜ。商売にならずにどんどん潰《つぶ》れて、最後の一軒になっても、まだ商品が消えてくぜ。無能で愚鈍な警察なんかになにができる。お前が母のところにいったから、母が僕を疑い始めたんだ。お前が母を殺したも同然なんだ。これからも、どこからでも、なんでも盗んでやる。交番から拳銃《けんじゅう》盗みだして復讐《ふくしゅう》してやる。覚悟しとけ！

椎橋はエンターキーを叩《たた》いた直後、すぐにグーグルへのリンクをクリックして、検索窓に〝ホテル〟と打ちこんだ。

逃亡先をきめねばならない。いまから移動可能で、宿泊できるホテルを探す。ただしこのネットを用いて予約をいれるのは危険すぎる。情報だけ確認したら、直接ホテルに向かったほうがいい。

交通機関も検索した。夜行バスは全国あちこちへでていた。目を閉じて無作為に指さし、新潟を選ぶ。宿泊サイトのほうも検索する。新潟駅近く、市内の万代《ばんだい》というところにあるビジネスホテルがよさそうだ。空港へのアクセスもよく、突然の宿泊が怪しまれない。

ほとんど思いつきで逃亡先をきめる、これほど安全な方法はない。でたらめに選んだ目的地を、他人が割りだすことなど不可能だ。事実この盛岡も、つい先ほどまでは安住の地だったではないか。

もうここにはいられない。退去だ。室内を見渡した。インテリアといえるものはない。テレビ、パソコン、ブルーレイレコーダー、山積みになった漫画本にベッド。それらが椎橋の生活のすべてだった。

いつでも部屋を放棄できるよう、常に心がけてきた。にもかかわらず後ろ髪を引かれる。また逃亡生活か。

スポーツバッグに有り金をいっぱいに詰めこみ、椎橋は部屋をでた。

夜の繁華街、賑《にぎ》わう官庁街。椎橋は人混みを縫うように走った。盛岡駅をめざし駆けていった。この地は追われた。まさに焼けだされたも同然だ。しかしまだチャンスはある。

社会など認めない。認められるものではない。理由は単純かつ明瞭《めいりょう》だった。社会が自分を認めなかったからだ。互いに相容《あいい》れない関係。ならば争うしかない。

36

盛岡発、新潟行きの夜行バスに揺られながら、椎橋は一睡もできずにいた。

なにをもって自分は、すべてが思いどおりにいくと考えているのだろう。

つまるところそれは経験による予測でしかない。過去、窮地にほかならない状況に立たされたこともあった。まず逃れられない、そんな修羅場をかいくぐってきた。自分はなにかに守られている。どんな無茶をしようとすべてを失うことはない、漠然とだが、そういう思いに支えられている。それが勇気と自信につながった。

だが時間とともに、そんな自信も揺らぎつつある。

すべてのマジックにタネがある。百も承知だ。そう考える自分が、奇跡をたやすく信じていいものか。迷信めいたものを心の拠《よ》りどころにしていいのか。

非常識が常識になる生き方をしてきた。だからまともな判断がつかない。だがいまになって、自分を守ってきたものは、結局のところこの国の常識なのではないか、そんなふうに思えてきた。未成年者。真っ先に貼りつけられるレッテル。大人でなく子供とみなす世間の常識。それが疑われることを遅らせ、すべての犯罪の発覚を遅らせ、捜査の初動を遅らせる。追跡を鈍らせる。

世の普遍的な常識から外れ、未成年の知能犯になった。ゆえにいつまでも捕まらない。逃げつづけねばならない。

まだ充分な金がある、やり方しだいでどうとでもなる。そう考える自分がいる。一方で、なにも根拠がない、単なる綱渡りだとささやく声もきこえる。

十五のころは罪悪を感じようにも、なにが正しくてなにが悪いのか、まだわからなかった。悩まずに済んでいた。いまはちがう。心が絶えず揺れ動く。それだけ世間を知った。成長したのだろうか。

いや。成長のはずがない。大人になるなど、単に臆病者《おくびょう》と化し、挑戦を放棄することでしかない。すなわち社会への敗北宣言だった。冗談ではない。そうはならない。迎合などまっぴらだ。

窓の外に空が蒼《あお》く輝いている。もう夜が明け始めていた。延々と続く山道を抜け、バスは市街地に入った。

「新潟です」自動音声が静かに告げた。「ご利用いただきありがとうございました。お忘れ物ないようお降りください」

乗客は椎橋のほか、数えるていどの大人がいるだけだった。誰もが眠りこけている。停車後すぐに車外に飛びだそうと身構えているのは、自分だけのようだ。

駅のロータリーでバスは停まった。椎橋はスポーツバッグを肩にかけ、車外に降りた。

ひんやりとした空気が包む。岩手よりずっと肌寒かった。早朝の新潟駅周辺は閑散としている。

ビジネスホテルの所在地は、ネットの地図をひと目見て頭に入っている。ここから三百メートルほどだ。

見知らぬ土地。やがて生活の拠点となるのだろう。いずれマンションかアパートを探さねばならない。

歩きだそうとしたとき、ふいに足がすくんだ。周囲に異様な影がうごめいている。そのことをようやく悟った。

直後、眩《まばゆ》いばかりの光が浴びせかけられた。ロータリーには赤色灯が浮かびあがっている。ヘッドライトを点灯しているのは一台や二台ではない。

群衆のシルエットがおぼろに見てとれる。制服警官だとわかる。

「椎橋君」男の声がした。

身の毛もよだつ思いだった。かなりの月日が過ぎていても、その声は椎橋の脳裏に刻みこまれていた。

舛城……。

コートを羽織った私服の影が、つかつかと歩み寄ってくる。

悪夢だ。どうしてこの男がここにいる。けっして行き先を悟られるはずがないのに。

ただちに身を翻し、椎橋は暗がりへと駆けだした。

「止まれ」拡声器を通じた警官の声が飛ぶ。「止まりなさい」

走りながら脳がめまぐるしく回転しだした。どう逃げおおせるかより先に、なぜ警察が自分の行き先を特定できたか、その答えが頭に浮かんだ。

わかってしまえば簡単なことだ。あのチャットはフリーレンタルに見せかけてあったにすぎない。元のページからHTMLをコピーし、CGIでプログラムを組んだ、ダミーのサイトだった。その下に表示されているリンクなど、信じられるはずもない。

だが急いでいたせいで慎重さを欠いた。欄外に表示されていたグーグルのロゴ。フリーの掲示板やチャットによく見られる、検索サイトへのリンクバナー。そこに警戒心は働かなかった。クリックして表示されたのが、いつものグーグルのトップページだと信じて疑わなかった。URLの確認も怠った。

あれもダミーだった。警察に情報が筒抜けになるCGIを通じ、グーグルの検索結果を表示する仕組みだろう。以降のブラウザに映ったものは、すべて遠隔モニターされていた。なのに気づきもせず、深夜バスとホテルを検索してしまった。目的地は連中の知るところとなった。

こんなやり方が許されるのか。たしか警察は、容疑者のクルマにこっそりGPS発信機を取り付けたのを、違法捜査と見なされたはずだ。フィッシング詐欺も同然のサイトで追跡するなど、まったく道理に反する。

しかしおそらく警察は認めないだろう。盛岡の部屋に残してきたパソコンは、警察に押収される。椎橋が異議を申し立てようとも、証拠は握りつぶされる。汚い大人たちだ。だから嫌いだ。捕まりたくない。きれいごとの説教などききたくもない。

ぜいぜいという呼吸音が、みずからが発しているものだと気づく。どうすればいい。どこへ逃れられる。

そう思ったとき、軽のワンボックスカーが目に入った。ロータリーの隅に停車中だった。キャンピングカー仕様らしい。側面のスライドドアが開き、痩身《そうしん》の女が降りてくる。レザージャンパーにデニムスカートという軽装だった。警察関係者のはずがない。

椎橋は反射的にスポーツバッグをまさぐった。ナイフそっくりの道具を取りだす。女に駆け寄った。

暗がりのなか、女が驚いたような目を向けたのがわかる。意外にもまだ十代半ばの少女だった。小顔に大きな瞳《ひとみ》が見開かれている。エミリが重なって見えた。

ためらいが生じたものの、ほかに方法がなかった。椎橋は距離を詰めると、少女に刃を突きつけた。少女は恐怖のいろを浮かべると思いきや、ただ表情を凍りつかせている。突然のことに悲鳴ひとつあげられないのだろう。椎橋は警察に見えるよう、少女を羽交い締めにしたうえで、刃の先を少女の胸にあててみせた。

それでも弱腰な自分がのぞく。椎橋は少女にささやいた。「ごめん。いまだけ協力してくれないか。お礼はする。じっとしててくれ」

「おい！」拡声器の声が怒鳴った。「その女の子を放しなさい。馬鹿な真似はよせ」

椎橋は少女の耳もとにたずねた。「車内にはほかに誰かいる？」

意外なことに抵抗はなかった。少女の声は落ち着いていた。「わたしひとり」

「ほんと？　運転できる歳じゃないだろ」

「キーなら持ってる」

赤色灯が波打ちながら徐々に近づいてくる。包囲を狭める気らしい。椎橋は少女に告げた。「ステップをあがって、なかに入ってくれないか」

少女はいわれたとおりにした。椎橋もキャビンに乗りこむと、スライドドアを閉めた。

フラットな床にフロアマットの柔らかさを感じる。車内にふたりきりになった。天井は低く、座りこまざるをえない。とたんに少女が動こうとした。椎橋はあわてて刃をかざした。

すると少女がきいた。「明かり、点《つ》けていい？」

「だめだよ」

「窓にはカーテン引いてあるからさ。外からは見えないよ」

「それでもだめだ」椎橋は言い慣れない脅しを口にした。「怪我したくなければじっとしてろ」

「怪我って？」少女のため息がきこえた。「それ三百六十円のマジックナイフでしょ。刺すふりをしたら、刃が柄《つか》のなかに引っこむやつ。プラスチック製だし、果物ひとつ切れないじゃん」

椎橋は面食らった。「知ってるのか、これ」

ふいに明るくなった。少女が照明のスイッチをいれたらしい。椎橋はあわてた。

キャンピングカーのキャビンは案外広かった。カプセルホテルのベッドより余裕があるほどだ。とはいえ周りは雑然と物であふれかえっている。キャンプ用品かと思ったが、一見してちがうとわかった。

あまりに目に馴染《なじ》んだそれらの品々に、椎橋は息を呑《の》んだ。奇術用品。それも実家や都内のマンションに置き去りにしてきた物ばかりだった。衣類や解約済みのスマホもある。

なかでも目をひいたのがラジカセだった。スピーカーがひとつしかない安物。椎橋がかつて購入した機種と同一だった。手にとっていじってみる。覚えのある傷や汚れを確認したとき、椎橋は言葉を失った。やはり自分の物だ。電池も入っていた。操作方法は記憶している。ラジオをオンにした。陽気な音楽が流れだした。

椎橋は茫然《ぼうぜん》と少女を眺めた。少女も脚を崩して座りながら、無言で見かえしている。童顔だが澄ました態度は大人っぽく、やはりエミリを連想させる。可愛げがあるが小憎らしくもある。こんなときだというのに、少女と会えたのを幸運と感じた。人生最後の話し相手なら、こんな子がいい。神様は先んじて願いを叶《かな》えてくれたのだろうか。

だがどうにもわからないのは、車内を満たす椎橋の私物だった。

ラジカセの音楽を切った。静寂が戻った。椎橋は少女にたずねた。「きみは誰だ」

「里見沙希」少女が応じた。「知らない？」

「知らない」

「ひところワイドショーにでてたんだけど。FISMにも出場したし」

マジシャンの国際大会か。椎橋はいった。「すごいじゃないか。ほんとに？」

「ええ。演技の途中でミスして失格」

そうだろう。入賞していれば、少なくともネットニュースで目にしたはずだった。都合のいい妄想がひろがる。この少女は椎橋彬の大ファンで、警察の捜査をキャンピングカーで追いまわし、椎橋の私物を掻《か》き集めた。いまは椎橋を救うため急行した。こんな可愛い子と一緒に逃亡するなら悪くない、そう思えてくる。

ところが沙希は見透かしたようにいった。「あいにく、あなたを逃がすためにきたんじゃないの」

勘が鋭い。椎橋はきいた。「じゃあ、これはいったいなんだ？」

「わたしから舛城さんにお願いした。同行させてほしい、証拠品も積んできてって。警察車両じゃ無理だからって、レンタカーを手配してくれた。女性警察官が運転したの」

「舛城さんだって？」椎橋はマジックナイフを放りだした。持っているのが馬鹿らしい。スポーツバッグもようやく肩から下ろした。「なんてこった。警察の撒《ま》いた餌だったんだな」

「それ、侮辱と受けとっていい？」

「事実だろ。僕は捕まったも同然だ」

「そう思うんなら外を見てよ」

椎橋はカーテンの隙間から車外を覗《のぞ》いた。予想に反し、赤色灯は近づいてこない。警官らも遠巻きに見守っている。完全包囲とはいいがたかった。キャンピングカーを発進させれば、容易に逃亡できそうだ。

沙希がつぶやいた。「あなたを捕まえるまでは関わるなっていわれた。離れた場所で待機しろ、このクルマからも降りるなって」

「でもきみは指示に従わなかったのか」

「ええ。あなたがこっちに逃げてくるのはわかってたし」

ますます理解できない。椎橋はたずねた。「きみの狙いはなんだ」

「わたしも親を失ったの。あなたのことは舛城さんからきいた。似てるとこがあると思う」

「ああ」椎橋は失望とともに脚を投げだした。「説得役を仰せつかったのか」

「ちがう。警察が未成年にそんな役割を託すと思う?」

「思わない。じゃきみは志願したんだな。というより、強引にそうした。きみの勇み足に、舛城さんもやれやれと思いながら見守ってる。そういう状況だ」

「容疑者が人質をとってるのに変わりはないから、もうちょっと緊迫してるとは思うけど」

制服警官らは殺気立っているだろう。けれども舛城が押し留《とど》めているらしい。人質になったというのに、なぜ沙希は不安がるようすを見せないのだろう。

椎橋ははっとした。「隠しマイクを仕掛けてるな」

「よしてよ」沙希は表情を変えなかった。「マイクもカメラもない。なんなら探す？あらゆる機種を知ってるでしょ」

「きみについてはなにも知らない。打ち解けられるはずもない」

「あなたと同じマジック依存症。親の愛を充分に受けられなかったせいで、早く大人と対等になりたいと願った。本当はまだ幼児性をひきずってる。世の大人たちに親の代行を求めては、情愛を向けられず裏切られた気になる。唯一頼れるのはマジック。手っ取り早くすごいと思われるから。大人たちが感心してくれる延長に、わが子のように思ってくれないかと、淡い期待を寄せてる。無理なのはわかってるのに抜けだせない。自分の能力はどうせまやかしだってあきらめもある」

脳が揺さぶられたような気がした。椎橋は啞然《あぜん》として沙希を見つめた。的確な要約だと椎橋は思った。自覚していなかったことを含め、沙希の発言こそ、椎橋の人生すべてに思えた。

椎橋は小声で問いかけた。「きみもか」

沙希がうなずいた。「ずっとわかってたんだけどね。学校の先生にしろ、バイト先の上司にしろ、親みたいに自分をかまってくれるなんて、期待するだけ無駄。当たり前だよね。その人には本物の家族がいるんだし」

共感できると椎橋は思った。「やっぱりマジックじゃ変えられないのか」

「相手との距離が縮まるようで、自分はタネって秘密を抱えるわけだから、当たり前だけど壁ができるよね。孤独になっちゃうんだと思う」

「ほかの特技だったらな」

「わたしもそう思った」沙希の反応は、にわかに十代の少女らしさを帯びた。「楽器やダンスやスポーツなら、その道で大成できるでしょ。地位を築いてお金を稼げば、親も見直してくれるし、世間も見かえせるし、心の平安が訪れるんじゃないかって」

「マジシャンじゃ演芸場の色物がいいところだからな。たとえＦＩＳＭで優勝したって誰も知らない」

「簡単に人を感心させるすべを学んじゃったから、いまさらほかの道を努力する気にもなれない。麻薬みたいなもんだよね。やめたいのに抜けだせない」

椎橋は思わず苦笑した。こんなときなのに笑えた。「そう深刻に考えるなよ。しょせん手品だ。人をびっくりさせて、喜んでもらえりゃ本望。それだけだ」

「そう。だけどそれ以上を相手に求めちゃうから、辛《つら》いんだよね」

「ああ」椎橋はつぶやいた。「辛いな」

沈黙がひろがった。車外から拡声器のくぐもった声が響いてくる。なにを喋《しゃべ》っているかは判然としない。おそらく投降を呼びかけているのだろう。

だがいまという時間は貴重に感じられた。もう少し沙希と話していたい。

椎橋はきいた。「どうすればいいと思う？　俺たちみたいな人種は、どうなれば心に平安が訪れるかな」

沙希はうつむいていた。「わからない。わかってりゃ苦労しない。あなたもそうでしょ」

「そうだな」

「だけど」沙希が顔をあげた。「詐欺でお金を稼ぐのはまちがってる」

ため息が漏れた。やはりそんな言いぐさになるのか。椎橋は天井を仰いだ。「きみは何歳？」

「十六」

「僕はもうすぐ二十歳だ。きみよりは世のなかの酸いも甘いも知ってる。いまのところ未成年だから、警察も全力で確保に向かってこない。この状況が証明してる。キャンピングカーを発進させれば、逃げおおせる自信がある」

「パトカーが追いかけてくると思うけど」

「煙《けむ》に巻くよ。必要な物だけ持って、クルマは乗り捨てる。一緒に来るか？　僕との暮らしなら贅沢《ぜいたく》は保証するよ」

問いかけるだけ無駄だと椎橋は思った。沙希には舛城の息がかかっている。あくまで一線は譲ろうとしないだろう。

自分と思いを等しくする存在に初めて会った。しかも沙希は魅力的な少女だった。ここで別れてしまうのは惜しい。とはいえ警察の代理人による説得に、耳を傾けるつもりはない。改心を強要してくるのなら、関係もこれまでだった。

すると沙希は、胸もとからペンダントをひっぱりだした。驚いたことにクルマのキーがさがっていた。ドライバーでもないのにキーを身につけている。

沙希が見つめてきた。「ここから逃げる？」

どうとらえるべきだろう。混迷のなかで椎橋はきいた。「本気か？」

「あなたが最後までそういう判断なら、それも悪くないって思う。警察は好きじゃないし」

「舛城さんは嫌いじゃないんだろ？」

否定する素振りはなかった。沙希はジャケットを脱ぎ、半袖《はんそで》のTシャツ姿になった。

「賭《か》けようよ」

「なにを?」

「マジックで勝負。あなたが勝ったらこのキーをあげる。でもあなたが負けたら、ふたりでクルマを降りる」

耳を疑うような提案だった。椎橋はたずねた。「僕が勝ったら、一緒にきてくれるか?」

「あなたがそう望むなら」

「どんな勝負か知らないが、カードやコインなら、たぶん拮抗《きっこう》するだけじゃないか。きみにも相応の知識があるだろうし」

「そう。だから、あなたの部屋にあった物だけを使う。ふつう手品には用いない物を」

沙希がわきから取りあげたのは、まだ封を切っていないカセットテープ三本だった。ケースにおさまったうえ、ビニールの包装がなされている。三本ともTDKの六十分録音用だった。

買った記憶がある。ラジカセと一緒に、ディスカウントショップで購入した未使用品だった。

それらを床に並べ、沙希がいった。「カセットのうち一本だけ、いまからラジカセでラジオ番組を録音する。巻き戻したうえで、わたしがほかの二本と交ぜる。どれが録音されたテープか、あなたが当てて」

「なるほど、カセットを使ったスリーカード・モンテか。カードじゃいろんなテクニックがあるけど、互いに知り尽くしてる。録音は目に見えないから公平だな」

「そのとおり」

「道具に小細工してないか」

「心ゆくまで調べてよ、マジシャンの視点で。ぜんぶあなたの持ち物だし。一回で当てたらあなたの勝ち」

「テープを取りだすのも、録音するのも僕自身でやりたいんだけど」

「お好きなように」

「いいのか？　正解のテープに、なんらかの方法でマーキングするかも」

「それをわたしが見破れなかったら、わたしの負けでしょ。お互いマジシャンなんだし」

面白い。椎橋は三本のカセットを受けとった。包装を解き、ケースから取りだしていく。三本とも見た目ではまったく区別できない。製造時に偶然生じたちがいがあれば、それを印がわりにできるが、やはり見てとれない。

カセットテープという媒体には馴染《なじ》んでいる。手にした触感、重さ、振ったときの音。細工があれば絶対にわかる。どれもまぎれもなく新品だった。

沙希の視線は椎橋の両手をとらえていた。カセットをどう扱っているか、片時も目を離さない。

やり手だな。椎橋はそう思った。爪で傷つけたり、埃《ほこり》をはさみこんだりする動作があれば、たちどころに気づくだろう。椎橋のほうも、沙希の視界からテープを隠すつもりはなかった。そんな卑怯《ひきょう》な手段では名が廃る。降って湧《わ》いたマジック勝負の興奮を台なしにしたくない。

いまのところマーキングが可能な隙はなかった。ラジカセを手にとる。納得いくまでいじりまわした。これも仕掛けを施したとは思えない。スイッチの操作感まで覚えている。自分のラジカセだった。

テープの一本をラジカセに挿入した。音源をAMラジオにする。ノイズの混ざったピアノ曲がきこえてきた。録音ボタンを押す。機械のなかでゆっくりテープがまわりだした。

椎橋は沙希を見つめていた。沙希も椎橋をじっと見かえしていた。

一分近く録音した。そろそろいいだろう。巻き戻して再生してみる。いまきいたばかりのピアノの旋律が流れだした。しっかり録音されている。ふたたび巻き戻し、ラジカセから取りだした。

三本のカセットを沙希に引き渡す。結局マーキングはあきらめた。沙希が油断なく見張っていたせいもあるが、それ以上に、マーキングなしで勝負に臨みたかった。手練を純粋に楽しみたい。どんなムーブメントで挑んでくるのか、そこに興味があった。

沙希はゆっくりと公明正大な動作で、カセットを床に並べた。両手はからだった。すり替えはない。Tシャツの下になんらかの仕掛けが潜んでいれば、だぶつきや皺《しわ》の寄りぐあいでわかる。そんなものは見てとれない。半袖で、腕時計も指輪も嵌《は》めていない。むろんサムチップの類《たぐ》いもなかった。

ここからが勝負だった。三つ並んだカセットを、沙希が入れ替えだした。速さは適度だった。指の動きもしなやかで、クロースアップ・マジックの修業を積んでいるとわかる。無駄に気取った手つきは見せない。カセットを覆い隠したりもしない。

途中、沙希の右手がふたつのカセットを重ねて取りあげた。下のカセットを床に戻す。ところがその一瞬、中指と薬指でカセットをはさみ、上下を入れ替えた。素早い。
○・一秒に満たなかったのではないか。
だが椎橋の目はだまされなかった。瞬時の入れ替えをしっかりとらえた。入れ替えたふりをして、じつは入れ替えていない、そんな可能性はない。断言できる。沙希はいま床に三つ並んだうちの中央を、録音カセットと見せかけている。だがじつは左端だ。

沙希の手が両端のカセットを交換した。録音カセットは右端に移動した。それで全過程が終了したらしい。身を退《ひ》きながら沙希が告げた。「さあ。どれ？」

椎橋のなかに軽い失望があった。「沙希。たしかに女の子にしちゃ、指先を鍛えてると思う。マジックの基本もよく理解してる。動作も優雅で、マジシャンとして観客を魅了するだろうな。でもがっかりしたよ。さっきのはデックのチェンジに用いる技法、ビバ・レイモンド・スイッチの亜流じゃないか。たしかに一般人はだませるだろうが、ショックだよ。僕をそのていどと見なしていたんだな」

技法の名が告げられた瞬間、沙希の表情がこわばった。

終わってみれば楽勝だったものの、内心ほっとしていた。椎橋は右端のカセットを取りあげた。正解はまちがいなくこのカセットだ。ラジカセに挿入し、再生ボタンを押した。

数秒が経った。スピーカーはなにも奏でなかった。無録音をしめす静かなノイズだけが、かすかにきこえてくる。しばらくまったものの、ピアノ曲は始まらない。テープにはなにも録音されていなかった。

椎橋はあわててカセットを取りだした。信じがたい話だ。入れ替えたと見せかけて、そうしていなかったのか。

真んなかのカセットをラジカセにかけてみた。だがやはり無録音だった。

ありえない。椎橋は沙希を見つめた。沙希は澄まし顔で見かえした。さっきの緊張の面持ちは演技だったのか。

左端が正解だとは想像もつかなかった。椎橋は茫然《ぼうぜん》としながら、最後のカセットをラジカセに挿入した。

ところが今度も無音だった。ピアノの調べはいっこうに耳に届かない。呼吸と鼓動が同時にとまったかのようだった。

いつの間にか三本とも未使用のテープになっていた。これがゲームなら、いかさまでしかない。だがいまはちがう。マジックの勝負だった。正解を失くして当てられない状態にする、それはれっきとしたマジックの現象といえる。沙希がどうやって録音カセットを、未使用のカセットとすり替えたかはわからない。しかし見抜けなかった時点で、椎橋の負けだった。

「なぜだ」椎橋は沙希の身体を眺めまわした。「注意深く見てたのに」

「だまされた？」

「ああ。みごとなマジックだったよ」椎橋は心からいった。「きみが考えた技法か？」

「ちがうの。これ、舛城さんの発案」

「なんだって？　まさか」

「ほんとよ」

「そうはいっても、きみのテクニックがあってのマジックだろ？」

「いえ。誰にでもできる。ギミック頼みだから」沙希はそういって、髪からヘアピンを一本外した。ヘアピンを載せた掌《てのひら》を低く保つ。するとヘアピンは直立し、念力で操るがごとく、ふらふらと踊りだした。見慣れた手品だった。

まさか。椎橋はフロアマットの隅をつかみ、めくりあげた。

フロアマットの下に、タバコの箱よりひとまわり小さな、黒い物体が置いてあった。

椎橋は愕然《がくぜん》とした。PKギミック。一万ガウスの超強力磁石。

沙希がいった。「舛城さんの世代なら常識なんだって。強い磁気にさらすと、一瞬にしてテープの録音が消えちゃうのが」

理屈では知っている。だが大げさだと思っていた。スマホもクレジットカードも磁気に弱いとされているが、それらをおさめるマグネット式の留め金がついたケースが、ふつうに使われている。SDカードとネオジム磁石を一緒にしても、データは消えない。めったなことで磁気の影響など発生しない。それが椎橋の世代の常識だった。パソコンのHDDあたりなら、さすがに故障も危惧《きぐ》される。だがカセットテープは保存用として持ち歩ける媒体のはずだ。瞬時の外的要因により、ここまで完全に録音が消去されるとは、夢にも思わなかった。むろん試してみたこともない。

椎橋はつぶやいた。「たったこれだけのことで消えるなんて、不便な時代だったんだな」

「わたしも知らなかった。大人は誰も驚かないらしいけど、わたしたち向けの手品ね」

手練は必要ない。けれども沙希は嘘をついていなかった。椎橋の部屋にあった物だけを使う、沙希はそういった。PKギミックは東京の自室に置いてきた。まぎれもなく椎橋の私物だった。

こんなやりとりで冑《かぶと》を脱ぐなど馬鹿げている、世間はそう思うだろう。あれだけ詐欺を働いてきたのだ、ここでも往生際の悪さを発揮し、勝負のルールを反故《ほご》にする。沙希からキーを奪い逃走する。犯罪者はそんなものだ、誰もがそう考えるにちがいない。

けれども椎橋にとっては、そうではなかった。かつて経験したことのない、新鮮な驚きに包まれていた。これほど公正な勝負を挑まれたことはなかった。文句なしの完敗だった。

長いこと望んできたのは、こんな瞬間だったかもしれない。自分の考えるマジックの基準で、真っ向から対決し、打ち負かされる。初めて納得のいく敗北だと思った。知識の及ばないテクノロジーで裏をかかれたり、物量作戦とばかりに大勢の警察官に追われたりするのは、まるで納得がいかなかった。それらは大人の卑劣なやり方でしかない。

だがいまのは、椎橋の自負する知識と技術への挑戦だった。その配慮こそがなにより嬉《うれ》しかった。

沙希がレポート用紙の束を差しだした。「これ、舛城さんの作ったレクチャー・ノートだって」

レクチャー・ノートとは、マジシャン向けに売られる手品の解説書だ。手書きの表紙を見たとたん苦笑する。カセットテープ街頭賭博《とばく》。それがいまの手品の題名らしい。かつてスリーカード・モンテは、街角の賭博に用いられた、そこからの発想だろう。発案者名が記してある。舛城徹。

マジックショップで売られているレクチャー・ノートを参考にしたようだ。ちゃんと現象を説明する章があり、次いでやり方の解説に入る。図解も描かれていた。すべて舛城の手製らしい。パームを疑われないよう手のなかを見せます、そんなふうに書いてあった。

なぜか喜びと憂愁が同時にこみあげ、鼻につんとくる刺激を感じる。拙いレクチャー・ノートだ。しろうとが必死に綴《つづ》ったのがわかる。自慢げに解説するほど、万人に通用するタネでもない。けれども嬉しかった。これは舛城からのメッセージだった。同じ土俵に立ってやる、そんな宣言でもある。すべて手書きで作成するのは手間がかかったろう。すなわち舛城は努力を怠らなかった。そしてこの手品は、椎橋をみごと打ち負かした。

深くため息をつき、椎橋は沙希を眺めた。「発案者が自信作を託したのは、きみが最高のマジシャンだからだ」

「そんなことない。誰でもできる手品だったし」

「いや。思わせぶりな入れ替え技法があったからこそ、僕もひっかかった。勝手な話だけど、僕の人生にとっては、ＦＩＳＭより大きな舞台だった。きみはみごとそこで成功をおさめた」

沙希の大きな瞳《ひとみ》が潤みだした。微笑を浮かべながらいった。「よかった」

椎橋は感慨とともに車内を眺めまわした。狭い空間に、これまでの生きざまが濃縮されているようだった。実家やマンションの自室に置き去りにしてきた生活用品、日用品、そしてマジック用品。

なにより沙希が自分に向きあってくれた。エミリのような飾りではない。自分の分身のようだ。共感と理解があるからこそ、いままで閉ざしていた心の扉が開けた。

妙なすがすがしさがある。椎橋は沙希にささやいた。「賭《か》けはきみの勝ちだ。でよう」

沙希は黙ってうなずいた。ゆっくりとドアに向かい、横滑りに開け放った。

さっきより明るくなっていた。朝の冷えこんだ空気が流れこんでくる。椎橋はレポート用紙の束を携えたまま、クルマから這《は》いだした。

包囲網はさほど狭まっていなかった。椎橋の姿を見て、初めて制服警官らがぞろぞろと前進してきた。

舛城の姿はすぐ目にとまった。白い息を弾ませ、こちらに歩み寄ってくる。ほかにも大勢の私服を連れていた。

見上げる背丈だった。前にもこんなふうに対面した。そのときを思いだす。いまの感情はまるで異なっていた。本当の父親に再会したかのようだ。

拡声器の声はやんでいる。静寂のなか、舛城の穏やかなまなざしが見つめてきた。

「椎橋君。よく決心した」

せつなさに似た心の昂揚《こうよう》を感じながらも、椎橋は笑ってみせた。レポート用紙の束を差しだしながらつぶやいた。「ありがとう。勝負してくれて」

舛城は手製レクチャー・ノートを受けとった。いかめしい刑事の顔が、いまは身内に会ったがごとく和んだ。その目が沙希に向く。沙希が微笑とともに見かえすと、舛城がうなずいた。

「さて」舛城が告げてきた。「行くか」

椎橋は従った。内なる抵抗が生じない。すなおな自分とひさしぶりに会った気がする。私服と制服に囲まれながら、椎橋は歩きだした。

ふと振りかえると、沙希が立っていた。見送るまなざしに哀感があふれている。椎橋は黙って視線を落とした。彼女のいいたいことはわかる。すべてが解決したわけではない、将来はまだこれからだった。

37

椎橋にとって弁護士との接見は、退屈かつ無益な時間でしかなかった。

生真面目を絵に描いたような、痩《や》せ細った初老の男がぶつぶつと未成年者の権利を説明しているあいだ、椎橋の意識はほかに向いていた。

この弁護士には、十代半ばの憂いや迷いは生じなかったのだろうか。椎橋は逃亡に費やした数年間、ときおり自分を振りかえっては、なにが人生を狂わせたかを考えた。さまざまな本も読んだ。どこにも答えはなかった。思春期というひとことで、すべてが片付けられている、そんなふうに思えた。

問題がそんな単純なものでないことぐらい、誰でもわかるはずだ。大人たちも十代のころには実感できていたのだろう。いまの自分に備わっている観念が、しだいに消えゆくことが成長であるなら、人生そのものを拒絶したくなる。

読経《どきょう》を聞き流すような不毛な時間はしばらくつづいた。やがて取調室のドアが開き、舛城が入室してきた。

ほっとため息を漏らす自分がいた。椎橋は皮肉に感じた。長いこと、この刑事から逃げまわる日々を送ってきた。自分の心変わりが信じられない。

弁護士は迷惑そうな顔で舛城を見上げた。「まだ話してる最中なんですが」

「そうか」舛城は無表情でつぶやいた。「邪魔したたな」

椎橋は衝動的に声をかけた。「まってよ」

舛城が静止した。「なにか？」

「とにかく、座ってよ」

するとは仕方なさそうに、弁護士の隣りの席に腰かけた。

「あのう」弁護士が舛城に耳打ちした。「椎橋君が何者であるという断定だけは避けてください。発達心理学に照らし合わせねば、どういう精神状態かはわからないというのが、専門家の指摘です」

きこえている。あるいはわざと耳に届くよう喋《しゃべ》ったのかもしれない。弁護士はそうすることで、味方だとアピールしたがっているのだろう。迷惑な話だと椎橋は思った。味方になってくれる大人など欲してはいない。なにより、そんな大人は存在しない。

舛城は椎橋を見つめると、皮肉めいた口調でいった。「運がよかったな」

「どういう意味だよ」椎橋はきいた。

「あと三週間もすれば大人の法律で裁けた。実名で報道された。それをまぬがれたってわけだ」

弁護士が咎《とが》めるようにいった。「ちがいます。逮捕時よりも行為時の年齢が重視されるんです。窃盗についての起訴のうちほとんどは、椎橋君が十八歳未満で起こしたものであって……」

「舛城さん」椎橋は弁護士を遮り、刑事と向き合った。「未成年のうちに逮捕したのは、わざとだろ」

「ふうん」舛城は静かにたずねてきた。「なぜそんなふうに思う？」

「さすがにもう逮捕状は請求できたはずだ。なのに手配しなかった。新潟まで来ていながら、僕がみずから出頭した扱いになった。人質をとって籠城《ろうじょう》するよう仕向けただろ」

「沙希のことをいってるんなら、あれは彼女が勝手にやったことだ。厳重注意は避けられないな」

「嘘だよ。レクチャー・ノートを渡してあったじゃないか」

弁護士が眉《まゆ》をひそめた。「レクチャー・ノート？」

舛城はため息をついた。「あれは逮捕後のために用意した。沙希にきみとの対話を託してな。思わぬトラブルだったが、早い時間、それも地方だったのが幸いした。マスコミの餌食にならずに済んだし、なにより一般市民のSNSにあがるのを防げた」

「いっそ晒《さら》し者にしてくれたほうがよかったよ。どうせネットじゃぜんぶバレバレだし」

「なあ椎橋君。頭のいいきみのことだからわかるだろうが……」

「よせよ」椎橋は舛城を制した。「僕は頭がいいわけじゃない。っていうより犯罪者の頭がいいはずがない。警察で働いてるなら、当然そう思ってる。口先だけで機嫌をとろうとするのはやめてくれ」

舛城は否定しなかった。「俺のみたところ、きみはな……」

また弁護士が横槍《よこやり》をいれた。「さっきも注意したでしょう。椎橋君がどういう人間であるか、持論の展開はやめてください。彼の人となりは、発達心理学に基づいて専門家が……」

椎橋はいった。「必要ないです」

弁護士は面食らった顔を椎橋に向けてきた。「いや、椎橋君。精神鑑定は受けておいたほうがいい。場合によっては検察への送致を回避できて、家裁の裁定に委ねられることに……」

「いいから」椎橋はじれったく思った。「舛城さんとふたりで話させてください」

弁護士は不服そうにしていたが、沈黙が長引くうち、渋々といったようすで腰を浮かせた。あいさつもなくドアの外に消えていった。

椎橋は舛城にたずねた。「僕はどういう人間だって？」

「いちいちきかなくても、自分がいちばんよくわかってるだろ」

「わからないよ。自分だからこそわからない。ちゃんと教えてくれよ。この先どうしたらいい。なんのために生まれてきたんだ。なんの価値があるっていうんだ」

「きみはな」舛城は真顔でつぶやくようにいった。「親が育て方をまちがった。というより、親が人としてまちがってた。きみは育成の失敗作だ」

椎橋は絶句した。ずいぶん思いきったことをいう。弁護士を留《とど》めておいたほうがよかったか。きっと卒倒しただろう。

反論したいことがある。椎橋は舛城を見つめた。「糞親父《くそおやじ》はいいけど、母親は……」

「なにがちがう？　どっちもろくでなしだ。知ってるだろ」

「ちがう。腹を痛めて僕を産んだだけでも、親父とはちがう。苦労してるんだよ」

「自分が生まれたときのことを覚えてるわけじゃないだろ？　苦労したかどうか、わからないじゃないか」

「難産だってきいた。親父がいつもいってた。彬が生まれたとき、父さんや母さんがどれだけ喜んだことか、って。糞親父でもそこだけは、まともな話だと思わざるをえなかった」

「まともな話だと思ったうえで、どう感じてる？」

「自分が情けないよ。いまになってそう思う。赤ん坊の僕には期待してくれてたのに」

「なあ椎橋君。子供が生まれて喜んだのなら、両親はそれで充分じゃないか。嬉《うれ》しかっただろうし、安心しただろうし、達成感にあふれていただろうしな。親はその時点で満足した。だからきみはそのことに恩を感じる必要はない」

「母はスナックを切り盛りしてたんだよ。働かない親父や、僕を食わそうとしてくれた」

「自分が悪者にならないためにな」舛城が身を乗りだした。「すべて善意だったかどうかなんて、いまはもうわからん。しかし家族のことを想ってるなら、窃盗なんか働かないだろ」

「わからないよ。そんなに悪いことだと思わなかったのかも」

「でも犯罪だ。本人が気づいていないならなおのこと、更生への道を歩ませるため、警察が逮捕しなきゃならん。でも彼女はまともな生活に戻らなかった」

「それは」椎橋のなかに悲痛な思いがこみあげた。「わかってるだろ。レジから金を盗《と》った。僕のせいだ」

「ちがう。きみは子供だった。そう育てた親が悪い」

「だからって、僕はどうすりゃいいんだよ」

「自分で直すしかない。まともな思考が働く歳になったんだから、みずから欠陥部分を修復するんだ。そこにはもう親は関係ない。成人だからな。ぜんぶ自己責任だ」

「いまさらどうすればいい。さんざんやらかしたよ。半端に顔も名も売れちゃってる。僕がしてきたことを、みんなが知ってる」

「罪を償ったあとは、法を遵守して生きればいい。誰だって人権は守られる」

椎橋は視線を落とした。「舛城さんは、法に背いたことないの？」

沈黙があった。舛城は静かに告げてきた。「パトカーの緊急走行時じゃなくても、ふだん法定速度をオーバーして走る。みんなやってることだ。だが俺の仕事じゃ、それを公には認められない」

「舛城さんだけ？」

「いや。みんなやってるだろうな」

「最低だね。うわべだけ厳格なふりをして自分に甘い」

「そのとおりだ。だがな、人間少しははみだしていいと、俺は思ってる」

「勝手なルールだ」椎橋は吐き捨てた。

「ああ、勝手さ。それは認める」

「刑事ともあろう人が、そんなこといっていいの？　迎合するような発言をすれば、僕から信頼を得られると思ったら大まちがいだよ。僕は誰も信用しない」

「それはいいことじゃないか」舛城はさらりといった。「椎橋君。俺は、ただ無節操に法を破っていいといってるわけじゃない。世間のルールもあれば自分のルールもある。どっちに従うかは自分できめればいい」

「きめた結果が僕の人生だよ。自分のルールに従った」

「そんなのは善悪の判断を下すのを怠った。今後はそこも自分のルールに含まれる」

「そんなのは当てにならない」

「なぜだよ」舛城がきいた。

椎橋は口ごもった。「なぜって……」

「自分を信用できないからか。そりゃ駄目だろう。きみのことを誰よりも知ってるのはきみ自身だ。真っ先にきみが信じてやらなくてどうする」

「僕にまだ信用できる余地なんてあるかな」

「あるよ。万引きGメン時代のきみの講演が、ユーチューブにあがってる。観衆は万雷の拍手だった。あの賞賛は紛れもなくきみに向けられていた」

目に浮かぶ過去がある。満場の観客。真剣に見つめるまなざし。仰天した表情。どよめき、笑い声。

すべては幻想だ。あれは現実ではなかった。椎橋はつぶやいた。「しょせんマジックだよ。タネがある。すべていかさまだ。作り物だよ。真実じゃない」

「観客の心は真実だった。きみが自分を偽ってただけだ」舛城は腰を浮かせた。「忘れるなよ。きみは正しいルールを知ってた。それを自分で曲げた。改変されたものは、もうルールじゃないんだ。自分に向けてマジックは使うな。変えられない物を変えたように思いこむのはよせ」

華やかな幻想が奪い去られるような寂しさが、椎橋の胸のうちにひろがった。自分に向けてのマジックか。そうだったかもしれない。

「さて」舛城は退室しながらいった。「書類つくらなきゃな」

椎橋は閉じていくドアを眺めた。刺激的であり怠惰でもあった日常が、ドアの外に閉めだされていくのを、ひとり静かに見守った。

38

舛城は陽光の射しこむホールを歩いた。家庭裁判所は厄介だ。大人なら検察に送ったのち裁判にかけられる。しかし少年法の適用下では、まず家裁の審判を仰がねばならない。検察への逆送はそのあとになる。処分について口をはさむ人間が増える。

簡素だが趣味のいい応接室に通された。白髪頭《しらが》の頑固そうな男がまっていた。男は儀礼的な微笑とともに、ソファから立ちあがった。「調査官の馬上《まがみ》です。わざわざご足労いただきまして」

「いえ」舛城は向かいに腰を下ろした。「こちらこそお手間をとらせまして」

「とんでもない」馬上もソファにおさまった。「舛城さんのような人はめずらしいですよ。少年係でもないのに、これほど熱心に協力していただけるとは」

「ええ、まあ」

「では」馬上は手もとのファイルを開いた。「検察官送致について、詰めの協議を」

切りだしにくい話だ。だがいわねばならない。舛城は馬上を見つめた。「あのう、その件なんですが」

馬上は懐からとりだした老眼鏡を、宙に浮かせたまま静止した。「なにか」

「送致の件ですが」舛城は焦燥とともにいった。職務上ふさわしくないと知りながら口にするのは気がひける。「被疑者は少年ですし、検察送りではなくて、もっと軽い処分にしてみては」

「これは意外ですな」馬上が見かえした。「ということは少年院で更生させるわけですか」

「いえ」舛城は咳《せき》ばらいした。「さらに軽い処分を希望します。できれば保護観察処分ということに」

馬上は老眼鏡をファイルの上に投げだした。「論外ですよ、これだけの容疑で。それは警察としての判断ですか、それともあなたの希望にすぎないことですか」

「答えにくい質問ですね」

「ご存じと思いますが、少年法は何度となく改正されています。刑罰の適用は十六歳以上だったのが、十四歳以上になり、少年院送致の下限年齢が十四歳からおおむね十二歳となった。いうまでもなく、少年犯罪の凶悪化を反映してのことです」

「でも椎橋彬は殺人も傷害も犯してません」

「とはいっても十九歳でしょう？　それも逮捕時は、成人まで残すところ三週間だった。少年として扱うのが適当かどうか、甚だ疑問ですな」

「法律のうえでは彼は〝少年〟のはずですが」

「舛城さん。この少年の場合、詐欺や窃盗の容疑で二十七もの告発がある。知能犯以外の何者でもありません。彼のように成人後、再犯の可能性ありと判断されるときには、検察の判断を仰ぐことが適正と思いますが」

「いいえ。きちんと指導すれば、再犯などしでかさないでしょう」

「あと数日で成人するのに、ですか」馬上は信じられないという顔になった。「小難しい説明は省きますが、たとえ罪が軽くなったところで、被疑者は法律上の責務を免除されるわけではないのですよ。犯罪によって得た資産は返却を求められる。たちまち破産でしょう。それもアミクレアが賠償を請求しない前提ですが」

あの高級ブランド店については、さほど心配する必要もないだろう。舛城はそう思った。すべて保険でまかなわれているときいた。なにより内部の流通管理のずさんさが浮き彫りになり、経営陣が責任を問われている。社員からの逆提訴を恐れ、椎橋への損害賠償訴訟はないだろう、そんな見方が大勢を占めている。

馬上は手のなかで老眼鏡をもてあそんでいた。「罪が確定した時点で、未成年者の保護者代わりになる人物を立てねばなりませんし、当面はその保護者に、賠償額の支払い義務が課せられる」

「彼は間もなく成人です。賠償金はみずから働いて工面していくそうです」

「信用できますかな」

「私が保証しますよ」

馬上は驚きのいろを浮かべた。「あなたが？」

「ええ、そうです。彼の更生を見守ると同時に、返済が滞らないよう目を光らせます」

「刑事が見守る代わりに、保護観察処分にできないかと。非公式かつ風変わりな申し出ですね」

「すみません。でもどうしてもお願いしたくて」

「なぜそこまでなさるんです。上司のかたにも相談されたんですか」

「ええ、もちろん。当然ながら猛反対されました。検察官送致にすれば手柄になるのに、どうして犯罪者に救済の手など差し伸べるのかと」

「その反対を押し切ったんですか」馬上はため息をついた。「責めも負ったでしょう」

「上司の私に対する評価は目に見えて下がりましたよ」舛城は言葉を切った。だからどうだというんだ、そんな気持ちが自分のなかにひろがっていく。「ま、甘すぎるかもしれませんけどね。歳をとったせいかもしれませんが、最近思うことがあるんです。人ってものは、生まれた瞬間から一種の束縛を受けています。貧富の差もあるし、差別もあるし、なにより人っていう存在そのものが限界だらけです。その束縛のなかでいかに自分の尊厳を保ちつづけ、希望の炎を絶やさず、胸を張って生きつづけるか。まともな人間なら誰でも、そういうことを自問しつづけてるもんです」

「椎橋彬から、それが感じられますかな」

「彼はずっと孤独でした。情熱というものの使い方をまちがっていたようでもある。

だから希望を与えてやりたい」

静寂が流れる。扉の向こうで、ホールを往来する人々のかすかな靴音が響く。もの音もそれだけだった。

「なるほど」馬上は老眼鏡をかけることなく懐におさめた。「お話はよくわかりました。三人の裁判官による合議制の審判です。私は意見を伝えるに留《とど》まりますが、それでもなるべく意に沿うよう努力します」

「ありがとうございます」舛城は心からいった。

「いい人に逮捕されましたね、彼は」

どうだろう。いつまでも執着してくる刑事のほうが、犯罪者にとっては迷惑かもしれない。

だが椎橋にとっては、それが希望につながる気がする。本人がそう望んでいるのを強く感じるからだ。

「馬上さん」舛城はきいた。「椎橋はどこに？」

「そちらの部屋です。どうぞ声をかけてやってください」馬上は奥のドアを指ししめした。やや含みを持たせたような言い方で、馬上はつけくわえた。「もう孤独ではないようですがね」

舛城は立ちあがって馬上に一礼すると、ドアに歩み寄った。

向こうには短い通路があった。警察署の留置室とはちがって明るい。天井にも明かりとりの窓がある。通路はもうひとつのドアに行き着いた。そのドアは半開きになっている。なかから若い男女の笑いあう声がした。

舛城はドアの近くに立ち、室内を覗《のぞ》いた。

椎橋と沙希は絨毯《じゅうたん》の上に向かいあって座り、それぞれにハンカチを手にしていた。

「だから」椎橋が笑いながらいった。「ちがうって。最初の結び目はこう結んで、次がフォールスノット。するとお客さんの目からはふたつ結んだようにみえるから……」

「ああ、そうか。それでこう……」沙希は椎橋の手本を真似ながらハンカチを結んだ。ハンカチを左右に引っぱると、結び目が消える、そんなマジックだったらしい。ところが沙希の結び目はさらに固くなった。

ふたりはげらげらと笑いあった。ドアのすぐ外に立つ舛城に、気づくようすもない。

舛城は声をかけられなかった。こんなに明るく笑う椎橋を見たのは初めてだ。沙希も同様だった。いままでよりずっと明るかった。

椎橋はハンカチをぶらさげた。「もういちどやるよ。ほら、こういうふうに持って」

「ねえ」沙希は微笑を浮かべた。「椎橋さん」

「なに？」

「もうすぐ審判だってね」

「ああ」椎橋の声は小さくなった。「そうだね」

沙希は心配そうにつぶやいた。「どんな結果になるのかな」

だが椎橋の態度はさばさばしていた。「どんな結果でもいいよ。大人たちがきめることだ。僕はやるだけのことをやればいい」

「やるだけのことって？」

椎橋はハンカチに目を落とし、静かにいった。「大人なんて頑固で嘘つきで、利己的で、いい加減なことばかりいってる最低の存在。そんなふうに思ってた。でもそうでもないんだな。ちがう大人もいる。むかしは僕らと同じで未成年者だったんだから」

「それって」沙希が笑った。「舛城さんのこと？」

「まあ、そうだな。僕らなんかと話が合うなんて、舛城さんの精神年齢が窺《うかが》い知れるけど」

あいつめ、この期に及んでまだ憎まれ口を叩《たた》くのか。舛城は踏み入ろうとした。

だが自制した。ふたたび椎橋の声がきこえてきたからだった。

「舛城さんに教えられたよ」椎橋はつづけた。「稼いだお金を使いきるまで長生きできると勝手に信じて、勉強は明日死《あした》ぬかもしれないからといって放棄するなんて、逆だったんだね。明日死ぬかのように生きればいい。百歳まで生きるつもりで学習すればいい」

「そうだよ」沙希が目を輝かせた。「きょうは残りの人生の最初の日。いつもそう思ってなきゃ」

舛城はドアの向こうのふたりを眺めていた。どこにでもある、ありふれた心の交流。ふたりにとっては幼少のころから切望してきた、かけがえのない時間にちがいない。笑顔がそう告げている。

黙って通路を引きかえした。応接室にはもう馬上の姿はなかった。ホールからエントランスへと向かう。何組かの親子連れとすれちがった。処分をきくため保護者同伴でやってきた子供たち。不安げな面持ちがある。希望を見いだせるかは本人しだいだった。

外にでると、やわらかい午後の陽射しが降り注いだ。石畳の上に落ち葉が舞う。舛城は微風を感じた。遥《はる》か遠方から運ばれてきた風。どこからかきて、どこかに向かう。人間と同じだった。自然はマジックとちがう、本物の奇跡だ。からくりなんかに頼って、人は生きられない。

解説

タカザワケンジ（書評家）

つねづね小説は不思議な創作物だと思っている。朗読されることもあるが、大抵は目で見て読む。しかし視覚メディアには分類されない。見ているのは文字だけで、それ自体は単なる記号だからだ。しかし私たちはその記号の連なりを「読む」ことで脳内に次々にイメージを思い浮かべていく。まるで映画やドラマのように。言葉がイメージを喚起する力は強く、視覚メディア以上に没入感が強いかもしれない。

小説が言葉で構築された王国だとすれば、その主《あるじ》は小説家である。私たち読者はその国に入るのを許された旅人だ。そこで目にするもの、耳にするものは読者それぞれが脳内でつくり出している幻影である。考えてみれば作者と読者は何とも頼りない世界を共有しているわけだが、王たる小説家は私たちに魔法をかけている。あなたの脳内に投影されたイメージはリアルなものだ、と。

長々と小説について書いたのは、『イリュージョン 最終版』（以下『イリュージョン』）が視覚的な盲点を突いた小説だと感じたからだ。「最終版」と銘打たれている理由については後述するが、まず押さえておきたいのがこの小説が『マジシャン　最終版』（本書と同時に角川文庫から刊行される）の続篇だということである。続篇だからといって前作から読む必要はないが、十代半ばの少女マジシャン、里見《さとみ》沙希《さき》と、警視庁の舛城《ますじょう》警部補が探偵役を務め、マジックが関わった事件に挑むという共通項は覚えておいていい。そして、この二作で描かれるマジックは、どちらも舞台の上で演じられるエンターテインメントにとどまらない。マジックは人間の知覚のあやふやさ、欺されやすさの象徴なのだ。そして、人間の知覚の中で大きな割合を示すのが視覚である。だが、小説は言葉を使ってイメージを呼び起こしているにすぎない。にもかかわらず、この小説は後述する「ミスディレクション」によって、視覚的な盲点を表現することに成功している。

『イリュージョン』は生活安全課のＤＶストーカー対策係の窓口から物語の幕を開ける。窓口にやってきた相談者に対し、女性警察官は職業的な観察眼を発揮して彼女の被害を判断する。しかし、舛城警部補を訪ねてきた里見沙希の観察結果はその逆だった。二人は同じ人を見ているにもかかわらず、その認識も解釈も異なっている。「見る」ことと、その情報を「解釈する」ことの難しさを読者はさっそく知ることになる。

また、同じ場所にいても誰もが同じものを見ているとは限らない。注意をどこに向けるかで見ているものは大きく異なる。そこで思い出すエピソードがある。ハーバード大学の同僚研究者二人が行ったちょっとした実験である。

二人はバスケットボールのビデオをつくった。そして被験者に片方のチームのプレイヤーたちが何回パスを交わすか、その数を数えるようにいう。被験者たちは必死にボールの動きを追いカウントする。しかし研究者はパスの数には興味がなかった。実は、この試合中にゴリラの着ぐるみを着た女子学生がフィールドに闖入《ちんにゅう》し、カメラに向かって胸を叩《たた》くというパフォーマンスを行っていた。このことに被験者が気づいたかどうかこそ彼らが知りたいことだった。そして、驚くべきことに、ゴリラに気づいたのは被験者の約半数にすぎなかった(クリストファー・チャブリス&ダニエル・シモンズ『錯覚の科学』文藝春秋、二〇一一年)。

にわかには信じられない結果である。しかし、私たちの目はそれほどまでに欺されやすい。注意が逸《そ》れれば、視界に入っているはずのものが見えない場合があるのだ。そして、それこそがマジックの根幹をなす「ミスディレクション」の源泉である。『イリュージョン』のもう一人の主人公、椎橋彬《しいばしあきら》はこのミスディレクションを効果的に使う技に長《た》けていた。

「観客はマジシャンの視線を追う。マジシャンが右手を見れば、客も右手を見る。いわば視線のフェイントだった。マジシャンの専門用語ではミスディレクションという。」（p90）

椎橋彬は舛城が追っている容疑者である。十代前半からマジックに親しみ、その才能を悪用した犯罪を重ねている。そこで舛城はマジシャンの沙希に捜査協力を願い出る。

では、椎橋彬とはどんな人物なのか。ここから物語は一人の少年の生い立ちへと視点を移す。父は紙芝居屋を自称していたが生活力がない。母は一家の生活を支えるためスナックを経営していたが経営状態は芳しくない。彬自身も冴《さ》えない少年時代を送っている。友だちに恵まれず、趣味はマジックのみ。母の店のレジから金を盗んではマジック道具を買い、マジシャンとして脚光を浴びる空想にふける。彬にとってマジックは現実逃避の手っ取り早い方法である。コインが消える。鳩が飛び出す。それらにはすべてタネがある。にもかかわらず魅せられている。いや、「にもかかわらず」ではなく、「だからこそ」なのかもしれない。タネがあるということは、自分も入手して練習すれば同じような魔法《マジック》が使えるようになるのだから。

両親の不仲、離婚、母の逮捕という荒波に飲み込まれそうになった彬は中学卒業前に衝動的に家出をする。新宿歌舞伎町に流れ着き、ラーメン屋でテレビ番組を見たことがきっかけで万引きGメンになろうと思いつく。映像の中の万引きを簡単に見抜くことができたからだ。マジックに精通した彬にとって、万引き犯の「ミスディレクション」は幼稚なものだった。

『イリュージョン』の前半は、椎橋彬という少年がいかにして万引きGメンとして成功を収めたかというサクセスストーリーが描かれる。しかし、その裏側にはもう一つの物語がある。悪事を重ねるピカレスクロマン（悪漢小説）だ。万引き犯たちを次々に捕まえる一方で、彬は誰にも知られることなく犯罪に手を染める。しかし、二つの顔を知ってもなお、読者は彬に感情移入できるはずだ。なぜなら、彬の中に強い怒りがあることを知っているから。大人になりきれない未熟な両親に育てられ、自身も未成熟なまま社会に出て生きていかざるをえなかった。その理不尽への怒りである。

テレビに出演し、講演会をこなし、調子に乗った彬は、万引き犯のテクニックと称し、ついにマジックを講演会で披露してしまう。しかし皮肉なことに観客の食いつきはよく、さらに彬の名声を高めるのだ。マジシャン志望だった彬のショーマンシップが大いに発揮され、マスコミは彬を盛んに取り上げるようになる。「天才少年万引きGメン椎橋コナン君」というニックネームまでつけて。サクセスとピカレスクが裏表になった物語は、彬を取り巻く大人たち、ひいては現代社会のもろさをあぶり出す。読者は彼の成功とその舞台裏をのぞきながら、やがてはその成功がもろくも崩れ去るだろうと心のどこかで予想するはずだ。カタストロフはいつ、どのように訪れるのか。予感と不安が入り混じるひりひりとした感覚が、この小説前半の大きな魅力である。

そして物語の後半は舛城がどのように彬を追い詰めていくかに焦点が絞られていく。彬の犯罪を暴くだけでは本当の解決にはならない。大人に対して不信感を抱き、反社会的行為に走った彬に更正のきっかけを与えることはできるのか。冒頭で鮮烈な印象を残した里見沙希がどのように活躍するのかも含め、物語の展開に目が離せなくなる。

ここで本書が松岡作品の中でどのように位置づけられるかを見ておこう。先述したように、この『イリュージョン』は「最終版」と銘打たれている。二〇〇三年刊行の『イリュージョン：マジシャン第II幕』（小学館）およびその文庫版（小学館文庫、二〇〇四年）があるが、そこから大きく改稿され「最終版」となった。松岡圭祐ファンならご存じの通り、松岡作品は文庫化にあたって大きく書き直され、新しいものが「正史」となる。前作の『マジシャン』も今回「最終版」が『イリュージョン』と同時刊行される。

『マジシャン』には舛城警部補と里見沙希とが出会うきっかけとなった事件が描かれている。マジックを悪用した詐欺事件の捜査にあたった舛城が、マジシャン志望の沙希と出会い、事件の解決に挑むのだ。その続篇が『イリュージョン』なのだが、実はもう一作、里見沙希が登場する作品がある。『千里眼　マジシャンの少女　完全版』（角川文庫）だ。臨床心理士で元航空自衛官の岬美由紀《みさきみゆき》を主人公とした「千里眼」シリーズの一冊である。法改正を前提に東京お台場《だいば》につくられたカジノ・テーマパークの仮営業にあたり、沙希にイリュージョンを演じてほしいという依頼が舞い込む。しかし、その当日、ショーの会場が武装集団に占拠されてしまうというスケールの大きな作品だ。いまとなっては、今年（二〇一八年）、ついに成立したカジノを含む統合型リゾート（ＩＲ）実施法を先取りした作品となった。

三つの作品で描かれる里見沙希の人生を辿《たど》ると、同世代の若者たちに比べて恵まれない少女時代を送ってきたことがわかる。幼い頃に両親を失い、養父の後見はあったものの児童養護施設で育った。そして、孤独のうちにマジックに光明を見いだした。そう、里見沙希もまた、椎橋彬と同様、周囲の大人たちへの不信感を持って育ったマジシャンなのだ。それだけに『イリュージョン』のクライマックスで、二人の人生が交差するシーンは感動的なものになっている。

松岡圭祐はデビュー作の『催眠』（一九九七年）以来、「千里眼」「万能鑑定士Q」「特等添乗員α」「探偵の探偵」「水鏡推理」など、多数の人気シリーズを抱えるベストセラー作家として活躍している。この「マジシャン」シリーズはいまのところこの二作のみだが、今回「最終版」が揃って登場するということで、新たな新作が期待できそうだ。犯罪者たちが仕掛けるウソを鮮やかに見破る美少女マジシャン沙希と、彼女を見守る包容力のある舛城警部補。二人の新たな活躍を期待したい。

松岡圭祐

新シリーズ始動!!

『グアムの探偵』

角川文庫

2018年10月25日、11月25日

2ヶ月連続刊行予定

本書は二〇〇四年一〇月に小学館文庫より刊行された作品を大幅に加筆修正したものです。

イリュージョン 最終版《さいしゅうばん》

松岡圭祐《まつおかけいすけ》

平成30年 9月25日　初版発行

発行者●郡司 聡

発行●株式会社KADOKAWA
〒102-8177　東京都千代田区富士見2-13-3
電話　0570-002-301（ナビダイヤル）

角川文庫 21170

印刷所●株式会社暁印刷
製本所●株式会社ビルディング・ブックセンター

表紙画●和田三造

ISBN 978-4-04-107517-3　C0193

角川文庫発刊に際して

角川源義

第二次世界大戦の敗北は、軍事力の敗北であった以上に、私たちの若い文化力の敗退であった。私たちの文化が戦争に対して如何に無力であり、単なるあだ花に過ぎなかったかを、私たちは身を以て体験し痛感した。西洋近代文化の摂取にとって、明治以後八十年の歳月は決して短かすぎたとは言えない。にもかかわらず、近代文化の伝統を確立し、自由な批判と柔軟な良識に富む文化層として自らを形成することに私たちは失敗して来た。そしてこれは、各層への文化の普及滲透を任務とする出版人の責任でもあった。

一九四五年以来、私たちは再び振出しに戻り、第一歩から踏み出すことを余儀なくされた。これは大きな不幸ではあるが、反面、これまでの混沌・未熟・歪曲の中にあった我が国の文化に秩序と確たる基礎を齎らすためには絶好の機会でもある。角川書店は、このような祖国の文化的危機にあたり、微力をも顧みず再建の礎石たるべき抱負と決意とをもって出発したが、ここに創立以来の念願を果すべく角川文庫を発刊する。これまで刊行されたあらゆる全集叢書文庫類の長所と短所とを検討し、古今東西の不朽の典籍を、良心的編集のもとに、廉価に、そして書架にふさわしい美本として、多くのひとびとに提供しようとする。しかし私たちは徒らに百科全書的な知識のジレッタントを作ることを目的とせず、あくまで祖国の文化に秩序と再建への道を示し、この文庫を角川書店の栄ある事業として、今後永久に継続発展せしめ、学芸と教養との殿堂として大成せんことを期したい。多くの読書子の愛情ある忠言と支持とによって、この希望と抱負とを完遂せしめられんことを願う。

一九四九年五月三日

角川文庫ベストセラー

万能鑑定士Qの短編集 II　松岡圭祐

「面白くて知恵がつく人の死なないミステリ」、夢中で楽しめる至福の読書！　第1話 物理的不可能／第2話 雨森華蓮の出所／第3話 見えない人間／第4話 賢者の贈り物／第5話 チェリー・ブロッサムの憂鬱。

特等添乗員αの難事件 I　松岡圭祐

掟破りの推理法で真相を解明する水平思考に天性の才を発揮する浅倉絢奈。中卒だった彼女は如何にして閃きの小悪魔と化したのか？　鑑定家の凜田莉子、『週刊角川』の小笠原らとともに挑む知の冒険、開幕!!

特等添乗員αの難事件 II　松岡圭祐

水平思考―ラテラル・シンキングの申し子、浅倉絢奈。今日も旅先でのトラブルを華麗に解決していたが……聡明な絢奈の唯一の弱点が明らかに！　香港へのツアー同行を前に輝きを取り戻せるか？

特等添乗員αの難事件 III　松岡圭祐

凜田莉子と双璧をなす閃きの小悪魔こと浅倉絢奈。水平思考の申し子は恋も仕事も順風満帆……のはずが今度は壱条家に大スキャンダルが発生!!　〝世間〟すべてが敵となった恋人の危機を絢奈は救えるか？

特等添乗員αの難事件 IV　松岡圭祐

ラテラル・シンキングで0円旅行を徹底する謎の韓国人美女、ミン・ミヨン。同じ思考を持つ添乗員の絢奈が挑むものの、新居探しに恋のライバル登場に大わらわ。ハワイを舞台に絢奈はアリバイを崩せるか？

角川文庫ベストセラー

千里眼の教室　松岡圭祐

我が高校国は独立を宣言し、主権を無視する日本国へは生徒の粛清をもって対抗する。前代未聞の宣言の裏に隠された真実に岬美由紀が迫る。いじめ・教育から心の問題までを深く抉り出す渾身の書き下ろし！

千里眼　堕天使のメモリー　松岡圭祐

『千里眼の水晶体』で死線を超えて蘇ったあの女が東京の街を駆け抜ける！　メフィスト・コンサルティングの仕掛ける罠を前に岬美由紀は人間の愛と尊厳を守り抜けるか!?　新シリーズ書き下ろし第6弾！

千里眼　美由紀の正体　(上)(下)　松岡圭祐

親友のストーカー事件を調べていた岬美由紀は、それが大きな組織犯罪の一端であることを突き止める。しかし彼女のとったある行動が次第に周囲に不信感を与え始めていた。美由紀の過去の謎に迫る！

千里眼　シンガポール・フライヤー　(上)(下)　松岡圭祐

世界中を震撼させた謎のステルス機・アンノウン・シグマの出現と新種の鳥インフルエンザの大流行。一見関係のない事件に隠された陰謀に岬美由紀が挑む。F1レース上で繰り広げられる猛スピードアクション！

蒼い瞳とニュアージュ　完全版　松岡圭祐

ギャル系のファッションに身を包み、飄々とした口調で大人を煙に巻く臨床心理士、一ノ瀬恵梨香の事件簿。都心を破壊しようとするベルティック・プラズマ爆弾の驚異を彼女は阻止することができるのか？

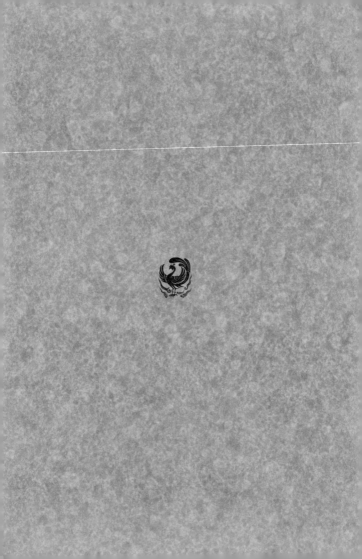